Blutring

Gerd Ruebenstrunk schreibt, seitdem er zurückdenken kann. Anfangs waren es Gedichte und Songtexte, die in Literaturzeitschriften publiziert oder von Bands aufgenommen wurden. Nach dem Studium der Psychologie verfasste er Texte für Werbeagenturen und fürs TV. Mit dem Bücherschreiben begann er erst zu Anfang dieses Jahrtausends und landete mit der Trilogie um »Arthur und die Vergessenen Bücher« gleich einen beachtlichen Erfolg. Der gebürtige Gelsenkirchener und Vater von zwei Kindern lebt heute am Niederrhein.

Mehr über unsere Bücher, Autoren und Illustratoren auf:
www.planet-verlag.de

Gerd Ruebenstrunk

BLUT RING

PLANET!

Prolog

An der Ecke der Rambla de Catalunya und des Carrer de la Diputació in Barcelona liegt ein kleines Café, in dem sich vorwiegend Taxifahrer aufhalten, deren Stand sich gleich gegenüber befindet. Die beiden Männer, die sich an diesem Morgen um fünf Uhr hier trafen, gehörten sichtlich nicht dazu. Sie trugen elegante Mäntel, handgefertigte Lederschuhe und Schals aus feinster Kaschmirwolle.

Die Luft war frisch, schließlich war es bereits September. Im Café hingegen herrschte ein feuchtwarmer Dunst, hervorgerufen von der ständig ratternden Espressomaschine und den Ausdünstungen der Fahrer am Tresen.

Die beiden Neuankömmlinge, die trotz ihrer für den Ort ungewöhnlichen Kleidung keine weitere Aufmerksamkeit hervorriefen, holten sich jeder einen *cortado* und ein Croissant an der Theke und stellten sich damit in den hintersten Winkel des Cafés.

»Wir haben ihn gefunden«, raunte der Mann mit dem braunen Mantel, während er den Zucker in dem kleinen Glas mit Espresso und aufgeschäumter Milch verrührte.

»Wo?«, fragte der andere. Er war, wie sein Gegenüber, vielleicht sechzig Jahre alt und trug einen dunkelblauen Trenchcoat.

»Nicht weit von hier«, erwiderte der in Braun und machte eine vage Geste mit der Hand.

»Im Zigeunerviertel«, schlussfolgerte der Mann in Blau und zupfte ein Stück von seinem Croissant ab.

Der andere nickte. »Er muss nach dem Tod der Frau abgetaucht sein.«

Der blau Gekleidete kaute nachdenklich auf seinem Croissant herum. »Also weiß er etwas.«

Der Mann im braunen Mantel schlürfte von seinem *cortado*. »Mit Sicherheit.«

»Und wie soll es jetzt weitergehen?«

»Ich lasse ihn überwachen.«

»Unauffällig, hoffe ich. Wir haben Jahre verloren durch sein Verschwinden.«

Der braun Gekleidete stellte das Glas ab und wischte einen Krümel von seinem Mantel. Er blickte sein Gegenüber nicht an. »Selbstverständlich.«

»Und es ist wirklich sicher, dass er das Notizbuch hat?«

»Wir haben alle anderen Spuren überprüft, ohne Erfolg. Er muss es sein.«

Der Mann im Trenchcoat schob den Teller mit den Croissantresten von sich. »Und wenn nicht?«

»Dann stehen wir wieder am Anfang.«

»Das würde Konsequenzen nach sich ziehen.« Die

Stimme des blau Gekleideten war hart geworden. »Gravierende Konsequenzen.«

»Selbstverständlich.« Erneut wischte sein Gegenüber über das Revers seines Mantels, diesmal aus Nervosität.

»Ich werde ein weiteres Versagen nicht dulden.« Der Mann in Blau machte eine entschiedene Handbewegung.

»Das wird es nicht geben«, erwiderte der andere unterwürfig.

Der Mann im Trenchcoat zog sich die Handschuhe über. »Wir haben uns nun über hundert Jahre geduldet. Das ist genug. Ich erwarte täglich einen Bericht von Ihnen.«

»Täglich«, bestätigte sein Gegenüber. »Natürlich.«

Sie verließen das Café und trennten sich ohne Gruß.

Der Mann in Blau spazierte die baumgesäumte Straße nach rechts hinunter, sein Kompagnon wandte sich in die andere Richtung.

An der nächsten Ecke betrat er ein Tabakgeschäft.

Wenig später kam er, einen langen Zigarillo zwischen den Lippen, wieder heraus und setzte seinen Weg fort.

In geruhsamem Tempo folgte er der Straße weiter, bis er den Carrer de Casanova erreichte. Er hatte gerade ein paar Schritte auf die Straße gemacht, als er hinter sich einen Motor aufheulen hörte.

Das Letzte, was er sah, als er über die Schulter blickte, war ein schwarzer Geländewagen, der auf ihn zugerast kam.

Dann wurde es dunkel um ihn.

Ein Umzug

Ich hätte eigentlich schon Verdacht schöpfen müssen, als meine Eltern mich zu einem Kurzurlaub mit nach Barcelona schleppten.

Barcelona! Eine Stadt mit einer Million Einwohner! Was sollte man da für einen Urlaub machen? Normalerweise fuhren wir im Sommer ans Meer, meistens nach Andalusien im spanischen Süden, und Ma und Dad lagen den ganzen Tag am Strand herum und machten einen auf faul, während ich mich von Jahr zu Jahr mehr langweilte. Wir wohnten in einer Großstadt und meine Eltern waren froh, wenigstens im Sommer mal rauszukommen, wie sie immer wieder erklärten.

Und jetzt *Barcelona?*

Andererseits wunderte es mich nicht, denn Dad war von allem, was mit Spanien zu tun hatte, besessen. Wahrscheinlich weil er dort geboren worden war und die ersten zwanzig Jahre seines Lebens in der Nähe von Alicante verbracht hatte, wo sein Vater als Arzt arbeitete.

Natürlich konnte Dad fließend Spanisch und natürlich hatten er und Ma noch vor meiner Geburt beschlossen, mich von Anfang an zweisprachig zu erziehen. So kam es, dass ich mit Ma fast nur Deutsch und mit Dad fast nur Spanisch redete.

Was mir aber in Barcelona wenig nutzte. Denn bereits im Flughafen sah ich überall Schilder mit für mich unverständlichen Wörtern.

»Das ist Katalanisch«, erklärte mir Dad, als er mein fragendes Gesicht bemerkte. »Barcelona liegt in der Region Katalonien, in der man eine eigene Sprache spricht.«

Das fing ja gut an! Zum Glück schienen die Katalanen aber Mitleid mit allen zu haben, die ihre Sprache nicht beherrschten, denn jedes Schild gab es auch in einer spanischen Version.

Während Ma mich von einer Sehenswürdigkeit zur nächsten schleppte, trieb sich Dad irgendwo in der Stadt herum. Und als ich wissen wollte, was er so allein anstellte, antwortete er nur mit einem geheimnisvollen: »Das wird eine Überraschung.«

Und das wurde es wirklich.

Aber ganz anders, als ich es mir vorgestellt hatte.

◎◎◎

Zwei Monate später kehrten wir zurück nach Barcelona. Aber diesmal nicht als Touristen, sondern als Einwohner.

Ma und Dad hatten versucht, es mir *schonend* beizubringen, wie sie sagten. Die ersten Wochen nach unserer Rückkehr bombardierten sie mich täglich mit ihren Erinnerungen an »diese tolle Stadt«, zählten eine schöne Ecke nach der anderen auf und seufzten mit verklärtem Blick, wie glücklich sich die Einwohner Barcelonas doch schätzen könnten, an so einem himmlischen Ort zu leben, und wie wundervoll es wäre, wenn man das selbst auch könnte.

Da begann ich bereits, den Braten zu riechen.

Wie schlimm es aber wirklich war, sollte ich erst später erfahren.

Eines Abends nach dem Essen eröffneten mir meine Eltern nämlich, dass Dad von seiner Firma nach Barcelona geschickt würde und wir dort für einige Jahre leben dürften.

»Ist das nicht toll, Danny?«, strahlte Ma.

Ich starrte mit zusammengekniffenen Lippen auf einen Brotkrümel, der von meinem Teller gefallen war, als könnte ich ihn so dazu bringen, sich in die Luft zu erheben und meiner Ma ins Nasenloch zu fliegen. Dann würde sie einen Niesanfall bekommen, und dieses Gespräch wäre vorbei. Denn eins war mir von vornherein klar: Hier war nicht meine Meinung gefragt. Ich wurde vor vollendete Tatsachen gestellt und sollte dazu auch noch freudig nicken.

»Kopf hoch«, sagte Dad. »Es wird schon nicht so schlimm.« Er gab mir einen Klaps auf die Schulter und Ma lächelte mir aufmunternd zu.

Für sie war es ja auch ganz einfach. Sie mussten nicht in eine neue Schule gehen. Sie mussten nicht auf ihre Freunde verzichten, denn die kamen bestimmt alle paar Wochen eingeflogen, um ein Wochenende in der Traumstadt zu verbringen. Außerdem hatten sie ihre tollen Museen und Bars, ihre Modegeschäfte und Restaurants.

Und ich? Was hatte ich?

Eine fremde Stadt, in der man eine merkwürdige Sprache sprach und in der ich niemanden kannte. Und in der meine Eins in Spanisch, mit der ich mein völliges Versagen in Mathe ausgleichen konnte, keine Bedeutung mehr haben würde.

»Hey, Danny, komm schon«, sagte Dad. »Immerhin bist du bereits Viertel vor zwei und kein kleiner Junge mehr. So ein Umzug haut dich nicht um! Du wirst sehen, in ein paar Wochen hast du neue Freunde und willst gar nicht mehr weg.«

Wenn er gehofft hatte, meine Laune auf diese Art zu heben, dann hatte er sich getäuscht. Nur weil ich als Kleinkind mal mein Alter als halb fünf bezeichnet hatte, als ich viereinhalb Jahre alt war, bekam ich solche Sprüche jetzt immer zu hören. Aber ich wurde in drei Monaten vierzehn! Da war man aus dem Alter raus, in dem man darüber noch lachte. Doch das schienen meine Eltern nicht begreifen zu wollen.

Statt einer Antwort sprang ich auf und rannte in mein Zimmer. Ich zerrte die bunten Broschüren, die ich bei unserem *Urlaub* in Barcelona mitgenommen hatte, aus meinem Bücherregal und riss sie nacheinander in kleine Stücke.

So!

Barcelona? Ohne mich!

⊚⊚⊚

Aber natürlich kam alles anders. Und so stand ich wenige Wochen später mit meinem Dad vor der Tür des *Colegio Aleman*, der deutschen Schule Barcelonas, die auf den Hügeln über der Stadt thronte.

Sie sah, das musste ich zugeben, deutlich freundlicher aus als meine Schule in Deutschland. Wir gingen durch einen hellen Eingangsbereich in das Zimmer der Direktorin, die uns Kekse servierte und mir erklärte, wie hier alles funktionierte. Der Blick aus ihrem Fenster hinab ins Tal nahm mich so gefangen, dass ich zwar automatisch an den richtigen Stellen nickte und »Okay« sagte, aber nicht wirklich etwas mitbekam.

Auf einmal stand ein großer Mann neben mir, dessen kahler Schädel wie eine polierte Bowlingkugel glänzte.

»Das ist Herr Vohrmann, dein Klassenlehrer«, stellte die Direktorin ihn uns vor. »Er wird dich jetzt in deine Klasse mitnehmen und dir alles Weitere erklären.«

Ich erhob mich und sah Dad fragend an. »Ich

bleibe noch ein wenig hier, um die Formalitäten zu regeln«, sagte er. »Und nach der Schule hole ich dich ab.« Er gab mir einen Klaps auf die Schulter. »Viel Spaß.«

Ich folgte Herrn Vohrmann über den Flur und eine Treppe hoch, bis wir meine neue Klasse erreichten. Er schien ganz freundlich zu sein und informierte mich darüber, dass er mein Deutsch- und Englischlehrer wäre.

»Du bist nicht sehr begeistert, was?«, fragte er.

Stumm schüttelte ich den Kopf.

»Ich kenne das. Wir sind vor vier Jahren mit unseren drei Kindern hergezogen. Sie haben Zeter und Mordio geschrien. Und jetzt? Keine zehn Pferde würden sie mehr aus Barcelona wegbringen.«

Ich nickte. Schön für sie. Aber ich hieß nicht Vohrmann und hätte nichts gegen zehn Pferde gehabt, wenn sie mich von hier forttragen würden.

Als wir ins Klassenzimmer eintraten, drehten sich fünfundzwanzig Köpfe zu mir um.

Am liebsten wäre ich im Boden versunken.

»Das ist Daniel Herbst, euer neuer Mitschüler«, verkündete Herr Vohrmann. »Er ist mit seinen Eltern vor ein paar Tagen nach Barcelona gezogen und war bisher in Deutschland auf dem Gymnasium. Helft ihm dabei, sich bei uns einzuleben.«

Er schob mich zu einem Tisch, an dem nur ein bleicher Junge saß. Klasse! Ich kam ausgerechnet zu dem Schüler, neben dem keiner sitzen wollte!

Lustlos stellte ich meinen Rucksack unter den Tisch und setzte mich. Sofort begannen alle, miteinander zu tuscheln, und es war klar, worum es ging: um mich.

»Ich bin Jakob«, sagte der bleiche Junge neben mir. Er sprach Deutsch mit einem merkwürdigen Akzent. Ich ließ die schlaffe Hand, die er mir entgegenstreckte, schnell wieder los.

»Ruhe bitte«, sagte Herr Vohrmann, der inzwischen hinter dem Lehrerpult stand. »Wer von euch möchte denn Daniels Pate sein?«

Einen Paten? Hatte die Direktorin nicht gesagt, Vohrmann würde mir alles erklären? Das war mal wieder typisch. Kaum außer Hörweite, schob er die Verantwortung ab.

Ich blickte starr nach vorn auf die große Wandtafel.

»Na los, Leute«, ermunterte Herr Vohrmann die Klasse. »Zeigt mal ein bisschen Engagement!«

Das Patentum schien nicht besonders beliebt zu sein. Jedenfalls bemerkte ich keine begeisterten Meldungen.

»Ich finde das sehr unfair eurem neuen Mitschüler gegenüber«, sagte Herr Vohrmann. »Soll das sein erster Eindruck von unserer Schule sein?«

Neben mir regte sich etwas. Ich drehte den Kopf ein wenig. Der bleiche Junge hatte tatsächlich seinen Arm gehoben.

»Sehr schön, Jakob! Danke dir.« Herr Vohrmann

schien erleichtert zu sein. Dann zog er ein Buch aus seiner abgewetzten Aktentasche und schlug es auf. »Wer kann mir sagen, wo wir letztes Mal aufgehört haben?«

Und wer meldete sich? Natürlich der Junge neben mir. Ich bemerkte die Blicke, die die anderen sich zuwarfen, und wusste, ich hatte die A...karte gezogen.

⊚⊚⊚

Eins muss ich klarstellen: Ich bin kein Mensch, der dauernd herumquengelt, auch wenn das hier den Eindruck erwecken könnte. Im Gegenteil, meistens nehme ich die Dinge mit Gelassenheit. Das hat meine Eltern einmal dazu gebracht, mich als *Stoiker* zu bezeichnen. Ich habe das dann mal gegoogelt und festgestellt, dass es gar nicht so schlecht ist, ein Stoiker zu sein.

Aber ich muss zugeben, der Umzug hatte mich ganz schön aus der Bahn geworfen.

»Dabei hast du es noch gut«, sagte Jakob, als wir ein paar Tage später in der Mensa hockten und *patatas bravas* verspeisten, so etwas wie das spanische Gegenstück zu Pommes rot-weiß. »Du sprichst wenigstens fließend Spanisch. Ich hab kein Wort verstanden, als wir hergezogen sind.«

Da konnte ich ihm nicht widersprechen. Was übrigens einer der Gründe war, warum die meisten in meiner Klasse nicht viel mit Jakob zu tun haben wollten: Er hatte meistens recht. Das war die freundliche Formulierung. Man konnte auch sagen: Er war ein neunmalkluger Streber. Und als sei das nicht genug, schien er es auch noch jedem zeigen zu wollen. Während die meisten Schüler in Jeans, T-Shirts und Sneakers gekleidet waren, trug er ein weißes Hemd, das bis oben hin zugeknöpft war, eine Leinenhose und stets glänzend polierte Lederschuhe.

Aber weil ich nun mal neben ihm saß und er mein Pate war, konnte ich ihm nicht wirklich aus dem Weg gehen. Jedoch mied ich seine Gesellschaft, wo ich konnte.

Bis zu dem Tag, an dem der Bettler starb.

Kalé

In Deutschland verbrachte ich die Freizeit meistens mit meinen Kumpels. Wir trafen uns irgendwo in der Stadt und hingen dann gemeinsam ab, wobei wir über Gott und die Welt redeten. Und in der letzten Zeit auch über Mädchen, zugegebenermaßen. War das Wetter schlecht, lungerten wir im Einkaufszentrum herum oder verabredeten uns zu einem Online-Spiel, bei dem wir uns über Skype unterhielten.

Das fiel in Barcelona natürlich alles weg. Erstens hatte ich keine Kumpels, mit denen ich mich treffen konnte. Zweitens konnte ich mit der alten Posse zwar nach wie vor skypen, aber das war irgendwie nicht mehr dasselbe. Wenn sie über Vorfälle in der Schule oder Mädels quatschten, konnte ich nicht viel dazu beitragen, weil ich nicht dabei gewesen war. Ich spürte, wie ich langsam aus der Gruppe rausrutschte.

Also musste ich andere Wege finden, um mich zu beschäftigen. Man kann schließlich nicht ständig lesen. Daher zog ich los, um das Viertel zu erkunden, in dem wir lebten. Es hieß Sant Gervasi und lag zwar in der Nähe des Stadtzentrums, aber doch weit genug entfernt, um nicht von Touristen überlaufen zu werden.

Barcelona ist eine alte Stadt mit vielen hohen Häusern und schmalen Straßenschluchten, aber auch mit vielen breiten Alleen und Plätzen. Weil so oft die Sonne scheint und immer viele Menschen auf den Straßen unterwegs sind, selbst spät am Abend, kann man überall spüren, wie das Leben pulsiert.

Anfangs war es der Markt, der mich faszinierte. Jeder Stadtteil hat seine eigene Markthalle, die außer sonntags jeden Tag geöffnet ist und wo man alles kaufen kann, was sich irgendwie essen lässt. Denn die Spanier essen so ziemlich alles, das hatte ich schon rausgekriegt.

Besonders hatten es mir die Fischhändler angetan. Sie belegten mit ihren Ständen einen ganzen Gang, und was sie in ihren Auslagen präsentierten, war besser als jedes Biologielehrbuch. Der Fisch und das übrige Meeresgetier waren nicht zerlegt und filetiert, wie bei uns in Deutschland, sondern lagen so auf Eis da, wie sie aus dem Meer gezogen worden waren. Man konnte fast glauben, sie lebten noch. Manche von ihnen sahen richtig gefährlich aus, wie die Schwertfische oder Seehechte. Denen wäre ich wirklich nur ungern im Wasser begegnet.

In den Markthallen traf sich das ganze Viertel, auch deshalb, weil es dort eine Reihe von Cafés und

Bars gab, an denen die Menschen in Gruppen zusammenstanden und Kaffee, Wein oder Bier tranken und *Tapas* verzehrten, verschiedenste Gerichte in kleinen Portionen, von denen man immer gleich mehrere bestellte.

Wenn ich in der Woche nachmittags aus der Schule kam, war die Markthalle allerdings meistens schon geschlossen. Dann bummelte ich durch das Viertel. Ich streifte durch Kaufhäuser oder setzte mich auf eine der Bänke in der Mitte der Diagonal und beobachtete das lebhafte Treiben um mich herum.

Und ich ging in den Supermarkt. Das klingt vielleicht komisch, aber ich mochte Supermärkte, weil sie mir wie ein Stück Heimat vorkamen. Supermärkte waren überall auf der Welt gleich, und wenn ich durch die langen Gänge des *Caprabo* mit seinen Waschmitteln, Marmeladen oder Konserven streifte, dann fühlte ich mich für ein paar Minuten wieder wie zu Hause. Ja, wenn ich die Augen schloss, dann konnte ich mir direkt vorstellen, dass vor der Tür nicht die fremdartige Travessera de Gràcia lag, sondern die Bismarckstraße mit ihren vertrauten Geschäften.

Fast jeden Nachmittag stattete ich dem Supermarkt einen kurzen Besuch ab, bevor ich durch das Viertel streifte. Und dort fand ich auch meinen ersten Freund in Barcelona. Vielleicht ist *Freund* nicht das richtige Wort, denn wir wechselten kaum ein Wort miteinander. Aber er war für mich wie ein alter

Bekannter, auf dessen Anwesenheit man sich verlassen konnte.

Genau genommen war er ein Bettler, der jeden Tag an der Scheibe neben dem Eingang des Supermarktes hockte. Seine Kleidung war abgerissen, seine weißen Haare verwildert und um sein Kinn wucherte ein ungepflegter Bart.

Ich hatte mich schon mehrfach gefragt, welcher Schicksalsschlag ihn wohl in diese Situation gebracht hatte. War er von seiner Frau verlassen worden und hatte mit dem Trinken angefangen? War er arbeitslos geworden und hatte seine Wohnung verloren, weil er die Miete nicht mehr zahlen konnte? Oder war er einer jener Menschen, denen es egal ist, wie sie leben, solange sie sich nur nicht jeden Tag zu einer Arbeit schleppen müssen, die ihnen nicht gefällt?

Was ihn mir sympathisch machte, waren die freundlichen blauen Augen, die in seinem wettergegerbten Gesicht strahlten, und sein Hund, der immer auf einer Decke neben ihm lag. Er war eine Promenadenmischung mit struppigem Fell, der stets zur Begrüßung mit dem Schwanz wedelte, wenn ich vorbeikam.

Nachdem ich mich bei unserer dritten Begegnung herabgebeugt und das Tier gestreichelt hatte, lächelte der Alte mir jedes Mal zu, wenn er mich sah, und hob die Hand zum Gruß. An dem Tag kaufte ich auch eine Packung Hundebiskuits, von denen ich dem Tier beim Rausgehen einen hinlegte, was der Alte mit einem genuschelten *Gracias* quittierte.

Der Hund hieß Manolo, so viel konnte ich dem Alten entlocken. Er verstand mein Spanisch zwar, ich seins jedoch nicht, und so bestanden unsere kurzen Unterhaltungen zumeist aus einigen Gesten und Wörtern, von denen wir hofften, dass der andere ihren Sinn begreifen würde.

Manolo war ein Mischling, bei dem man Spuren eines Terriers und eines Schäferhundes erkennen konnte. Er war nicht ganz so alt wie sein Herr, auch wenn er gewiss schon einige Jahre auf dem Buckel hatte. Er ging mir gerade mal bis zum Knie. Und dass ich ihn überhaupt anfasste, sprach für ihn, denn üblicherweise hielt ich mich von Hunden, wie von allen anderen Tieren, fern.

Ich muss das, glaube ich, an dieser Stelle einmal kurz erklären: Aus Gründen, die mir selbst ein wenig schleierhaft sind, habe ich eine ziemliche Angst vor Bakterien. Also vor Mikrolebewesen, die überall in unserer Umwelt leben. Das ist natürlich ganz unbegründet, denn im Biologieunterricht habe ich gelernt, dass im menschlichen Körper zehnmal so viele Bakterien hausen, als wir Körperzellen haben, und sie helfen uns bei allen möglichen Sachen. Aber allein die Vorstellung, eine Art lebendes Bakterienhotel zu sein, bereitet mir gewisse Probleme, und am liebsten würde ich mir ein Schild mit der Aufschrift »Alle Zimmer belegt« um den Hals hängen, damit die frei lebenden Bakterien sich eine andere Unterkunft suchten.

Aber so funktionierte das natürlich nicht. Leider.

Vor diesem Hintergrund ist vielleicht verständlich, warum es für mich so außergewöhnlich war, Manolo zu streicheln. In seiner Gegenwart schienen alle meine Ängste zu verfliegen.

So gingen die Tage ins Land. Irgendwie richtete ich mich in meinem neuen Leben ein. Glücklich war ich nicht, aber auch nicht direkt unglücklich. Es war eher ein Schwebezustand, eine Art Warteposition zwischen dem, was gestern war, und dem, was morgen passieren würde.

Ab und zu skypte ich noch mit meinen Freunden in Deutschland, aber auch das wurde immer weniger, denn wir hatten uns nicht mehr viel zu sagen. Ich war kein Teil mehr davon, was in meiner alten Stadt passierte, und umgekehrt hatten sie keine Ahnung davon, was bei mir so los war.

»Warum lädst du nicht mal einen deiner Klassenkameraden ein?«, fragte Dad mich einmal beim Abendessen.

Statt einer Antwort zuckte ich mit den Schultern. Wen sollte ich einladen? Es gab einige Cliquen, mit denen ich mich in der Schule während der Pausen rumtrieb, aber ich gehörte nicht wirklich dazu. Man duldete mich, weil ich nun mal da war. Außerdem wohnten die meisten meiner Mitschüler weit verstreut in der Stadt oder im Umland, sodass jedes

Treffen ein Riesenaufwand gewesen wäre. Der Einzige, der in der Nähe lebte, war Jakob, und bei ihm reichte es mir, dass ich in der Schule neben ihm saß.

Doch dann wurde ich jäh aus meiner Routine herausgerissen.

Es war ein Nachmittag in der letzten Septemberwoche. Ich war, wie üblich, in Richtung Diagonal getigert. Mein Ziel war das Stadtviertel Eixample, in dem auch die berühmte Kirche Sagrada Família stand. Wir hatten in der Schule darüber gesprochen und die Aufgabe erhalten, uns einen Ort im Eixample auszusuchen und zu beschreiben.

Auf dem Weg kam ich an meinem Supermarkt vorbei. Der alte Bettler und sein Hund hockten an ihrem gewohnten Platz und ich griff automatisch in die Hosentasche, um einen Hundekeks herauszuholen. Doch außer ein paar Krümeln fand ich nichts. Manolo blickte mich erwartungsvoll an, mit dieser Sehnsucht in den Augen, die nur Hunde besitzen.

»Ich hol dir was«, versprach ich ihm und verschwand im Laden. Aber als ich die Tierabteilung erreichte, fand ich das Fach mit den Keksen leer vor. Es dauerte bestimmt fünf Minuten, bis ich einen jungen Mann aufgetrieben hatte, der für den Supermarkt arbeitete, und weitere zehn Minuten, bis er mit einem Einkaufswagen voller Kekstüten zurückkam. Ich griff mir eine davon, bedankte mich und lief zur Kasse.

Sofort merkte ich, dass etwas nicht stimmte. Die Kassiererinnen hatten ihre Arbeit eingestellt und starrten in Richtung Eingangstür. Eine Menschentraube versperrte mir die Sicht. Alles, was ich erkennen konnte, war das Blinken eines Blaulichts.

Der Alte!, schoss es mir durch den Kopf.

Ich warf die Hundekekse auf einen Korb mit Haarbürsten, drängte mich an den vor mir Wartenden an der Kasse vorbei und stürzte zur Tür. Als ich mich endlich durch die Reihen der Gaffer gekämpft hatte, sah ich nur noch die Füße des Bettlers in einem Krankenwagen verschwinden. Ein Sanitäter schlug die Türen zu, und mit heulenden Sirenen raste die Ambulanz davon.

Ich stand da wie vom Donner gerührt und blickte dem Blaulicht hinterher.

Die Menge der Schaulustigen löste sich langsam auf. Niemand achtete auf Manolo, der mit hängendem Kopf auf seiner Decke saß. Irgendwer, wahrscheinlich einer der Sanitäter, hatte ihn mit einer Kordel an einem Türstopper festgebunden, denn ich konnte mir nicht vorstellen, dass er freiwillig zurückgeblieben war.

Was sollte ich jetzt tun? Ich konnte Manolo ja nicht einfach hier sitzen lassen. Ich tätschelte ihm den Kopf und er blickte mich mit Augen an, die zugleich tieftraurig und hoffnungsvoll waren.

Ich dachte nach. Sollte ich ihn zur Polizei bringen? Die würden ihn wahrscheinlich in ein Tierheim stecken. Mit nach Hause nehmen konnte ich ihn auch nicht, Ma war extrem allergisch gegen Hundehaare. Und außerdem wusste ich ja nicht, was mit dem Alten war. Vielleicht kehrte er schon bald aus dem Krankenhaus zurück, und dann würde er Manolo sicher suchen.

Das brachte mich auf eine Idee: Möglicherweise konnte Manolo selbst mich zur Wohnung des Alten führen, sollte er eine haben, wo ich ihn dann bei einem Nachbarn unterbringen konnte.

Kurz entschlossen rollte ich die Decke zusammen, steckte sie zu den wenigen Habseligkeiten des Mannes in die große Plastiktüte, die immer neben ihm stand, und zog Manolos Kordel von dem Türstopper ab.

Der Hund blickte mich fragend an. »Bring mich nach Hause, Manolo«, sagte ich. Ich zog ein wenig an der Leine. »Nach Hause.«

In Manolos traurigen Hundeaugen zeigte sich keine Reaktion und einen Moment lang hatte ich den Eindruck, er wollte einfach sitzen bleiben und auf die Rückkehr seines Herrn warten. Dann erhob er sich, schüttelte sich kurz und begann, die Travessera de Gràcia entlangzulaufen.

Den ersten Teil des Weges kannte ich. Er führte in den Stadtteil Gràcia, vorbei am Markt und den Straßen, die voller Touristen waren. Dann bog Manolo nach links ab, dann nach rechts und so weiter, bis ich völlig die Orientierung verloren hatte. Wir kamen schließlich an einem kleinen Platz heraus, dem Plaça del Raspall. Die Stadt machte hier einen fast ländlichen Eindruck, mit niedrigen Häusern, schmalen Gassen und viel Grün.

Auf dem Platz saßen alte Männer und Frauen auf Bänken, in lebhafte Unterhaltungen vertieft. Kinder spielten um einen kleinen Brunnen und aus einem Restaurant an der Ecke drangen Stimmen und Besteckgeklapper nach draußen. Es duftete nach Knoblauch, Kräutern, Gewürzen und gebratenem Fleisch und Fisch.

Manolo lief zielstrebig weiter. Nach einiger Zeit wurden die Häuser wieder höher, die Geschäfte kleiner und die am Straßenrand parkenden Autos älter. Aus geöffneten Fenstern hörte man laute Frauenstimmen und noch lautere Musik. Wie überall in Barcelona hingen auch hier an vielen Balkons katalanische Nationalflaggen. Die Region war zwar ein Teil Spaniens, wollte aber unabhängig werden. Das forderten auch etliche der Graffiti an den Häuserwänden.

Obwohl das Viertel äußerlich vielen anderen Stadtteilen glich, war hier doch etwas anders. Vielleicht war es die Musik in der Luft, die nichts mit dem üblichen Hitparadengedudel zu tun hatte. Vielleicht waren es die Männer an den Tischen vor den kleinen Bars, von denen etliche, auch ältere, schulterlange Haare trugen. Vielleicht war es der ebenfalls langhaarige kleine Junge, der mir in roten

Schuhen mit hohen Hacken entgegenkam, begleitet von einem Mann mit Gitarre in der Hand. Und vielleicht war es doch keine so gute Idee gewesen, mich von Manolo leiten zu lassen. Wer wusste schon, wohin er mich hier geführt hatte!

Ich beschloss, umzukehren, sollten wir unser Ziel nicht in den nächsten zwei Minuten erreichen.

Manolo bog in eine weitere Gasse ein. Sie war noch einmal schmaler als die zuvor. Von den Fassaden der Häuser blätterte die Farbe ab. Weiter hinten lungerten ein paar Jugendliche auf dem Bürgersteig herum, die mich ungeniert anstarrten. Ich spürte ein flaues Gefühl in der Magengegend und fragte mich, was wohl passieren würde, wenn ich die Gruppe erreichte.

Zum Glück hielt Manolo vorher an. Er blickte sich zu mir um, so als wollte er sich überzeugen, dass ich noch da war, und steuerte dann auf eine Haustür zu. Sie war nur angelehnt. Ich trat in den Flur.

Das Tier zog mich die Treppe hoch. Überall im Haus waren die Türen geöffnet. Ich stieg durch eine wilde Mischung aus Musik, Kindergeschrei, Essensgerüchen, Staubsaugerlärm und lauten Stimmen bis in den zweiten Stock, wo mir eine ältere Frau in einem bunten Kleid den Weg versperrte.

»Wer bist du? Wie kommst du an den Hund?«, herrschte sie mich an.

Ich setzte gerade zu einer Antwort an, als aus der Türe hinter ihr ein Mädchen trat, das etwa so alt war wie ich. Sie trug einen einfachen schwarzen Sweater, Jeans und Turnschuhe.

»Manolo!«, rief sie und beugte sich zu dem Hund herab, der sie sofort freudig begrüßte.

Sie streichelte ihn kurz und richtete sich wieder auf, wobei sie ihre langen schwarzen Haare mit einer energischen Kopfbewegung zurückwarf. Sie wechselte mit der Frau ein paar Worte in einer Sprache, die zwar wie Spanisch klang, aber von der ich trotzdem nichts verstand.

Dann blickte sie mir in die Augen.

Es war, als würde ein Stromschlag durch meinen Körper fahren.

Im Bruchteil einer Sekunde wurde mir heiß, und ich hatte das Gefühl, mein Kopf würde gleich platzen.

Lag das an ihren dunklen braunen Augen, die mir wie zwei Tore in eine unbekannte, wunderschöne Welt vorkamen? Oder war es einfach ihr entschiedenes Auftreten, das so ganz anders war als das der Mädchen, die ich aus der Schule kannte?

»Wie kommst du an den Hund und die Sachen meines Großonkels?«, holte sie mich in die Realität zurück. Sie deutete auf die Tüte in meiner Hand. Ihre Stimme war tiefer, als ich erwartet hatte.

»Nun, das ist so …«, begann ich, aber sie unterbrach mich.

»Komm mit«, sagte sie. »Es ist unhöflich, einen Gast im Flur stehen zu lassen.«

Sie drehte sich um und verschwand mit Manolo in der Wohnung. Die Frau ließ mich nur widerwillig vorbei. Ich folgte dem Mädchen durch einen langen Gang in ein Zimmer, das bis auf drei Ledersofas, einen gigantischen Fernseher und einen kleinen Tisch keine weiteren Möbel enthielt.

»Setz dich«, sagte sie und wies auf eines der Sofas. »Ich hole nur schnell was zu trinken für Manolo.«

Vorsichtig ließ ich mich auf das abgewetzte Leder sinken und stellte die Plastiktüte des Alten daneben ab. Die Frau im Hausflur musste wohl Gesellschaft bekommen haben, denn ich hörte, wie mehrere Frauen lautstark miteinander diskutierten.

Wo war ich hier nur hineingeraten?

Das Mädchen kehrte mit einem Blechnapf voll Wasser zurück und Manolo stürzte sich gierig darauf. Ich hätte auch gern etwas getrunken, wollte mich aber nicht unbeliebter machen, als ich es offenbar schon war, indem ich danach fragte. Aber wieso eigentlich – was hatte ich denn getan? Ich brachte den Hund und die Sachen des Alten zurück und musste mich dafür anmachen lassen. War das der Dank für meine Hilfsbereitschaft?

Das Mädchen setzte sich auf die Sofalehne und sah mich scharf an. Wieder wurde mir abwechselnd heiß und kalt. »Also noch mal. Wer bist du und was machst du hier?«

»Ich heiße Daniel.« Ich streckte ihr meine Hand entgegen. »Und du?«

Sie schwieg einen Moment, offenbar verwirrt von dieser Geste. Als ich merkte, dass sie nicht vorhatte, meine Hand zu ergreifen, ließ ich sie langsam sinken.

»Mein Name ist Lola«, antwortete sie schließlich. »Aber das tut nichts zur Sache.« Sie kniff die Augen zusammen. »Du kommst mit der Tasche meines Großonkels und seinem Hund in unser Haus. Da stellen sich doch ein paar Fragen, findest du nicht?«

»Natürlich.« Ich nickte. »Aber ich würde hier wohl kaum mit Manolo und der Tasche auftauchen, wenn ich irgendwas Übles im Schilde führen würde, oder?«

Ihre Gesichtszüge entspannten sich. »Du hast recht«, sagte sie. »Wir sind Kalé. Gitanos. Wir sind von Natur aus misstrauisch gegenüber denen, die nicht zu uns gehören, weil wir nicht immer gute Erfahrungen gemacht haben.«

Gitanos, das Wort kannte ich. Übersetzt hieß es Zigeuner, obwohl man das nicht mehr sagen sollte, wie wir in der Schule gelernt hatten. Roma lautete die korrekte Bezeichnung dieses Volkes. Aber hier in Spanien wurde das Wort *Gitanos* ganz selbstverständlich verwendet, offenbar sogar von den Roma selbst, wie Lolas Äußerung bewies.

»Also«, riss sie mich aus meinen Gedanken, »möchtest du mir erzählen, was geschehen ist, Daniel?«

Ich berichtete, woher ich ihren Großonkel und Manolo kannte und was heute vor dem Supermarkt geschehen war.

Als ich fertig war, sprang Lola auf.

»Ich muss den anderen Bescheid sagen«, rief sie und verschwand aus dem Zimmer. Manolo und ich sahen ihr nach und uns dann an. Wenigstens einer, der zu mir hielt.

Auf dem Flur hörte ich lautes Rufen. Unter die Frauenstimmen mischten sich jetzt auch ein paar Männer. Türen knallten im Treppenhaus. Jemand telefonierte laut, jemand anders schluchzte in klagenden Tönen.

Ich stand vorsichtig vom Sofa auf und fragte mich, ob ich mich wohl einfach so davonschleichen konnte, als Lola wieder im Zimmer auftauchte.

»Vielen Dank, Daniel«, sagte sie mit ernstem Gesicht. »Ohne dich hätten wir so schnell nichts erfahren. Wir haben herausgefunden, in welchem Krankenhaus mein Großonkel liegt, und fahren nun dorthin. Deshalb musst du jetzt gehen.«

Ich nickte. »Klar.«

Diesmal war sie es, die mir die Hand hinstreckte. »Vielen Dank«, sagte sie noch einmal.

Fast blieb mir das Herz stehen, als ich ihre Hand in meiner spürte. »Das ist doch selbstverständlich.« Meine Stimme zitterte ein wenig. »Immerhin waren dein Großonkel, Manolo und ich so etwas wie Freunde.«

Wie zur Bestätigung meiner Worte rieb sich Manolo an meinem Bein.

Ein kurzes Lächeln zeigte sich in Lolas Gesicht. »Scheint so.« Sie ließ meine Hand los. »Findest du allein raus?«

»Sicher«, antwortete ich.

Lola nickte mir zu und verschwand aus dem Zimmer.

Im Flur standen Männer und Frauen und diskutierten miteinander, aber keiner beachtete mich. Auch im Treppenhaus herrschte reger Betrieb. Die Nachricht von dem, was Lolas Großonkel passiert war, musste sich wie ein Lauffeuer verbreitet haben. Und nicht nur in seinem Haus.

Als ich auf die Straße trat, waren überall Fenster geöffnet und die Bewohner unterhielten sich quer über die Straße hinweg in dieser merkwürdigen Sprache, die Lola auch bei meiner Ankunft gesprochen hatte.

Und die fünf Jugendlichen, die mich vorhin angestarrt hatten, warteten vor der Tür auf mich.

Jetzt, aus der Nähe, bemerkte ich, dass sie so jung gar nicht mehr waren. Sie mochten so um die zwanzig sein und offenbar hatten sie mich als die Quelle des Aufruhrs identifiziert.

Mit einem Mal war die schmale Gasse noch schmaler geworden. Mir kam es vor, als würde meine Brust zwischen den hohen Häuserreihen eingepresst. Was sollte ich jetzt machen?

Ich versuchte, die Jungen einfach zu ignorieren und mich an ihnen vorbeizudrücken, aber einer von ihnen stellte sich mir in den Weg. Er war einen Kopf größer als ich, hatte wilde Tattoos auf den Armen und eine Zigarette hing ihm im Mundwinkel. Er legte seine rechte Hand auf meine Brust und schubste mich gegen die Hauswand.

Eine Frau in einem der Fenster rief den Jungen etwas zu, aber die ignorierten sie. Der Anführer stieß mich erneut, diesmal gegen die Schulter. Aber zurückweichen konnte ich nicht mehr.

Ich riss die Arme hoch, um mich vor den Schlägen zu schützen, die jetzt garantiert folgen würden.

Da ließ eine laute Stimme meine Peiniger herumfahren. Es war Lola, die in der Haustür stand und die Jungs anschrie. Was sie sagte, konnte ich nicht verstehen. Ich hörte nur meinen Namen und mehrfach das Wort *Gadscho*.

Der Anführer der Bande erwiderte etwas, aber Lola ließ ihn nicht ausreden. Sie setzte ihre Tirade fort, während sie zu uns herüberkam. Ihre Augen funkelten. Die jungen Männer wichen einen Schritt zurück. Sie schienen ordentlich Respekt vor ihr zu haben.

Schließlich hob der Anführer entschuldigend die Hände und gab mir einen Klaps gegen die Schulter. »Alles gut?«, fragte er.

War es zwar nicht, aber ich nickte trotzdem. Die fünf drehten ab und marschierten die Straße hinab.

»Tut mir leid«, entschuldigte sich Lola. »Manche in unserem Viertel mögen es nicht, wenn sich ein Gadscho darin herumtreibt.«

Da war es wieder, das Wort. »Was ist denn ein Gadscho?«, fragte ich.

»Jeder, der kein Gitano ist.«

Ich deutete auf die Häuser. »Und hier wohnen nur eure Leute?«

»Zum größten Teil. Du musst das nicht falsch verstehen. Die meisten Kalé betrachten sich als Katalanen und du wirst als Gadscho nie bemerken, dass sie Gitanos sind. Aber unser Zusammengehörigkeitsgefühl ist ziemlich stark. Bei uns im Haus leben wir nicht nebeneinander her, sondern wir passen aufeinander auf. Und manche nutzen dann das Auftauchen eines unbekannten Fremden als Gelegenheit, ihre Muskeln spielen zu lassen.« Sie machte eine Kopfbewegung in Richtung der abziehenden Bande. »Gato und die Jungs sind keine schlechten Menschen, auch wenn sie manchmal so rüberkommen.«

Ich bezweifelte das, hielt aber meinen Mund.

»Du solltest jetzt besser gehen«, sagte Lola mit Nachdruck.

»Danke für die Hilfe«, erwiderte ich, aber sie hatte sich schon umgedreht und war auf dem Weg zurück ins Haus. Ich sah ihr noch einen Moment hinterher, dann machte ich mich auf Richtung Sant Gervasi.

Ob ich sie wohl jemals wiedersehen würde?

Principio Morales

Am nächsten Morgen kam mir das, was ich am Vortag erlebt hatte, schon wie in ferner Vergangenheit vor. Alles, bis auf Lola. Wenn ich an unsere Berührung dachte, dann durchlief mich derselbe Schauer wie bei unserer ersten Begegnung.

Mit Mädchen hatte ich eigentlich nicht viel am Hut. Es gab zwar einige Jungs in unserer Klasse, die nur noch das andere Geschlecht im Kopf hatten, aber zu denen gehörte ich gewiss nicht. Ich hatte auch keine Lust, den ganzen Samstag oder Sonntag durch die Stadt zu ziehen und den Mädels schöne Augen zu machen. Was daran so aufregend sein sollte, konnte ich nicht verstehen.

Zumindest nicht bis jetzt.

Die Begegnung mit Lola hatte alles verändert.

Ich wusste nicht einmal, was es war, das mich so an ihr faszinierte. Ihr Gesicht? Ihre Augen? Ihre Art? Alles zusammen?

Und was dachte sie von mir? Erinnerte sie sich auch an mich, oder war ich schon wieder aus ihrem Kopf verschwunden, abgelegt unter *der verängstigte Gadscho-Junge, der Manolo zurückgebracht hat?* Denn eine gute Figur hatte ich gestern gewiss nicht gemacht.

Es war Samstag und ich hatte den ganzen Tag zur freien Verfügung, denn Ma und Dad hatten ausnahmsweise keinen Bildungsausflug für mich geplant. Sie waren nämlich überzeugt davon, mir die Schätze Barcelonas näherbringen zu müssen, damit ich mich *mehr mit meiner neuen Heimat identifizierte*, wie Dad es ausdrückte.

Nach dem Frühstück besuchte ich den Supermarkt, um zu überprüfen, ob der Alte vielleicht doch wieder zurück war. Innerlich hoffte ich, dass er nur einen Schwächeanfall gehabt hatte. Aber als ich ankam, war von ihm weit und breit nichts zu sehen.

Ich überlegte, ob ich Lola noch einmal besuchen sollte. Sie war mit ihrer Familie im Krankenhaus gewesen und wusste sicher mehr. Aber trotz der guten Worte, die sie bei den Jugendlichen für mich eingelegt hatte, traute ich dem Braten nicht. Denn mir war durchaus bewusst, dass sie in einer anderen Welt lebte als ich, und ich würde in jener Straße auch heute nur ein Eindringling sein.

Daher kehrte ich erst mal nach Hause zurück und setzte mich an den Rechner. Was hatte Lola gesagt? Sie hatte sich und ihre Leute als *Kalé* bezeichnet. Also googelte ich danach. Lediglich Wikipedia klärte mich darüber auf, dass es sich dabei um eine Untergruppe der Roma handelte, die vor vielen Jahrhunderten nach Spanien eingewandert war.

Die Kalé hatten eine eigene Sprache, die sich *Calo* nannte. Der Rest der Suchergebnisse beschäftigte sich mit einer Art Grünkohl, der allerdings ohne Akzent geschrieben wurde.

Also suchte ich unter *Roma* weiter. Im Gegensatz zu Kalé wies Google zu diesem Suchbegriff über 500 Millionen Ergebnisse aus. Das sah auch nicht gerade nach einem vielversprechenden Ansatz aus. Ich klickte ein wenig herum, blieb hier und da hängen, und ehe ich mich versah, waren zwei Stunden verstrichen. Ich wusste jetzt zwar mehr als vorher, aber so richtig schlau war ich immer noch nicht.

Bevor ich damit beginnen konnte, die gesammelten Fakten in meinem Kopf zu sortieren, rief mich Ma zum Mittagessen. Es gab Tortilla, einen spanischen Kartoffelpfannkuchen, mit Bohnensalat, eines meiner Lieblingsgerichte.

Während der Woche hielten wir es wie die Spanier und aßen abends zusammen. Aber am Wochenende kehrten wir zu unserem deutschen Rhythmus zurück, mit warmem Mittagessen und kaltem Abendbrot.

Wir hatten uns gerade die Teller aufgefüllt, als es klingelte. Seufzend stand Ma auf und verschwand im Flur. Wir hörten ein paar Worte, dann kam sie wieder zurück.

»Es ist für dich«, sagte sie und sah mich fragend an. Hinter ihr trat ein großer, breitschultriger Mann ins Zimmer. Er trug einen Anzug, und über seinem linken Auge prangte ein nahezu ovaler, violetter Fleck. Das war ein Blutschwamm, wie ich wusste. Mein alter Mathelehrer hatte ebenfalls einen gehabt. Dem Gesicht des Neuankömmlings verlieh er im Zusammenspiel mit seinem schmallippigen Mund und den dichten Augenbrauen etwas Bedrohliches.

Dad und ich standen auf. Der Mann schüttelte uns die Hände und stellte sich als Principio Morales vor. »Entschuldigen Sie die Störung, aber ich muss Ihrem Sohn ein paar Fragen stellen. Dann bin ich auch schon wieder weg.«

Er reichte meinem Vater einen Ausweis.

»Polizei?«, fragte Dad stirnrunzelnd. »Was soll Daniel denn ausgefressen haben?«

Mein Herz begann unwillkürlich schneller zu schlagen. Nicht weil ich etwas angestellt hatte, nein, es war eher, weil das Auftauchen eines Polizisten meistens nichts Gutes verhieß.

»Ihr Sohn hat gar nichts ausgefressen«, beruhigte ihn Morales, während er sich ungefragt an den Tisch setzte. »Hm, Tortilla. Eines meiner Leibgerichte.«

Wenn er jetzt gehofft hatte, etwas abzubekommen, dann kannte er meine Eltern schlecht. Sie waren sofort in Verteidigungshaltung gegangen, so wie ich es auch von Elternsprechtagen gewohnt war. Die beiden konnten manchmal ganz schöne Nervensägen sein, aber wenn es um mich ging, dann fuhren sie immer die Krallen aus, und dafür war ich ihnen dankbar.

Auch Morales merkte, dass es für ihn hier, zumindest essenstechnisch, nichts zu holen gab. »Ihr Sohn war gestern Zeuge eines Zwischenfalls«, begann er. »Ein alter Bettler hatte einen Herzinfarkt, direkt vor dem *Caprabo*-Supermarkt, und Ihr Sohn war wohl der Letzte, der mit ihm gesprochen hat.«

»Der Alte ist tot?«, entfuhr es mir.

Morales nickte. »Er ist in der Nacht gestorben.« Er steckte seinen Ausweis, den Dad ihm zurückgegeben hatte, wieder ein. Die Situation war irgendwie merkwürdig: Wir standen alle drei, Morales saß am Tisch. Doch jetzt setzte ich mich ebenfalls. Diese Nachricht hatte mich umgehauen.

Ich spürte einen Kloß im Hals. Auch wenn wir uns nicht wirklich gekannt hatten, so hatte den Alten und mich doch irgendetwas verbunden. Nun würde ich ihn nie mehr wiedersehen. Und Manolo auch nicht. Hundekuchen brauchte ich ebenfalls keine mehr zu kaufen. In dem Augenblick wurde mir bewusst, was diese kleinen Begegnungen für mich bedeutet hatten, und mir war klar, dass ich den Supermarkt nicht mehr betreten würde.

»Woher kanntest du den Alten?«, fragte der Polizist.

Ich räusperte mich. »Vom Supermarkt«, sagte ich. »Er saß da jeden Tag neben dem Eingang.«

»Und du hast mit ihm häufiger gesprochen?«

»Nein.« Ich schüttelte den Kopf.

»Wie kommt es dann, dass Zeugen berichten, du

wärst mit seinem Hund und seiner Tasche davongegangen?«

»Moment mal«, mischte sich Dad ein. »Was soll das alles? Wird Daniel etwa verdächtigt, etwas gestohlen zu haben?«

»Keinesfalls«, beruhigte ihn Morales, aber sein Lächeln war so falsch wie seine goldenen Backenzähne. »Wir versuchen nur, mehr über die Todesumstände des Alten herauszubekommen. Ihr Sohn ist lediglich ein Zeuge.« Er wandte sich mir wieder zu. »Was hast du mit den Sachen gemacht?«

Sein lauernder Blick gefiel mir gar nicht. Außerdem fragte ich mich, woher er wusste, dass ich genau zu jenem Zeitpunkt im Supermarkt gewesen war. Und vor allem: Woher kannte er unsere Adresse?

»Ich wollte sie zu seiner Familie bringen«, sagte ich.

»Und woher wusstest du, wo er wohnt?«

»Das wusste ich nicht. Ich dachte, Ma…« Ich biss mir auf die Zunge. »Ich dachte, der Hund führt mich vielleicht hin.«

»Und? Hat er das?« Morales beugte sich zu mir über den Tisch. Sein Blutschwamm puckerte, als wäre er ein lebendes Wesen, das sich unter der Haut verbarg.

Ich lehnte mich unwillkürlich zurück. Dabei überlegte ich fieberhaft, was ich ihm erzählen sollte, denn ich hatte nicht vor, ihm Lolas Namen zu verraten.

»Ja und nein«, erwiderte ich ausweichend.

»Was soll das heißen?« Er kniff die Augen zusammen und sein Ton war nicht mehr so schleimig-freundlich wie zuvor.

»Entschuldigen Sie bitte«, schritt Dad ein. »Sie sagten, mein Sohn sei ein Zeuge. Sie hören sich aber so an, als würden Sie einen Verdächtigen verhören. Vielleicht ist es besser, wir rufen unseren Anwalt an.« Er zog sein Telefon aus der Hosentasche.

Morales sprang auf. »Bitte, regen Sie sich nicht auf. Es tut mir leid, wenn ich mich im Ton vergriffen habe. Eine Berufskrankheit, sozusagen.« Er hatte wieder sein falsches Lächeln aufgesetzt. »Nur noch eine oder zwei Fragen, und dann bin ich schon weg.«

Dad zögerte. »Nun gut«, sagte er schließlich. »Aber beeilen Sie sich. Wir wollen essen.«

»Natürlich«, schleimte Morales und wandte sich erneut mir zu. »Also, wohin hast du die Sachen gebracht? Ich frage das deshalb, weil wir noch keine Angehörigen des Verstorbenen ausfindig gemacht haben.«

Da! Er hatte sich verraten! Lola und ihre Familie waren gestern ins Krankenhaus gefahren, das wusste ich. Gut, dass ich die Zeit genutzt hatte, mir eine Antwort zurechtzulegen.

»Ich war irgendwo in Gràcia«, sagte ich. »Auf einem kleinen Platz sind mir ein paar Leute begegnet, die der Hund kannte, und ihnen habe ich die Tasche des Alten mitgegeben. Das war's.«

»Und du hast nicht in die Tasche reingeschaut?«, fragte er ungläubig.

Daran hatte ich wirklich nicht gedacht. Das war wahrscheinlich das Erste, was jemand tat, wenn er einen Hinweis auf den Wohnort finden wollte.

Ich schüttelte den Kopf. »Nein, der Gedanke ist mir nicht gekommen.«

Ich sagte das im Brustton der Überzeugung, weil es ja sogar der Wahrheit entsprach.

Das schien auch Morales zu spüren. Er machte ein enttäuschtes Gesicht.

»Na schön«, sagte er, »damit weiß ich alles, was ich wissen wollte. Entschuldigen Sie bitte die Störung.« Er warf mir noch einen durchdringenden Blick zu, dann ließ er sich von Dad zur Tür bringen.

Als Dad zurückkam, blickte er mich fragend an. »Was war das denn?«

Ich zuckte mit den Schultern. Die Gedanken rasten durch meinen Kopf. Dieser Morales würde sicher versuchen, Lola aufzuspüren. Ich musste sie warnen!

»Komm schon, Daniel. Ich hab dich etwas gefragt.«

»Der Junge steht doch unter Schock, siehst du das nicht?«, verteidigte mich Ma. »Außerdem wird das Essen kalt.«

Dad brummte etwas vor sich hin, gab aber Ruhe. Die Tortilla war schon nur noch lauwarm und irgendwie hatte ich keinen richtigen Hunger mehr, seit ich vom Tod des Alten gehört hatte. Auch Ma und Dad langten weitaus weniger zu als sonst.

Sobald wir mit dem Essen fertig waren, nahm Dads Gesicht wieder den fragenden Ausdruck an.

Daher fühlte ich mich genötigt, doch noch eine kurze Erklärung abzugeben. »Also, es war so, wie dieser Morales gesagt hat. Vor dem *Caprabo* saß immer dieser Bettler und ich habe seinem Hund ab und zu einen Bissen zugesteckt. Das ist alles.«

»Wirklich?«

»Ja, und dann haben sie seinen Hund vergessen, als sie ihn ins Krankenhaus gebracht haben, und ich wollte ihn und die Tasche des Alten zu seiner Familie zurückbringen.« Ich stand auf. »Und da muss ich jetzt auch noch mal hin. Ich muss sie vor diesem Morales warnen!«

»Nicht so schnell.« Dad hob eine Hand. »Also hast du dem Polizisten gerade nicht die Wahrheit gesagt.«

»Wie meinst du das?«

»Du hast ihm erzählt, du hättest den Hund und die Sachen irgendwelchen Leuten auf einem Platz gegeben.«

»Das hab ich gesagt, weil ich dem Mann nicht getraut habe.«

Dad schüttelte verständnislos den Kopf. »Du solltest dich nicht in Polizeiangelegenheiten mischen. Wer weiß, was in der Tasche gesteckt hat. Vielleicht war das ein Drogenhändler, der vor dem Supermarkt auf seine Kunden gewartet hat.«

Das war das Problem mit Dad. Er witterte hinter jeder Ecke Verbrecher und Betrüger, und Ma und ich mussten uns regelmäßig gute Ratschläge anhören, worauf wir unbedingt Acht zu geben hatten, wenn wir aus dem Haus gingen.

»Der Alte? Niemals! Und außerdem glaube ich nicht, dass dieser Morales wirklich ein Polizist ist.«

»Ich übrigens auch nicht«, sprang mir meine Mutter bei. »Wie er Daniel ausgefragt hat und der Tonfall …«

Dad zog die Augenbrauen in die Höhe. »Sein Ausweis sah mir aber ziemlich echt aus.«

»Und wie viele spanische Polizeiausweise hast du schon gesehen?«, fragte Ma.

»Wenn das eine Fälschung war, dann ist die ganze Sache noch brisanter«, sagte Dad. »Denn dann ist dieser Morales ein Verbrecher. Und die Vorstellung, dass ein Gangster hinter unserem Sohn her ist, finde ich noch weitaus erschreckender als ein Polizeiverhör. Deshalb denke ich, es ist besser, wenn du erst mal hierbleibst. Ob Polizist oder nicht, der Mann könnte dir draußen auflauern, um zu sehen, wohin du gehst.«

Das war gar nicht so blöd. Daran hatte ich nicht gedacht.

»So.« Dad machte eine Handbewegung. »Und jetzt erzählst du uns genau, was genau gestern vorgefallen ist. Aber bitte ohne dass wir dir jedes Wort aus der Nase ziehen müssen.«

Also berichtete ich von meinem kleinen Abenteuer bei den Kalé. Ich wusste schon, warum ich vorher nichts davon erwähnt hatte, denn Dads Reaktion war vorhersehbar.

»Gitanos«, sagte er. »Von denen solltest du dich fernhalten, wenn du mich fragst.«

Ich hatte ihn zwar nicht gefragt, aber das störte ihn nicht weiter. »Warum?«

»Nichts gegen diese Menschen«, sagte er. »Aber ihr Viertel gilt nicht unbedingt als sicher, und viele von ihnen gehen ...«, er suchte nach den passenden Worten, »... nicht gerade einer ehrbaren Beschäftigung nach.«

»Du meinst, sie sind Gauner?«

Dad hob die Hände. »Das habe ich nicht gesagt. Aber du kennst das doch noch aus Deutschland, als die ganzen Roma aus Rumänien in unsere Stadt kamen. Von einem Tag auf den anderen nahm die Zahl der Diebstähle und der Überfälle an Geldautomaten zu.«

»Was hat das denn mit den Leuten hier zu tun?«

»Es ist dasselbe Volk«, sagte Dad. »Ich will damit nicht sagen, dass sie alle kriminell sind, aber irgendwoher müssen die Geschichten doch stammen, die seit Jahrhunderten über sie erzählt werden, oder?«

»Die Leute, die ich getroffen habe, sind nicht kriminell«, behauptete ich, obwohl ich mir da nicht ganz sicher war. Aber ich konnte Dads Äußerungen nicht einfach unwidersprochen stehen lassen.

»Das mag ja sein, aber auch hier wird in der Zeitung häufiger über das Viertel berichtet. Und gerade vor ein paar Tagen ging noch die Geschichte von der Romafamilie in Griechenland durch die Medien, die ein Mädchen entführt hat.«

Ha! Da hatte ich ihn! Bei meinem Googeln vorhin hatte ich nämlich genau darüber gelesen. »Du meinst das blonde Mädchen mit den blauen Augen, das sie bei den Roma aufgegriffen haben?«, fragte ich unschuldig.

Dad nickte.

»Heute Morgen hat sich herausgestellt, dass sie tatsächlich eine Verwandte der Familie ist, die nur zufällig etwas anders aussieht«, trumpfte ich auf. »Von Entführung kann also gar keine Rede sein!«

Dad zog die Augenbrauen hoch. »Okay, dann weißt du mehr als ich. Aber das ändert nichts an der Gefährlichkeit des Viertels.« Er setzte seinen Vertrau-mir-Blick auf. »Die Roma sind einfach anders als wir. Und sie bleiben gern unter sich. Das ist eine Tatsache.«

Das hatte ich wohl gemerkt. Aber ich wollte mir von Dad, der wahrscheinlich noch nie in der Wohnung einer Romafamilie gewesen war, nicht erzählen lassen, was ich zu tun und zu lassen hatte. Und was zu tun war, das war mir völlig klar: Auch wenn ich keine besondere Lust darauf hatte, Gato und seinen Freunden noch einmal zu begegnen, musste ich Lola doch warnen. Über kurz oder lang würde Morales auch bei ihr auftauchen, dessen war ich mir sicher.

Ich wartete eine Anstandsstunde, bis Ma und Dad zum Einkaufen gefahren waren, und machte mich dann auf den Weg. Hoffentlich war Lola zu Hause!

Vor der Haustür hielt ich erst mal an und spähte die Straße auf und ab. Es konnte ja wirklich sein, dass dieser Morales mir irgendwo auflauerte. Ich hatte keine Lust, ihm allein zu begegnen. Erst als ich mich überzeugt hatte, dass die Luft rein war, trat ich auf den Gehsteig. Den ganzen Weg über blickte ich mich immer wieder um, aber niemand schien mich zu verfolgen.

Als ich in das Viertel kam, in dem Lola wohnte, war von der Bande, die mich abgefangen hatte, zum Glück nichts zu sehen. Ein paar Männer standen vor einer Bar, Gläser und Zigaretten in den Händen. Zwei Jugendliche schraubten unter der Motorhaube eines alten VW Golf herum und ein paar Kinder spielten am Ende der Straße Fußball. Keiner schien mich zu beachten.

Da tauchten sie wie Phantome vor mir auf.

Hatten sie mir aufgelauert? In einem Hauseingang auf mich gewartet?

Ich wusste es nicht. Ich spürte nur mein Herz, das mir bis zum Hals schlug.

»Na, Gadscho«, grinste der Anführer, »unsere Lola hat es dir wohl angetan.«

Die Angst schnürte mir die Kehle zu und ich bekam kein Wort heraus.

»Ey, Gato, sieh ihn dir an«, rief einer seiner Begleiter. »Der macht sich vor Angst in die Hosen.«

Gato trat auf mich zu und blies mir den Rauch seiner Zigarette ins Gesicht. Er tat so, als schnuppere er an mir. »Falsch, Ramón. Er riecht nur nach Gadscho.«

Weglaufen konnte ich nicht, zwei von der Bande hatten mir den Weg abgeschnitten. Mich irgendwie freizukämpfen ging ebenso wenig, denn ich war ihnen hoffnungslos unterlegen. Auf Hilfe konnte ich nicht hoffen, niemand schien uns Aufmerksamkeit zu schenken.

Am liebsten wäre ich im Boden versunken. Trotzdem nahm ich all meinen Mut zusammen. »Lasst mich durch. Ich muss Lola warnen.«

»Oha, warnen musst du sie also, Gadscho. Wovor denn? Vor einer Invasion der Hosenscheißer?«, spottete Gato.

Ich setzte alles auf eine Karte. »Erstens heiße ich nicht Gadscho, sondern Daniel. Zweitens geht dich das nichts an. Und drittens will ich jetzt durch.«

Gato warf die Zigarette weg. Seine Augen zogen sich zu zwei schmalen Schlitzen zusammen.

»Alles, was hier im Viertel geschieht, geht uns was an, *Gadscho*«, zischte er. Er hob die Hand, und ich zuckte mit dem Kopf zurück. Doch dann entspannte sich sein Gesicht plötzlich und er gab mir lediglich einen leichten Klaps auf die Wange. »Aber heute habe ich meinen großzügigen Tag. Deshalb darfst du weitergehen.«

Jetzt erst merkte ich, dass ich schon länger die Luft angehalten hatte. Ich atmete langsam aus, damit er meine Erleichterung nicht zu deutlich mitbekam. »Danke«, sagte ich.

»Ich dachte, wir haben noch ein bisschen Spaß mit ihm«, beschwerte sich Ramón.

Gato drehte sich zu ihm um. »Wenn ich sage, er kann gehen, dann kann er gehen. Oder hast du irgendwelche Einwände dagegen?«

Ramón senkte den Blick. »Natürlich nicht, Gato.«

»Dann wäre das ja geklärt.« Er wandte sich wieder mir zu. »Und du, Gadscho, solltest nicht glauben, dass du jedes Mal so leicht davonkommst.«

Er machte eine auffordernde Handbewegung und seine Freunde gaben widerwillig den Weg frei.

Ich trat einen Schritt nach vorn, dann einen zweiten. Dabei musste ich mich zurückhalten, um nicht einfach loszurennen. Aber sie ließen mich durch, und eine Minute später stand ich schweißgebadet vor dem Haus, in dem Lola wohnte.

Die Tür stand erneut offen und ich ging hoch in den zweiten Stock. Auch hier kam ich, ohne zu klingeln, in die Wohnung.

Im Flur blieb ich stehen. Am anderen Ende des

Ganges hörte ich Frauenstimmen und das Klappern von Töpfen. Zaghaft machte ich ein paar Schritte darauf zu, als Lola mit einem großen silbernen Topf in der Hand aus einer Tür trat. Sie hielt an, als sie mich sah.

»Was willst du denn hier?«, fragte sie nicht besonders freundlich. Ohne eine Antwort abzuwarten, ging sie in das gegenüberliegende Zimmer und stellte den Topf auf einem Tisch ab, der bereits mit Schüsseln und anderen Gefäßen bedeckt war.

Zwei Frauen, die an einem zweiten Tisch Gemüse schnippelten, blickten neugierig auf, als ich Lola folgte.

»Ich muss dich unbedingt sprechen«, erwiderte ich. »Ist das alles hier …«

»Die Vorbereitungen für die Beerdigung meines Großonkels, ja.« Sie fasste mich am Arm und zog mich aus dem Raum. »Komm mit. Hier stören wir nur.«

Wir verließen das Haus und blieben ein paar Meter weiter stehen.

Ohne lange Umschweife berichtete ich von dem Besuch des angeblichen Polizisten. »Weißt du, warum jemand so an deinem Großonkel interessiert ist?«, fragte ich.

Sie schüttelte nachdenklich den Kopf. »Keine Ahnung. Er hat doch keiner Fliege was zuleide getan. Und du bist sicher, dass das kein Polizist war?«

»Ganz sicher«, erwiderte ich. »Ein echter Polizist hätte gewusst, dass ihr in der Klinik wart. Und wenn er *mich* gefunden hat, dann wird er *euch* auch finden.«

»Vielleicht. Aber es wird ihm hier nicht gefallen.«

»Wie meinst du das?«

Lola deutete auf die Männer vor der Bar an der Ecke. »Wie gesagt, wir halten hier zusammen und passen aufeinander auf.«

»Das habe ich gestern schon gemerkt«, sagte ich.

»Du meinst Gato und seine Kumpels?«

Ich nickte. »Gerade bin ich ihm wieder über den Weg gelaufen.«

Lola zog die Augenbrauen hoch. »Und er hat dich einfach so durchgelassen?«

»Einfach so nicht. Aber er hatte wohl keine Lust, jemanden zu verprügeln, der so viel schwächer ist als er.«

Lola legte mir die Hand auf den Arm. »Mach dich nicht kleiner, als du bist. Du bist mit Manolo und den Sachen meines Großonkels hergekommen, das hätte nicht jeder gemacht. Du bist ein Freund. Gato ist nur ein Großmaul.«

Es tat mir gut, diese Worte aus ihrem Mund zu hören und zugleich die Wärme ihrer Hand zu spüren. Ich hätte ewig so stehen bleiben können.

Doch Lola nahm ihre Hand viel zu schnell weg. Sie überlegte kurz.

»Du hast meinen Großonkel gekannt und du warst

der Letzte, der ihn lebend gesehen und gesprochen hat.« Sie sah mich ernst an. »Da ist es eigentlich nur passend, dass du auch zu seiner Beerdigung kommst. Willst du?«

Ich wusste nicht genau, ob ich wollte. Beerdigungen waren nicht unbedingt mein Ding. Zwei hatte ich bislang miterlebt, die von einem meiner Großväter und die eines Bruders meiner Mutter. Es waren beides sehr traurige Angelegenheiten gewesen, und mir ging es danach noch tagelang schlecht. Andererseits hätte ich alles getan, um Lola wiederzusehen.

»Natürlich komme ich«, sagte ich daher. »Bist du denn sicher, dass deine Verwandten damit einverstanden sind?«

»Klar.« Das klang so selbstverständlich, als sei sie das Oberhaupt der Familie.

Ich bewunderte ihr Selbstbewusstsein, das mir gleich bei unserer ersten Begegnung aufgefallen war.

»Wir fahren hier morgen um zehn Uhr los. Am besten, du kommst direkt zum Friedhof. Die Beerdigung beginnt um elf.«

»O. k.«, sagte ich, »aber ich weiß nicht, ob ich die richtigen Klamotten dafür habe.«

Lola lächelte. »Mach dir darüber keine Gedanken. Komm einfach so, wie du bist.« Sie nannte mir den Namen des Friedhofs, dann wurde ihr Gesicht wieder ernst. »Bis morgen, Daniel. Und vielen Dank für die Warnung. Ich sage den anderen Bescheid, wir werden aufpassen.«

»Bis morgen«, erwiderte ich.

Einen Moment lang standen wir beide unschlüssig da, dann drehte sie sich um und ging ins Haus zurück.

Während ich auf dem Rückweg war, arbeitete mein Gehirn fieberhaft. Denn es gab ein großes Problem: Dad würde mir nie erlauben, an der Beerdigung teilzunehmen.

Eine geheimnisvolle Aufgabe

Schwierige Zeiten erfordern schwierige Entscheidungen.

Dad hatte ein Machtwort gesprochen, nachdem ich von meinem Ausflug nach Gràcia heimgekehrt war. Er hatte mich direkt an der Wohnungstür abgefangen und ins Kreuzverhör genommen.

Natürlich hatte ich zuerst nichts von meinem Besuch bei Lola erzählt, sondern irgendwas von einem Stadtbummel berichtet, aber er kannte mich zu gut, um darauf hereinzufallen. Schließlich gab ich zu, die Kalé vor Morales gewarnt zu haben.

»Ich dachte, du wärst klüger, Daniel«, schimpfte Dad. »Wir hatten doch darüber gesprochen, dass dieser zwielichtige Typ, der sich als Polizist ausgegeben hat, draußen auf dich lauern könnte. Und du tust einfach so, als sei nichts passiert.«

»Nein, *du* tust so«, rief ich. »Du erwartest, dass ich zu Hause sitze, während meinen Freunden vielleicht Gefahr droht.«

»Deinen *Freunden?* Jetzt sind die Gitanos schon deine Freunde?« Dad schüttelte ungläubig den Kopf. »Du wirst nie ihr Freund sein! Sie nutzen dich nur aus. Und deshalb wirst du da auch nicht mehr hingehen. Haben wir uns verstanden?«

Wenn er diesen Tonfall anschlug, dann war keine Diskussion mehr möglich, das hatte ich in den letzten Jahren leidvoll erfahren müssen. Also schluckte ich meine Antwort herunter, nickte stumm und verzog mich auf mein Zimmer.

Und hier saß ich jetzt, das Telefon in der Hand.

Vor mir lag unsere Klassenliste mit den Anschriften und Telefonnummern aller Schülerinnen und Schüler. Ich atmete noch einmal tief durch und wählte.

Es klingelte dreimal, dann meldete sich eine weibliche Stimme am anderen Ende: »*Digame.*«

Das war auch etwas, was in Spanien so ganz anders war als bei uns. Während wir uns normalerweise mit Namen oder einem *Hallo* meldeten, sagten die Spanier: »Sprich zu mir!« Also tat ich es.

»Guten Abend, hier ist Daniel Herbst. Kann ich bitte mit Jakob sprechen?«

»Daniel! Da wird er sich aber freuen! Er hat schon davon erzählt, dass ihr befreundet seid. Du musst uns unbedingt mal besuchen kommen! Warte, ich stelle dich durch.«

Es klickte in der Leitung. Aha, wir waren also Freunde. Sehr interessant. Das würden wir ja gleich sehen.

»Hi, Daniel«, tönte Jakobs Stimme aus dem Telefon.

»Hi«, erwiderte ich. »War das gerade deine Mutter?«

»Sí«, sagte er.

»Du hast ihr von mir erzählt.« Das war keine Frage, sondern eine Feststellung.

»Ja, aber nicht viel. Nur dass du neu in der Klasse bist und so. Sie will immer wissen, was so los ist in der Schule, weißt du?«

»Mmmh«, brummte ich. »Und du hast ihr erzählt, wir seien Freunde?«

»Na ja«, druckste er herum. »Meine Mutter glaubt, ich müsse unbedingt ein paar Freunde haben, odr? Da habe ich ihr das halt gesagt, damit sie mich mit ihren Sprüchen verschont.«

»Mmmh«, brummte ich erneut. »Dann könntest du mir ja vielleicht einen Gefallen tun, so von *Freund* zu *Freund?*«

»Ja klar. Worum geht's denn?«

In wenigen Worten erklärte ihm die Lage. »Ich dachte mir, du könntest mich zu dir einladen, und dann kann ich morgen von dir aus zur Beerdigung fahren und meine Eltern kriegen davon nichts mit.«

»Kein Problem.« Hörte ich da etwas wie Überschwang in seiner Stimme? Gut möglich. Ich war wahrscheinlich der Erste aus unserer Klasse, der ihn besuchen wollte. Da schien es für ihn keine Rolle zu spielen, dass ich ihn nur als Alibi benutzte. Fast tat er mir ein bisschen leid. Andererseits war es auch nicht viel besser, aus Mangel an Freunden durch spanische Supermärkte zu streifen.

Wir verabredeten eine Uhrzeit, und ich wollte das Gespräch gerade beenden, als er mich mit seinem letzten Satz überraschte.

»Eine Bedingung hätte ich allerdings, wenn ich dir helfen soll. Ich möchte deine Kalé-Freunde kennenlernen.«

»Das geht nicht«, entfuhr es mir spontan.

»Wieso nicht?«

»Weil …«, stotterte ich und suchte fieberhaft nach einer plausiblen Erklärung. Ich konnte ihm ja schlecht sagen, dass ich ihn einfach nicht dabeihaben wollte.

»Wenn du das nicht machst, dann gilt unsere Abmachung nicht.«

Das verschlug mir glatt die Sprache. Was fiel ihm ein, eine solche Forderung zu stellen? »Das eine hat mit dem anderen nichts zu tun!«, rief ich.

»Ich finde schon. Ich helfe *dir*, zu deinen Freunden zu gehen, und du hilfst *mir*, zu deinen Freunden zu gehen. Ist logisch, odr?«

Ich biss die Zähne zusammen. Na schön. Was blieb mir anderes übrig? Jetzt war es erst mal wichtig, zur Beerdigung zu kommen, alles Weitere würde sich zeigen.

»Also gut«, sagte ich.

»Versprochen?«

»Versprochen«, knurrte ich widerwillig.

»Dann hebs guät!« Das war Schweizerdeutsch und bedeutete so viel wie *Mach's gut,* wie ich inzwischen wusste. So ganz konnte er seine Herkunft aus Basel nicht verleugnen. Hier und da schlichen sich immer wieder Redewendungen aus seiner Muttersprache bei ihm ein, so wie das *odr,* das er häufig an einen Satz anhängte.

Ich legte das Telefon weg und starrte aus dem Fenster.

Worauf hatte ich mich da nur eingelassen?

◎◎◎

Gegen neun Uhr abends brachte mich mein Vater mit dem Auto zu Jakobs Wohnung, obwohl diese nur ein paar Blocks entfernt lag. Er stellte es als eine Gefälligkeit dar, aber ich wusste natürlich, warum er das machte. Er wollte sichergehen, dass ich auch wirklich zu Jakob ging und nicht zu meinen *Gitanofreunden.*

Er begleitete mich zur Tür und schwatzte ein wenig mit Jakobs Eltern, während wir beide uns auf sein Zimmer verzogen.

Ich war beeindruckt.

Jakobs Zimmer war bestimmt doppelt so groß wie meins. An einer Wand ragte ein Bücherregal empor bis zur Decke. Ich wusste, dass er viel las, aber solche Mengen hatte ich nicht erwartet.

Sein schmales Bett stand unter dem Fenster. An

der Wand daneben erstreckte sich ein Tisch, auf dem mehrere Computer ohne Seitenverkleidungen leise vor sich hin surrten. Sie waren über ein Kabelgewirr miteinander und mit diversen weiteren Gerätschaften verbunden, von denen ich einige als externe Festplatten und alte Smartphones identifizierte. Andere hingegen waren mir völlig unbekannt.

»GPS zur Ortung, Chiffriermodule und so weiter«, erklärte Jakob mit einer wegwerfenden Handbewegung, als er mein Interesse bemerkte. »Aber das hier ist cool.« Er deutete auf eine merkwürdige Konstruktion am Ende des Tisches. »Ein 3D-Drucker«, sagte er stolz.

Ich hatte davon gelesen, aber noch nie direkt vor einem solchen Ding gestanden. »Was machst du damit?«, fragte ich ihn.

»Im Augenblick nicht viel, odr?«, erwiderte er. »Ich arbeite mich gerade in die Software ein.«

»Und dann?«

»Erfindungen machen und herstellen«, strahlte er.

»Und was hast du schon so erfunden?«

»Noch nichts. Aber ich habe da ein paar Ideen. Hast du Lust mitzumachen?«

»Mal sehen«, sagte ich vage. Das klang zwar interessant, aber die Vorstellung, nach der Schule hier wieder neben Jakob zu sitzen, schreckte mich ein wenig ab. Und außerdem war ich nicht so der Computertyp. Ich hatte mit meinen alten Klassenkameraden zwar online gezockt und geskypt, aber so wirklich waren Computer nicht mein Ding.

Durchs Fenster beobachtete ich, wie Dad ins Auto stieg und heimfuhr.

Jakob quetschte mich über den Alten und mein Erlebnis bei den Kalé aus, und ich war froh, als uns seine Mutter endlich zum Abendbrot rief.

Wir gingen früh zu Bett, nachdem mir Jakob noch ein paar Dinge über seine Basteleien erzählt hatte.

Am nächsten Morgen saßen wir bereits um acht Uhr am Frühstückstisch. Das war zum Glück in Jakobs Familie nichts Besonderes, sie waren alle Frühaufsteher. Ganz im Gegensatz zu mir.

Um kurz nach neun Uhr verließen wir das Haus. Jakobs Eltern hatten wir erzählt, wir wollten nach Barceloneta, dem Strandviertel Barcelonas, wo wir uns mit anderen Klassenkameraden treffen würden.

An der Avenida Diagonal trennten wir uns. Ich nahm von hier einen Bus, der mich direkt zu dem Friedhof brachte, auf dem der Alte beigesetzt wurde. Jakob lief weiter in Richtung Innenstadt. Ich wusste nicht, was er vorhatte, und hatte ihn auch nicht gefragt. Vielleicht verbrachte er den Tag wirklich am Strand? Wir hatten verabredet, uns um drei Uhr nachmittags wieder hier zu treffen.

Der Friedhof lag ein wenig außerhalb des Stadtzentrums und war gut besucht. Es war ein gewaltiges Areal und ich fragte mich, wie ich Lola hier jemals finden sollte.

Viele Menschen, vor allem ältere Frauen in schwarzer Kleidung, saßen auf Bänken in den schmalen Gassen, die von den meterhohen Urnengräbern gebildet wurden.

Ich war durch einen Nebeneingang gekommen. Die Urnengräber lagen auf einer leichten Anhöhe und an ihrem Ende führte ein Weg hinunter zu den normalen Gräbern.

Gerade überlegte ich, in welche Richtung ich gehen sollte, als ich in der Ferne jemanden winken sah.

Es war Lola.

Mein Herz machte, trotz des traurigen Anlasses, einen Sprung, als ich sie erblickte.

Sie stand mit einer kleinen Gruppe von Frauen und Männern unter einem Baum in der Nähe der Hauptzufahrt zum Friedhof. Sollte das die ganze Trauergesellschaft sein?

Ich hatte eine schwarze Hose und ein dunkelblaues Hemd angezogen, um mich einigermaßen in die Trauergemeinde einzufügen, aber Lola trug eine geflickte Jeans und ein buntes T-Shirt, was so gar nicht zu einer Beerdigung passte. Auf jeden Fall sah sie in den Sachen toll aus, so wie wahrscheinlich in allem, was sie trug.

Wir begrüßten uns und sie stellte mir die Erwachsenen vor, die bei ihr standen. Sie waren eher wie für eine Beerdigung gekleidet, auch wenn die dunklen Jeans und Röcke ebenso gut in den Alltag gepasst hätten.

Ich wusste nicht so recht, was ich sagen sollte. Meine Erfahrungen mit Mädchen waren, wie bereits erwähnt, sehr begrenzt oder, um es nicht zu beschönigen, schlicht und ergreifend einfach nicht vorhanden. Wir traten ein wenig zur Seite.

»Ist eigentlich bekannt, woran dein Großonkel gestorben ist?«, fragte ich schließlich.

Lola nickte. »Er hatte einen Herzinfarkt.«

»Also hat niemand …«

Sie schüttelte den Kopf. »Er hatte schon länger Probleme mit dem Herzen. Wir haben eigentlich alle erwartet, dass das irgendwann mal passieren würde.«

Der Alte war also eines natürlichen Todes gestorben. Aber warum tauchte genau in dem Moment dieser Morales bei uns auf?

»Da kommt Antonio!«, rief Lola plötzlich.

»Wer ist Antonio?«, fragte ich. Der freudige Ton in ihrer Stimme machte mich sofort misstrauisch, ohne dass ich etwas dafür konnte.

»Mein Cousin. Er ist für die Beerdigung extra aus New York zurückgekommen. Warte hier einen Moment.« Sie lief auf einen jungen Mann zu, der gerade durch den Eingang gekommen war, und fiel ihm um den Hals. Die beiden drückten sich lange, dann zog sie ihn in meine Richtung.

Lolas Cousin mochte vielleicht zwanzig Jahre alt sein. Er trug ein T-Shirt mit der Aufschrift *FAGIC*,

---

was die Abkürzung von *Federación de Asociaciones Gitanas de Cataluña*, Organisation der Gitanos in Katalonien war hatte strubbeliges schwarzes Haar und fröhliche Augen. Ein wenig schämte ich mich für das Misstrauen, das ich ihm gegenüber empfunden hatte.

Er begrüßte mich mit einem Handschlag und grinste. »Du bist also Lolas Gadscho.«

Ich musste wohl etwas beleidigt geguckt haben, denn er hob sofort die Handflächen. »Hey, das war nur ein Spaß. Ich bin dir sehr dankbar, dass du Manolo zurückgebracht und Lola informiert hast.«

»Antonio und Großonkel Juan standen sich sehr nahe«, erklärte Lola mir.

»Sofern man bei ihm überhaupt von *Nahestehen* reden kann«, schränkte Antonio ein. »Seit dem Tod von *abuela* Luisa lebte er in seiner eigenen Welt.«

»Aber dich hat er immer am liebsten von allen gemocht«, sagte Lola.

Antonio zuckte mit den Schultern. »Das stimmt schon. Und doch weiß ich nicht, was ihn in den letzten Jahren umgetrieben hat. Und warum er seine Tage vor dem Supermarkt verbracht hat, wo du ihn kennengelernt hast, Daniel.«

»Er machte auf mich keinen unglücklichen Eindruck«, sagte ich. »Im Gegenteil, er sah fast immer sehr zufrieden aus. Er saß einfach nur da und beobachtete die Leute.«

»Es freut mich, das zu hören. Aber ich weiß, dass ihm irgendeine Sache keine Ruhe gelassen hat. Leider hat er nie darüber gesprochen.«

»Sie kommen«, unterbrach uns Lola.

Durch das Friedhofstor fuhr im Schritttempo ein schwarzer Leichenwagen, der auf dem Dach und an den Seiten mit Kränzen und Blumen geschmückt war. Dahinter folgten etwa vierzig Männer, Frauen und Kinder, die meisten von ihnen in ganz normaler Kleidung. Den Abschluss bildeten vier ältere Männer mit Hüten und Gitarren in den Händen. Sie waren die Einzigen, die Anzüge trugen. Lola, Antonio und ich schlossen uns der Prozession an.

Von großer Trauer konnte ich nicht viel bemerken, auch wenn die Teilnehmer des kleinen Zuges wenig sprachen. Vielleicht lag das wirklich daran, dass der Alte ein Einzelgänger gewesen war und keine nahen Verwandten von ihm mehr lebten. Oder es war bei den Kalé so üblich.

Nach einigen Minuten kam der Wagen vor einem Seitenweg zum Stehen. Antonio und fünf andere Männer traten vor, während der Fahrer und Beifahrer des Beerdigungsunternehmens die Hecktüren des Wagens öffneten. Im Inneren lag ein weißer Sarg, ebenfalls mit Blumen geschmückt. Unvorstellbar, dass darin der Alte liegen sollte, den ich noch vor wenigen Tagen getroffen hatte! Sofort war der Kloß in meinem Hals wieder da. Ich musste schlucken.

Antonio und die Männer hoben den Sarg auf ihre Schultern. Die vier Gitarristen traten hinter sie und begannen zu spielen.

Ich hatte eine Trauermelodie erwartet, aber es

war ein Stück voller Rhythmus und Lebensfreude, während die Sargträger langsam in Richtung des Grabes schritten.

»Das ist *rumba catalana*«, sagte Lola. »Es ist eine Musik, die wir Gitanos in Barcelona erfunden haben. Großonkel Juan hat sie immer sehr gemocht. Er hat früher einmal selbst in einer Gruppe Gitarre gespielt, bis die Arthritis das unmöglich machte.«

Die ganze Szenerie kam mir irgendwie unwirklich vor. Die Sonne schien, der Himmel strahlte blau, eine Band spielte rhythmische Musik, die Menschen wiegten sich leicht im Takt – und vor ihnen wurde ein Mann zu Grabe getragen. So eine Beerdigung hatte ich noch nie erlebt, nicht mal im Film.

Vor einem frisch ausgehobenen Grab machte die Prozession halt. Hier wartete bereits ein Priester auf uns. Die Musik verstummte. Während der Pfarrer die Weihrauchkugel schwenkte und ein Gebet intonierte, ließen die Sargträger die Holzkiste an langen Seilen in das Erdloch hinab.

Der Priester sprach noch ein paar Worte, dann war die offizielle Zeremonie beendet. Einer nach dem anderen traten die Trauergäste vor und warfen eine Handvoll Erde ins Grab. Anschließend füllten sie eine weitere Handvoll in Plastikbeutel oder Papiertüten, die sie mitgebracht hatten.

»Das ist wegen des *mulo*«, erklärte mir Lola. »Viele Gitanos glauben, dass der Verstorbene als

Geist zurückkehrt. Nicht für immer, aber für eine bestimmte Zeit. Erst dann kann er in die Gemeinschaft der Ahnen aufgenommen werden. Und damit er uns in der Zwischenzeit nichts Böses antun kann, nehmen wir die Erde vom Grab mit und werfen sie in einen Brunnen. Auf diese Weise soll der Mulo daran ersticken.«

Ich fand das ziemlich gruselig und dem Mulo gegenüber nicht sehr nett. Der Geist des Alten würde gewiss niemandem etwas antun, und ihn vorsorglich zu ersticken, falls es ihn denn gab, war einfach brutal. Aber als wir an der Reihe waren, zog Lola ebenfalls einen Plastikbeutel aus der Tasche und tat etwas Erde hinein.

Die Musiker hatten wieder zu spielen begonnen, der Priester war längst verschwunden. Wahrscheinlich wollte er, als guter Katholik, nicht Zeuge sein bei einem abergläubischen Brauch.

Dann gingen wir alle gemeinsam zum Eingang zurück.

»Du kommst doch noch mit zu uns?«, fragte mich Antonio.

Es war inzwischen zwölf Uhr vorbei. Viel Zeit hatte ich nicht mehr, aber natürlich sagte ich zu.

Antonio und ich kletterten zu einem Mann, den er mir als Onkel Ricardo vorstellte, in einen Pick-up. Mir war nicht klar, ob das wirklich ein Onkel von ihm war oder ob das nur eine Bezeichnung für ältere Bekannte war.

Während der Rückfahrt führten Onkel Ricardo und Antonio ein lebhaftes Gespräch, von dem ich allerdings kaum etwas verstand. Aber ich hörte mehrmals den Namen Juan heraus, was wohl bedeutete, dass sie über den Alten sprachen, den wir gerade zu Grabe getragen hatten.

Zurück in Gràcia drängte sich die ganze Trauergesellschaft in die Wohnung von Lolas Eltern. Mir fiel auf, dass ich die beiden bislang noch gar nicht kennengelernt hatte. War ihre Mutter die Frau, die mich bei meinem ersten Besuch an der Tür empfangen hatte? Und wer von den Männern war ihr Vater? Bestimmt hatte sie auch Geschwister.

Die Antworten auf diese Fragen mussten warten, denn Lola führte mich direkt weg von dem Trubel in ihr Zimmer. Im Vergleich zu meiner oder Jakobs Bude war es winzig. Die Einrichtung bestand aus einem schmalen Bett, einem alten Kleiderschrank, einem Tisch mit Büchern und Schulheften darauf und einem niedrigen Bücherregal. An einer Wand hing das riesige Schwarz-Weiß-Foto einer streng dreinblickenden Frau mit zurückgebundenen Haaren. Ob das Lolas Mutter war? Aber wer hängte ein Foto seiner Mutter in seinem Zimmer auf?

Gerade wollte ich sie danach fragen, als wir laute Stimmen auf dem Flur hörten. Eine davon war die von Antonio, der sich offenbar mit anderen Männern stritt.

Ich blickte Lola fragend an.

»Es geht um das Erbe meines Großonkels«, erklärte sie. »Antonio hat die Familie um Hilfe gebeten, aber sie wollen nicht.«

Ich war verwirrt. »Was wollen sie nicht? Das Erbe?«

Lola brachte mich mit einer Handbewegung zum Schweigen.

Wir lauschten dem Wortwechsel, der immer erregter wurde. Ich fühlte mich ziemlich unbehaglich. Vielleicht sollte ich gehen?

In dem Moment stürzte Antonio durch die Tür, gefolgt von einem Stimmenschwall. Er drehte sich um und rief den anderen etwas zu, dann ließ er sich auf das Bett fallen.

»Diese Sturköpfe!«, schimpfte er.

Ein Mann steckte seinen Kopf durch die Tür und rief Antonio etwas zu. Anstatt zu antworten, winkte der nur ab, und der Mann verschwand wieder.

Antonio vergrub sein Gesicht in den Händen. Lola und ich schwiegen und warteten.

Schließlich blickte er auf. Die Erregung war aus seinen Zügen gewichen und seine Miene war wieder so freundlich wie zuvor.

»Ihr wundert euch sicher, was das eben war, oder?«, fragte er.

Wir nickten fast gleichzeitig.

»Mein Großvater war kein einfacher Mann, sondern hatte ein wichtiges Amt inne«, erklärte Antonio. »Seine Aufgabe war es, etwas zu bewachen.«

»Was denn?«, fragte Lola. Ich merkte, wie ihre Neugier geweckt war, so wie meine auch.

Ihr Cousin zuckte mit den Schultern. »Das weiß keiner so genau. Angeblich ist es ein Gegenstand, der mit den ersten Kalé nach Spanien gekommen ist und der eine große Macht besitzen soll.« Er hob die Hände, als er unsere erwartungsvollen Gesichter sah. »Ich weiß nicht, welche Macht, und auch nicht, was das für ein Gegenstand ist und wo er versteckt liegt. Ich weiß nur, dass ihn einer von uns bewachen muss, damit er nicht in die falschen Hände fällt. So will es die Überlieferung.«

»Und du glaubst daran?«, fragte ich skeptisch. »Ist das nicht vielleicht einfach nur eine Legende?«

Antonio lächelte. »Was für den einen eine Legende ist, ist für den anderen Wahrheit. Was meinst du, warum hat Schliemann Troja gefunden? Weil er einer Legende geglaubt hat.«

»Und du glaubst an die Legende von diesem Gegenstand, der bewacht werden muss.«

Er nickte.

»Aber wie soll man etwas bewachen, von dem man nicht weiß, was es ist und wo es sich befindet?«

Antonio sprang auf. »Genau das müssen wir herausfinden!«

»Wir?«, fragte ich. »Warum überlässt du das nicht

dem, der …« Noch während ich sprach, wurde mir klar, was hier los war. »*Du* bist derjenige, der die Aufgabe deines Großvaters übernehmen soll!«, rief ich.

Er nickte erneut. »Keinen der anderen interessiert das. Sie halten es für Aberglauben, für Unsinn und Zeitverschwendung. Sie sind ja so *modern*, diese Zigeuner! Aber Abuelo Juan war moderner als sie alle zusammen.«

»Du machst es aber nicht nur, weil keiner der anderen es will oder du an eine alte Legende glaubst«, fragte Lola nach. »Ich kenne dich. Da steckt doch mehr dahinter.«

»Legenden gehören zur Geschichte unseres Volkes«, sagte Antonio. »Sie machen uns zu dem, was wir sind. Auch wenn ich in New York experimentelle Filme drehe, nicht abergläubisch und von einem Gadscho nicht zu unterscheiden bin, so bleibe ich doch ein Kalé. Weil ich nicht vergesse, woher ich komme.«

Das war mir etwas zu hoch. Er behauptete, nicht abergläubisch zu sein, und doch hatte er am Grab Erde gegen den Mulo eingesteckt und wollte einer alten Legende seines Volkes nachgehen?

Antonio bemerkte meinen skeptischen Blick. »Sieh das mal so: Wir Kalé leben seit Jahrhunderten als Außenseiter, weil die Mehrheit der Spanier nicht glaubt, dass wir etwas zu ihrem kulturellen Erbe beigetragen haben. Selbst wenn wir ihnen sagen, dass es den Flamenco oder den Rumba catalana ohne uns nicht geben würde, zucken sie mit den Schultern und vergessen es wieder. Aber ein jahrhundertealtes Artefakt, das von uns ins Land gebracht wurde, das ist etwas anderes. Das können sie nicht einfach ignorieren.«

»Also willst du diesen Gegenstand nicht *bewachen*, du willst ihn *suchen*«, sagte Lola.

Antonio nickte. »Ich bin überzeugt, dass die Legende einen wahren Kern besitzt. Abuelo Juan war kein Spinner. Deshalb will ich alles darüber herausfinden, was es gibt.« Er blickte uns beide mit ernstem Gesicht an. »Dabei brauche ich Hilfe. Seid ihr dabei?«

»Natürlich«, rief Lola. »Wir helfen dir. Oder, Daniel?« Sie stieß mich leicht an.

Auch für mich war die Antwort sofort klar. Einen geheimnisvollen Gegenstand zu suchen, das war tausendmal interessanter, als ziellos durch die Straßen zu streifen. Und es würde mir Gelegenheit geben, mich weiter mit Lola zu treffen.

»Na klar«, sagte ich. »Ich bin dabei.«

Antonio lächelte. »Wir werden es denen zeigen, was?«

»Das werden wir«, bekräftigte ich, auch wenn mir nicht ganz klar war, wen er damit meinte – seine Familie oder die Spanier allgemein.

»Womit fangen wir an?«, fragte Lola.

»Am besten mit Abuelo Juans wenigen Habseligkeiten«, schlug Antonio vor. Er verschwand aus dem Raum und kehrte Sekunden später mit einem alten Lederkoffer in der Hand zurück.

»Das ist alles, was er mir hinterlassen hat«, sagte er, während er den Koffer auf das Tischchen legte und den Deckel aufklappte. Da Antonio der Erbe seines Großvaters war, schloss ich daraus, dass seine Eltern verstorben waren und er keine Geschwister hatte.

Der Inhalt des Koffers bestand zum größten Teil aus Kleidungsstücken, die wir sorgfältig auf eines der Sofas legten: drei Oberhemden, drei Hosen, ein Paar Hosenträger, ein Paar Halbschuhe, diverse Socken, Unterhemden und Unterhosen sowie ein Sakko. Alles war sauber, aber abgetragen, bis auf drei Seidentaschentücher, die in einem Etui steckten und unbenutzt aussahen.

Und dann war da noch ein altes in Leder gebundenes Buch.

Antonio nahm es vorsichtig heraus. »Die Mongolen«, las er den Titel vor.

Er blätterte es auf. Der Rücken hatte sich an einigen Stellen gelöst, der Umschlag war abgegriffen und die Seiten waren vergilbt und voller Eselsohren.

»Ein Geschichtswerk über die Mongolen«, sagte er. »Ich wusste gar nicht, dass Abuelo Juan daran interessiert war. Früher hat er viel gelesen, meistens Romane, aber nach dem Tod von Abuela Luisa habe ich ihn nie wieder mit einem Buch in der Hand gesehen.«

Er klappte den Band zu und legte ihn ebenfalls aufs Sofa. Mehr war nicht im Koffer. Antonio strich mit dem Finger über das Futter und prüfte, ob sich dahinter vielleicht noch etwas verbarg, fand aber nichts.

»Es sieht so aus, als müssten wir bei null anfangen«, seufzte er und begann, die Sachen wieder zurückzulegen.

»Hast du denn gar keine Ahnung, was er bewacht haben könnte?«, fragte ich. »Vielleicht weiß einer eurer Verwandten was.«

Lola schüttelte den Kopf. »Mein Großonkel war ein ziemlicher Eigenbrötler. Er hatte wenig Kontakt mit den anderen. In den letzten Jahren war er den ganzen Tag außer Haus, und wenn wir beim Essen saßen, beteiligte er sich fast nie an den Gesprächen. Mit mir redete er meistens über Manolo, weil ich ihn, als ich kleiner war, immer ausführen durfte.«

Den Hund hatte ich ganz vergessen. »Wo ist Manolo jetzt eigentlich?«, fragte ich.

»Bei Freunden in Valencia«, erwiderte Lola. »Hier kann sich keiner um ihn kümmern, aber dort ist er gut aufgehoben.«

»Oh.« Ich war von der Antwort etwas enttäuscht, ohne genau zu wissen, warum. »Wolltest du ihn nicht behalten?«

»Ich bin jeden Tag in der Schule und meine Eltern arbeiten beide. Und Antonio reist in der Weltgeschichte herum …«

»Nur kein Neid«, lachte ihr Cousin. »Lola übertreibt gern ein bisschen«, wandte er sich an mich. »Ich studiere hier in *Bajarí* und bin nur ab und zu für meine Projekte unterwegs.«

»Bajarí?«

»Oh, entschuldige, so nennen wir Barcelona in unserer Sprache. Da siehst du es, wir haben sogar einen eigenen Namen für die Stadt, so lange sind wir schon hier. Jetzt erzähl du mir aber noch mal die Geschichte von dem angeblichen Polizisten, der bei dir aufgetaucht ist.«

Ich berichtete kurz von meinem Erlebnis mit Morales, wenn er denn überhaupt so hieß.

Antonio machte ein nachdenkliches Gesicht. »Wenn dieser Mann wirklich ein Betrüger war, dann könnte das etwas mit dem Gegenstand zu tun haben, den wir suchen, meint ihr nicht auch? Denn dann muss er Abuelo Juan beobachtet haben. Woher hätte er sonst von dir wissen können? Und das würde heißen, wir müssen bei unseren Nachforschungen echt ziemlich aufpassen.«

Das dämpfte meine Begeisterung für die Schatzsuche gleich wieder. Ich hatte keine Lust, Morales noch einmal zu begegnen. Aber vielleicht musste ich das auch gar nicht.

»Ich schlage vor, wir treffen uns morgen, wenn ihr

aus der Schule kommt, hier und beratschlagen, wie wir vorgehen«, sagte Antonio voller Tatendrang. »Inzwischen höre ich mich ein bisschen um, vielleicht bekomme ich ja noch was raus.«

Ich wäre gern noch ein wenig in Lolas Gesellschaft geblieben, aber es war bereits halb drei und ich musste mich beeilen, um Jakob rechtzeitig zu treffen. Die beiden wurden außerdem beim Essen erwartet, und da wäre ich nur ein Fremdkörper gewesen.

Wir verabschiedeten uns und ich lief in Richtung Diagonal.

Jakob wartete schon an der Bushaltestelle auf mich. »Und?«, fragte er aufgeregt, kaum dass ich in Hörweite war.

»Und was?«, fragte ich zurück.

»Wie war's?«

»Wie soll es gewesen sein?«, erwiderte ich. »Eine Beerdigung halt.«

Ich wusste natürlich, worauf er hinauswollte, aber ich hatte nach wie vor wenig Lust, ihm Lola und Antonio vorzustellen. Er hatte mir zwar ein Alibi verschafft und dafür war ich ihm dankbar, doch die Welt der Kalé, die ich entdeckt hatte, wollte ich nicht mit ihm teilen.

»Gehst du morgen wieder hin?«, drängte er.

»Zur Beerdigung?« Ich stellte mich absichtlich dumm.

»Zu den Gitanos natürlich.«

»Ich weiß noch nicht«, sagte ich. »Eigentlich muss ich was für die Schule tun.«

Er musterte mich skeptisch. »Du machst doch keinen Rückzieher, odr?«

Ich schwieg. Natürlich wollte ich einen Rückzieher machen. Doch während wir an der Ampel warteten, um die Travessera zu überqueren, wurde mir klar, wie unehrenhaft das wäre. Auch wenn Jakob mich erpresst hatte, ich war auf seine Forderung eingegangen. Jetzt war ich dran, meinen Teil der Abmachung zu erfüllen. Und wer weiß, womöglich konnte er uns mit seinem Wissen ja bei unserer Suche helfen.

Also berichtete ich in groben Zügen über das, was Lola, Antonio und ich vorhatten.

»Ein Abenteuer!«, rief er. »Endlich!«

Eine solche Reaktion hatte ich nicht erwartet. Ausgerechnet er, der Stubenhocker, freute sich auf ein Abenteuer? Ich kannte ihn wohl doch nicht so gut, wie ich dachte.

Dennoch hegte ich nach wie vor die vage Hoffnung, dass ihn morgen vielleicht eine Grippe ans Bett fesseln würde oder eine andere Verpflichtung dazwischenkam.

Aber da kannte ich ihn schlecht.

Ein mysteriöser Zettel

Am Montag hatte kaum die Schulglocke zur ersten Pause geläutet, als mich Jakob abfing. Die ersten beiden Stunden war er bereits ungewöhnlich nervös gewesen und auf seinem Stuhl hin- und hergerutscht.

»Was ist los mit dir?«, fragte ich, während wir zum Kiosk gingen.

»Nichts«, sagte er. »Ich bin nur gespannt auf heute Nachmittag.«

»Jetzt mach dich mal locker«, sagte ich. »Lola und Antonio sind ganz normale Menschen, so wie du und ich.«

»Das weiß ich doch, odr? Japaner und Jakuten sind auch ganz normale Menschen, aber ihre Überlieferungen und Kulturen sind ganz anders als unsere. Und das ist es, was ich so spannend finde. Ich habe gestern, nachdem du weg warst, noch ein wenig nachgeforscht. Dabei bin ich zufällig auf eine Seite gestoßen, wo über eine alte Legende berichtet wird, der zufolge die ersten Roma, die nach Spanien kamen, etwas mitgebracht haben, das ursprünglich den Mongolen gehörte.«

»Den Mongolen?«, fragte ich überrascht. Ich musste an das Buch denken, das wir in dem Koffer des Alten gefunden hatten. Das drehte sich doch auch um die Geschichte der Mongolen!

Ich erzählte Jakob von dem Buch und er wurde noch aufgeregter. »Das muss es sein!«, rief er. »Wenn es einen Hinweis gibt, ist er in dem Buch versteckt!«

»Nun mal langsam«, beruhigte ich ihn. »Das kann auch alles Zufall sein.«

»Das glaube ich nicht.«

So hatte ich ihn noch nie erlebt. Fast hätte er mir seine Cola über die Hose gegossen, so fahrig war er. Im letzten Augenblick konnte ich seinen Arm packen und ihn festhalten.

»Jetzt reiß dich zusammen«, zischte ich. »Gut, es gibt eine alte Legende und ein Buch. Aber das ist noch lange kein Grund, so einen Aufstand zu machen.«

»Tut mir leid, odr?«, entschuldigte er sich. »Aber ich habe immer davon geträumt, mal einen verschollenen Schatz zu finden.«

»Wir wissen doch gar nicht, ob es sich überhaupt um einen Schatz handelt«, sagte ich. »Und ich will nicht, dass du dich nachher so aufführst. Sonst geh ich allein.«

»Kein Problem«, beschwichtigte er mich. Dabei hob er die Hände und hätte mich beinahe wieder mit Cola bekleckert.

»Jetzt trink schon endlich deinen Becher leer«,

forderte ich ihn leicht genervt auf. »Wir müssen sowieso zurück in die Klasse.«

Nach der Schule hatte er sich wieder einigermaßen beruhigt. Meinen Eltern hatte ich erzählt, dass ich mit zu Jakob fahren würde, weil wir gemeinsam ein Projekt für die Schule bearbeiten wollten.

Wir stellten unsere Schultaschen in seinem Zimmer ab und machten uns sofort auf den Weg.

Diesmal war ich noch vorsichtiger als am Samstag. An jeder Ecke hielt ich an und blickte mich um, ob ich eine Spur von Morales entdecken konnte. Aber von ihm war nichts zu sehen, und so langsam begann ich zu glauben, dass er kein Interesse mehr an meiner Person hatte.

Ich war gespannt, ob Jakob auch so freundlich empfangen würde wie ich, und hoffte nur, Gato und seine Bande würden sich anderswo herumtreiben. Zumindest mein erster Wunsch ging in Erfüllung.

Lola und Antonio saßen bereits vor dem geöffneten Koffer des Alten. Ich stellte ihnen Jakob als Klassenkameraden vor, den ich wegen seines scharfen Verstandes mitgebracht hatte. Schließlich konnte ich den wahren Grund für seine Anwesenheit nicht nennen.

Die Begrüßung fiel etwas zurückhaltend aus, und ich hatte den Eindruck, insbesondere Antonio gefiel es nicht, dass ich, ohne ihn zu fragen, einen anderen in das Geheimnis eingeweiht hatte.

»Jakob hat möglicherweise eine Information gefunden, die erklärt, warum dein Großvater dieses Buch besessen hat«, sagte ich, um seine Vorbehalte zu entkräften.

Jakob berichtete von seiner Entdeckung und nahm das Buch aus dem Koffer. Er blätterte es Seite um Seite durch.

»Das haben wir auch schon gemacht«, kommentierte Lola. »Es liegt nirgendwo ein Zettel drin und Randnotizen gibt es auch nicht.«

Doch der Schweizer ließ sich nicht beirren. Er untersuchte den Einband, strich mit dem Daumen über die Innenseiten und hielt das Buch gegen das Licht. Wir beobachteten ihn schweigend.

»Habt ihr ein scharfes Messer hier?«, fragte er schließlich.

Lola schaute etwas irritiert in die Runde, verschwand dann aber kurz aus dem Raum und kehrte mit einem Schälmesser zurück.

Vorsichtig setzte Jakob es am hinteren Inneneinband an.

Antonio machte eine Handbewegung, als wollte er ihn zurückhalten, besann sich dann aber doch anders.

Mit einer langsamen Bewegung schlitzte Jakob das Papier auf. Dann legte er das Messer weg und zog einen dünnen Zettel aus der Öffnung, den er triumphierend in die Höhe hielt.

Lola klatschte anerkennend in die Hände. Ich fand Jakobs Verhalten etwas angeberisch, ärgerte mich aber vielleicht auch nur darüber, dass ich nicht selbst auf die Idee gekommen war.

Sichtlich stolz überreichte Jakob Antonio den Zettel, der ihn vorsichtig auseinanderfaltete.

Was darauf stand, sah auf den ersten Blick wie ein Gedicht aus. Leider war es auf Katalanisch verfasst und ich verstand kaum ein Wort.

Da waren Sätze wie: *Una ciutat alçada damunt de l'aigua i tota voltada de foc.* Oder: *Aquesta ciutat està feta amb ulls de serp i la van construir els galls i els conills.* Oder: *La tal ciutat està governada per porcells i que els morts es passegen pels carrers.*

Antonio las den Text vor, aber ich verstand nur Bahnhof. Jakob schien es nicht anders zu gehen. Deshalb übersetzte Antonio die Zeilen für uns ins Spanische:

Eine Stadt, auf Wasser gegründet,
von Feuer umringt,
gebaut aus den Augen der Schlange.
Die Baumeister waren
Kaninchen und Hahn,
und die Toten wandelten lange
auf den Straßen der Stadt,
die von Ferkeln regiert,
unter Türmen des Tempels, nicht bange.

Darunter waren einige Zahlen und Buchstaben notiert.

Wir sahen uns an. Was hatte das zu bedeuten? Und was hatte das mit den Mongolen oder dem versteckten Gegenstand zu tun? Das Gedicht erinnerte mich eher an eine Fabel. Eine Stadt, die von Kaninchen gebaut und von Ferkeln regiert wurde?

Lola war ebenso ratlos wie ich.

»Darf ich mal sehen?«, fragte Jakob, der bislang kein Wort gesagt hatte.

Antonio hielt ihm wortlos den Zettel hin. Jakob warf nur einen kurzen Blick darauf. »Das könnte eine alte Legende aus dem Kloster Poblet sein«, sagte er. »Damals erhielt König Jaume eine Botschaft vom Kaiser von China. Darin bat der Kaiser, Jaume möge ihm einen Boten schicken, dem er vertraute. Der König beauftragte den Abt des Klosters Poblet mit der Mission. Als der Abt in China ankam, zeigte man ihm den ganzen Prunk des kaiserlichen Palastes, um ihn zu beeindrucken. Darauf beschloss der Gottesmann, den Kaiser ein wenig Demut zu lehren.«

In Antonios Gesicht war das Misstrauen einem Staunen gewichen.

Er deutete auf den Zettel. »Das stimmt. Dieses Gedicht ist im Wesentlichen der Inhalt seines Vortrags vor dem Kaiser. Der Abt beschreibt darin die Stadt, in der sein König lebt, nämlich Barcelona.«

Lola und ich starrten Jakob an.

»Was guckt ihr so?«, fragte er. »Wenn ich irgendwo lebe, dann beschäftige ich mich auch mit der Geschichte meiner neuen Heimat.«

»Ich lebe seit meiner Geburt hier und wusste das nicht«, sagte Lola.

Antonio klopfte Jakob auf die Schulter. »Du bist ein Superhirn, was?«

Jakob räusperte sich. »Ich gebe zu, ich bin ein bisschen neugieriger als die Menschen, die ich sonst so kenne.«

»Ein *bisschen*«, sagte ich mit hochgezogenen Augenbrauen.

»Na schön, ein bisschen sehr viel«, gestand er. Es schien ihm nicht unangenehm zu sein, darüber zu reden, auch wenn er vorgab, sich ein wenig zu zieren.

Antonio deutete auf den Zettel. »Weißt du denn auch, was das Gedicht bedeutet?«

»So ungefähr, aber nicht in allen Einzelheiten.«

»Wieso ist die Stadt auf Wasser gegründet?«, fragte Lola.

»Na ja, der Legende nach wurde Barcelona über einer Schlucht errichtet, in der heute noch ein unterirdischer Fluss dahinströmt.«

»Und das Feuer und die Augen der Schlange?«, wollte ich wissen.

Jakob zuckte mit den Schultern.

Antonio sprang ihm bei: »Die Stadtmauern wurden mit Feuersteinen vom Berg Montjuïc gebaut, und die ältesten Gebäude aus Granit, der im Volksmund *Schlangenauge* genannt wurde.« Er grinste. »Besonders die nächsten Zeilen haben den Kaiser sehr verwirrt. Zwei der wichtigsten Baumeister jener Zeit hießen *Gall* und *Conill,* also Hahn und Kaninchen. Und eine der bekanntesten Familien hieß *Mor,* und der Plural *Els Morts* heißt auch *die Toten.* Und *porcells,* also Schweine, wurden damals die Bewohner Barcelonas von manchen genannt.«

»Und wie soll uns das alles weiterhelfen?« So recht konnte ich mir keinen Reim darauf machen.

»Das Gedicht könnte einen Hinweis enthalten«, sagte Jakob. »Auch wenn mich das mit den *Türmen des Tempels* etwas verwirrt. Damit könnte jede der bekannten Kirchen der Stadt gemeint sein, zum Beispiel die Kathedrale oder die Kirche Santa Maria del Mar.«

»Oder die Sagrada Família«, ergänzte ich, denn immerhin war das die berühmteste Kirche in Barcelona.

Jakob schüttelte den Kopf. »Die bestimmt nicht. Die Sagrada ist gerade einmal knapp hundert Jahre alt.«

»Was die Botschaft betrifft, stimmt das sicher«, mischte sich Antonio ein. »Aber Abuelo Juan hat die Nachricht ja für jemanden hinterlassen, der *heute* lebt.«

»Ich weiß nicht.« Jakob kniff die Lippen zusammen und studierte den Zettel erneut. »Ich würde trotzdem zunächst einmal von einer der alten Kirchen ausgehen. Vielleicht finden wir irgendwo ja weitere Informationen darüber.«

»Aber warum sollte Antonios Großvater einen Zettel bei sich tragen, der ein altes Rätsel enthält, das lediglich Barcelona beschreibt?«, fragte ich ratlos.

»Ich hab da eine Idee.« Jakob zog einen Block und einen Stift aus seiner Umhängetasche und schrieb zwei Wörter auf: *China* und *Poblet.*

»Und jetzt?«, fragte ich.

Er antwortete nicht, sondern tippte sich mit dem Stift gegen die Lippen. Dann schrieb er ein weiteres Wort hin: *Rätsel.*

Lola beobachtete ihn aufmerksam. Jakob imponierte ihr wohl mit seinem Wissen. Es gefiel mir gar nicht, wie bewundernd sie ihn anblickte. Zum Glück schien er davon nichts zu bemerken.

Er grübelte noch eine Weile vor sich hin und blickte dann auf. »Entscheidend ist nicht das, *was* auf dem Zettel steht. Entscheidend ist, glaube ich, das Drumherum, also China, Poblet, ein unterirdischer Fluss, der Tempel. Und der Hinweis, dass es sich um ein Rätsel handelt.«

»Darauf wäre ich jetzt auch noch gekommen«, brummte ich. Ich wollte ihm nicht den ganzen Ruhm überlassen. Lola war sichtlich von ihm beeindruckt. Das hatte ich nun davon, dass ich ihn mitgenommen hatte. »Und außerdem wissen wir gar nicht, ob das Gedicht *überhaupt* eine Bedeutung hat für unsere Suche.«

»Jemand hat sich die Mühe gemacht, es im Einband eines Buches zu verstecken«, erwiderte Jakob. »Das allein ist ein Zeichen, dass es einen oder mehrere Hinweise enthält.«

»Klingt logisch«, stimmte Antonio zu. »Und es passt zu Abuelo Juan, um mehrere Ecken zu denken.«

»Aber könnte er mit dem Wort Tempel nicht wirklich die Sagrada Família gemeint haben?«, fragte ich, denn auch wenn ich nur ins Blaue geraten hatte, wollte ich hier nicht lockerlassen.

Jakob nickte. »Möglich ist das. Aber ich denke, wir sollten keine voreiligen Schlüsse ziehen. Ich werde heute Abend noch ein wenig recherchieren und morgen sehen wir dann weiter.«

Draußen auf dem Flur ertönten laute Stimmen.

Auf einmal wurde die Tür zu Lolas Zimmer aufgerissen.

Morales und ein weiterer Mann stürzten in den kleinen Raum.

Mir stockte vor Schreck der Atem.

Mehrere Frauen wollten unter lautstarkem Protest den beiden ins Zimmer folgen, aber Morales schob ihnen die Tür vor der Nase zu. Er sah also nicht nur kräftig aus, er war es auch.

Unwillkürlich machte ich einen Schritt nach hinten.

Sein Begleiter, ein bulliger Typ in brauner Lederjacke und mit kurzem Haar, der aussah wie der Rausschmeißer in einer zwielichtigen Disco, lehnte sich mit dem Rücken gegen die Tür und verschränkte die Arme vor der Brust.

Immer wieder versuchten die Frauen draußen, die Tür zu öffnen, aber es schien ihm nicht schwerzufallen, dem Druck standzuhalten.

»Sieh an, sieh an«, grinste Morales. »Der junge Herr Daniel, dem völlig unbekannt war, wem er die Sachen des Alten gegeben hat. Und was haben wir denn da?!«

Er ging auf Jakob zu und riss ihm das Blatt aus der Hand.

Antonio, der, wie wir alle, bislang wie erstarrt dagestanden hatte, fasste ihn am Arm. »He, was fällt Ihnen ein?!«

Morales stieß ihn grob zur Seite. »Finger weg, Bürschchen.«

Er überflog den Text auf dem Zettel, runzelte die Stirn und blickte auf. »Ist das alles?«

Keiner von uns antwortete.

Morales hielt das Blatt gegen das Licht und studierte es von beiden Seiten. Dann warf er es achtlos zu Boden. »Wollen doch mal sehen, was wir sonst noch so haben.«

Er trat zum Koffer und kippte den Inhalt aufs Bett. Ungeduldig wühlte er in den Sachen herum. Dann zog er ein Klappmesser aus der Tasche, öffnete es und schlitzte das Futter des Koffers rundum auf. Mit hastigen Bewegungen riss er den Stoff heraus, doch darunter war, wie wir schon festgestellt hatten, nichts versteckt.

Morales schleuderte den Koffer beiseite. Seinen Zügen war die Enttäuschung deutlich abzulesen. »Wo ist es?«, herrschte er uns an.

Als hätten wir uns abgesprochen, schwiegen wir weiterhin. Das Rütteln an der Zimmertür hatte inzwischen aufgehört, und Morales' Komplize hatte sich etwas entspannt.

Der angebliche Polizist machte einen Schritt nach vorn und packte Lola grob am Arm. »Los, redet! Ihr wollt doch nicht, dass wir euch wehtun, oder?«

In dem Moment flog die Tür auf. Die Wucht dahinter war so stark, dass der Mann in der Lederjacke quer durchs Zimmer taumelte, bis er sein Gleichgewicht wiederfand. Im Türrahmen standen Gato und seine Bande.

Ich hätte mir nicht vorstellen können, einmal froh darüber zu sein, Gato zu sehen. Aber in diesem Moment erschien er mir wie ein rettender Engel.

»Raus hier, du Dreckskerl!«, rief Gato. In seiner rechten Hand hielt er ein ähnliches Messer, wie es auch Morales eben benutzt hatte. Ramón, der hinter ihm stand, ließ einen ausfahrbaren Totschläger aus Metall sehen.

Morales reagierte sofort. Er riss Lola herum und legte ihr die Klinge an den Hals. Sein Kumpan hielt mit einem Mal einen Revolver in der Hand.

»Krass, ein echter *Mexican standoff*«, flüsterte Jakob mir zu. Selbst jetzt konnte er auf seine Besserwisserei nicht verzichten. Oder war das nur seine Art, mit einer Situation wie dieser umzugehen?

»Schnauze!«, bellte Morales ihn an, bevor er sich an Gato wandte. »Wir regeln das so: Ich gehe mit der Kleinen runter auf die Straße, während mein Kollege euch hier oben im Auge behält. Und macht euch keine Illusionen, er ist ein guter Schütze und hat keinerlei Skrupel, seine Waffe auch zu benutzen. Wenn ich unten bin, kommt er nach. Unversehrt. Ihr bleibt alle hier oben. Dann lasse ich die Kleine auch laufen. Klar?«

Gato und Ramón passte das nicht. Flüsternd beratschlagten sie sich, schienen aber keine andere Lösung zu finden. Schließlich nickte Gato mit zusammengekniffenen Lippen.

»Also, aus dem Weg!«, befahl Morales.

Langsam traten Gato und seine Leute in den Flur.

Morales gab Lola einen Stoß in den Rücken. »Und wehe, du machst irgendwelche Zicken, Kleine«, drohte er ihr. Lolas Augen blitzen, nicht vor Angst, sondern vor Wut auf ihren Kidnapper.

Ich kam mir unglaublich hilflos vor und schämte mich dafür, so untätig danebenzustehen, während Morales Lola aus dem Zimmer schob. Andererseits: Was hätte ich schon tun können gegen zwei bewaffnete Männer? Aber dieses Argument konnte mich nicht trösten. Wäre Lola allein auf meine Hilfe angewiesen gewesen, dann hätte ich jämmerlich versagt.

Morales war mit Lola inzwischen verschwunden. Keiner sagte ein Wort. Nur der Mann in der Lederjacke schwenkte nervös die Pistole. Schließlich klingelte sein Telefon. Er nahm das Gespräch an, ohne Gato aus den Augen zu lassen, sagte zweimal *Sí* und steckte es wieder weg.

»Ich verschwinde jetzt«, zischte er. »Ihr bleibt schön hier und bewegt euch erst, wenn die Kleine wieder bei euch ist.«

Kaum hatte er die Wohnung verlassen, kam Bewegung in die Menschen vor der Tür. Die Frauen legten sofort mit lautstarkem Gezeter los, und Gato rannte zum Fenster, schob es auf und lehnte sich vorsichtig hinaus. »Ein schwarzer Seat«, sagte er. »Das wird uns nicht wirklich weiterhelfen.«

Ich stürzte neben ihn. »Und Lola?«

Er zog den Kopf wieder zurück und blockierte mir den Blick. »Kann ich nicht sehen. Aber wenn ihr was passiert, wirst du dafür bezahlen, Gadscho.«

»Hey, Gato, mach mal langsam«, mischte sich Antonio ein.

»Der Gadscho hat diese Kerle doch hier hergeführt!«, rief Gato. »Seit er bei uns aufgetaucht ist, gibt es Ärger.«

»Willst du jetzt deinen Frust an mir auslassen?«, entfuhr es mir, bevor ich es mir verkneifen konnte. Ich stand, genau wie er, gehörig unter Strom.

Gatos Miene verfinsterte sich noch mehr. Es sah so aus, als würde er gleich auf mich losgehen.

Antonio drängte sich an uns vorbei ans Fenster.

Gato und ich starrten uns weiter feindselig an. »Warum sind diese Kerle hier?«, fragte er schließlich.

»Sie haben nach etwas gesucht, das Abuelo Juan hinterlassen hat«, rief ihm Antonio über die Schulter zu.

Gato machte eine wegwerfende Handbewegung. »Pah, was soll der alte Bettler schon hinterlassen haben? Der war doch arm wie eine Kirchenmaus.«

»Deshalb haben sie ja auch nichts gefunden.«

In dem Augenblick hörten wir auf der Straße einen Motor aufheulen und das Quietschen von Reifen.

»Alles klar!«, rief Antonio. »Sie haben Lola laufen lassen.«

Mir fiel ein Riesenstein vom Herzen.

Gato warf mir noch einen bösen Blick zu, dann rannten er und seine Bande nach draußen.

Ich folgte ihnen. Sekunden später kam mir Lola im Treppenhaus entgegen.

»Ist alles in Ordnung?«, fragte ich.

Sie nickte wortlos. Ihre Augen funkelten immer noch vor Zorn, was sie für mich nur noch attraktiver machte.

Wir kehrten in die Wohnung zurück und sofort bestürmten die Frauen Lola mit Fragen. Wir anderen versammelten uns am Fenster. Ich warf noch einen Blick nach draußen, aber von Gato und seinen Freunden war nichts zu entdecken.

Jakob hatte den Zettel vom Boden aufgehoben und wieder zusammengefaltet. »Ein richtiges Abenteuer, odr?«

Wenn ich es nicht besser gewusst hätte, hätte ich gedacht, er freute sich sogar noch über das, was wir gerade erlebt hatten.

Antonio legte mir die Hand auf die Schulter. »Du darfst dir keine Vorwürfe machen, Daniel. Wir konnten nichts tun.«

»Wirklich nicht? Oder waren wir nur zu feige?«

»Das hat mit Feigheit und Mut nichts zu tun. Die beiden Männer hätten uns ohne mit der Wimper zu zucken fertiggemacht. War das dieser Morales?«

Ich nickte.

»Wir haben nun mal andere Waffen als sie.« Er pochte sich gegen die Stirn.

»Die uns, wenn es drauf ankommt, auch nichts nützen.«

»Dafür helfen sie uns in anderen Situationen weiter. Ich weiß, es fühlt sich total elend an, so hilflos zu sein. Aber trotzdem darfst du dir deswegen keine Vorwürfe machen.«

Wir wurden von Lola unterbrochen, die sich endlich aus dem Pulk von Müttern, Tanten und Nachbarn hatte lösen können. »Jetzt wissen wir genau, dass Morales kein Polizist ist«, sagte sie zu mir.

Ich nickte. »Aber was ist er dann? Und was hat er mit deinem Großonkel zu tun?«

»Das werden wir rauskriegen, wenn wir das Rätsel auf dem Zettel lösen«, meinte Antonio. »Und damit sollten wir sofort beginnen.«

»Aber wo?«, rief ich.

»Da, wo du vorgeschlagen hast«, sagte Jakob, der schon wieder auf seinem Smartphone herumtippte. »An der Sagrada Família. Und zwar genau an der Passionsfassade.«

Ein falsches Quadrat

Am nächsten Tag war ich, wie schon am Abend zuvor, besonders aufmerksam. Es hatte mir zu denken gegeben, dass Morales bei Lola aufgetaucht war. Hatte er mich vielleicht doch überwacht, wie Dad bereits vermutet hatte? Eigentlich war ich mir sicher, dass mir niemand gefolgt war, aber ich hatte nicht wirklich darauf geachtet. Die Begebenheit bei Lola hatte mich eines Besseren belehrt.

Wir wussten jetzt, dass Morales kein Einzelkämpfer war, sondern Kumpane hatte, die wir nicht kannten. Und die Tatsache, dass er nicht gezögert hatte, eine Waffe einzusetzen, deutete darauf hin, dass er ein Profi war. Er konnte uns problemlos von seinen Leuten beschatten lassen, so wie er es vermutlich auch bei mir gemacht hatte, und wir würden nichts davon bemerken.

Dennoch ließ ich meinen Blick ständig schweifen und checkte jeden schwarzen Seat, der an uns vorbeifuhr. Auch Jakob und Lola blickten sich immer wieder um. Einen Verfolger konnten wir allerdings nicht entdecken.

Während wir uns der berühmten Kathedrale näherten, hielt uns Jakob ausführliche Vorträge über ihre Entstehungsgeschichte und ihre Besonderheiten. Einiges davon wusste ich bereits, denn natürlich waren meine Eltern während unseres Urlaubs und auch kurz nach unserer Ankunft in Barcelona mit mir dort gewesen. Ma war sogar so begeistert von dem Bauwerk, dass sie sofort Mitglied in der Gesellschaft der Freunde der Sagrada Família wurde.

»Jetzt kann ich sagen, dass ich auch zum Bau beigetragen habe«, schwärmte sie uns vor.

Jakob hingegen war kein Schwärmer, sondern ein Faktenaufzähler. In diesem Jahr jenes, in jenem Jahr Folgendes, blablabla. Irgendwann schaltete ich einfach ab.

Lola hörte ihm jedoch aufmerksam zu und nickte immer wieder aufmunternd, was ihn zu Höchstleistungen im Erklären anspornte.

Zugegebenermaßen kann man über die Sagrada Família auch endlos erzählen. In den Buchhandlungen Barcelonas reihen sich Dutzende von Büchern in ebenso vielen Sprachen aneinander, die sich mit der Kathedrale oder ihrem Architekten Antoni Gaudí befassen. Als ich das Bauwerk zum ersten Mal gesehen hatte, musste ich unwillkürlich an ein Märchenschloss aus einem Disney-Film denken. Da war nichts zu sehen von den massiven Kirchtürmen, wie man sie üblicherweise kennt. Stattdessen ragten hier nicht einer, sondern acht Türme in die Höhe, die voller Löcher waren und an eine Skulptur aus Zuckerguss erinnerten.

Diese ungewöhnliche Formgebung setzte sich an allen Ecken und Enden fort. Gaudí selbst war 1926 gestorben, als er, in Gedanken versunken, vor eine Straßenbahn lief. Seitdem war das Vorhaben auf der Grundlage seiner Pläne und Zeichnungen von anderen weitergeführt worden. Irgendwann in den nächsten zehn Jahren, so hoffte man, würde das Gebäude endlich fertiggestellt sein.

Als wir die Sagrada erreichten, drängten sich wie üblich Tausende von Touristen aus aller Welt rund um die Kathedrale. Im Licht der Nachmittagssonne leuchtete die Geburtsfassade in einem satten Rotbraun. Man konnte stundenlang davorstehen und immer wieder etwas Neues entdecken.

Wir gingen um das Gebäude herum zur Passionsfassade. Auch hier hatten sich, wie auf der gegenüberliegenden Seite, zahlreiche fliegende Händler angesiedelt, die Souvenirs und Erfrischungen verkauften. Vor den Kassen standen die Besucher in einer langen Schlange geduldig für eine Eintrittskarte an.

»Bis wir hier drankommen, ist Mitternacht«, stöhnte Jakob.

»Keine Sorge«, erwiderte Antonio, der den ganzen Weg hierher geschwiegen hatte. »Ich kenne da eine Abkürzung.«

Er führte uns an der Schlange und den Absperrbändern vorbei. Beim Einlass angekommen zeigte er eine Karte vor, wechselte ein paar Worte mit dem Mann, der dort stand, und winkte uns dann hinter sich durch die Absperrung.

»Es lohnt sich doch immer wieder, Mitglied bei den Freunden der Sagrada zu sein«, sagte er zufrieden.

»Du auch?«, fragte ich erstaunt. Ich hätte das eher für den Zeitvertreib von Rentnern und unterbeschäftigten Hausfrauen wie Ma gehalten.

Antonio nickte. »Damit unterstütze ich den Weiterbau der Kathedrale und bekomme außerdem jede Menge Vergünstigungen. Eine davon ist ein freier Eintritt.«

»Sogar ohne Warten und mit Gästen«, staunte auch Jakob.

»Na ja, nicht ganz. Das kommt nur daher, dass ich den Kontrolleur kenne. Sein Sohn und ich haben mal in derselben Band gespielt.«

Wir waren hier, weil Jakob die Zahlen, die unter dem Gedicht auf dem Zettel standen, versuchsweise in seine GPS-Software auf dem Smartphone eingegeben hatte. Sie hatten eine Position an der Passionsfassade ausgespuckt. Das konnte Zufall sein, aber daran wollten wir nicht glauben. Es bedeutete auch, dass der Alte voll auf der Höhe der Zeit gewesen sein musste, denn GPS-Koordinaten zaubert man nicht einfach mal so aus dem Hut. Das hätte ich ihm, so wie ich ihn kannte, nie zugetraut.

Kaum hatten wir die Absperrung passiert, starrte Jakob wieder konzentriert auf das Display seines Smartphones, ging ein paar Schritte in diese, dann in jene Richtung, bis er an einem Punkt links von der Haupttür anhielt. »Hier ist es«, sagte er.

Über uns sahen wir eine Skulptur zweier Männer, die sich gegenüberstanden. Einer von ihnen hatte die Hand um den Nacken des anderen gelegt, so als wolle er dessen Kopf zu sich hinziehen.

»Der Judaskuss«, sagte Antonio.

»Das sieht sehr modern aus«, bemerkte ich. Die Figuren waren nicht realistisch dargestellt, sondern eckig, und ihre Gesichter waren bewusst primitiv aus dem Stein gehauen.

»Sie sind auch von Subirachs.«

Ich sah Antonio fragend an.

Aber natürlich war es mal wieder Jakob, der keine Gelegenheit zu einem Vortrag verstreichen ließ. »Josep Maria Subirachs zählte zu den größten Bildhauern Kataloniens«, dozierte er. »Das war auch der Grund, warum man ihn damit beauftragte, das Werk Gaudís fortzusetzen. Allerdings hatte er seine ganz eigene Handschrift. Seine Skulpturen besitzen eine ziemlich eigenwillige Linienführung, wie ihr sehen könnt, die so gar nichts mit dem Baustil Gaudís zu tun hat.«

»Na schön«, sagte ich, »das ist ja alles sehr interessant. Aber wir sind doch sicher nicht hier, um die Werke dieses Subirachs zu bestaunen, oder?«

»Ich vermute mal, wir sollten uns das genauer ansehen.« Jakob deutete auf eine Tafel mit Zahlen, die an der Wand neben Jesus und Judas hing.

1	14	14	4
11	7	6	9
8	10	10	5
13	2	3	15

»Ein magisches Quadrat!«, rief ich. Das hatten wir vor einiger Zeit in Mathe durchgenommen und es war eine der wenigen Stunden gewesen, in denen ich wirklich verstanden hatte, worum es ging. »Egal wie man die Ziffern addiert, ob waagerecht, senkrecht oder diagonal, es kommt immer dieselbe Zahl raus.«

»Ja, aber dieses Quadrat hat zwei Fehler«, sagte Jakob. »Zwei Zahlen kommen doppelt vor, und das ist eigentlich nicht erlaubt. Die 10 und die 14 – seht ihr?«

»Und du meinst, deshalb hat uns Abuelo Juan hergeschickt?« Antonios Stimme klang skeptisch.

»*Falls* er uns hier hergeschickt hat«, betonte ich. »Vielleicht haben die Zahlen unter dem Gedicht ja eine ganz andere Bedeutung.«

»Nein, nein, das sind Koordinaten, da bin ich mir

sicher«, beharrte Jakob. Er zog den Zettel mit seinen Notizen aus der Tasche. »China, Poblet, Rätsel«, las er vor. »Das hier ist eindeutig ein Rätsel. Und die Sagrada wurde von Gaudí entworfen, und Gaudí wollte als junger Mann einmal das Kloster Poblet wiederaufbauen. Nur wie China da reinpasst, das weiß ich nicht.«

»Kommt mir alles ziemlich vage vor«, sagte ich.

»Vielleicht gibt es eine Möglichkeit, mehr über diesen Subirachs herauszufinden«, warf Lola ein. »Und warum er ein fehlerhaftes magisches Quadrat hier angebracht hat.«

Jakob verzog ungeduldig den Mund. »Nein, das Quadrat ist nicht fehlerhaft. Er hat es absichtlich so konstruiert. Und dafür müssen wir den Grund herausfinden.«

»Oh, da kenne ich genau den richtigen Ort.« Antonio konnte sich ein Grinsen nicht verkneifen.

Subirachs Hinweis

Am nächsten Tag trafen wir uns an der Metrostation Tetuan und machten uns auf zur Biblioteca Arús, dem Ort, den Antonio uns genannt hatte. Er war selbst nicht dabei, weil er einige Angelegenheiten wegen seines Studiums regeln wollte, und so waren wir nur zu dritt unterwegs.

Auch diesmal war es nicht nur ich, der sich ständig nach Verfolgern umsah. Lola und Jakob suchten mit ihren Augen ebenfalls immer wieder die Umgebung ab. Keiner von uns hatte Lust, Morales noch einmal zu begegnen. Solange es hell war, konnten wir unser Umfeld auch gut kontrollieren, aber wie würde es bei Dämmerung oder Dunkelheit sein?

Der Vorfall in Lolas Wohnung hatte mich doch nachhaltiger beeinflusst, als ich mir eingestehen wollte. Die Straßen Barcelonas, die mir vorher so weit und freundlich vorgekommen waren, schienen mit einem Mal voller dunkler Schlupfwinkel zu sein, aus denen sich jeden Augenblick eine finstere Gestalt auf uns stürzen konnte.

Die Biblioteca Arús war benannt nach Rosendo Arús i Arderiu, einem bekannten katalanischen Freimaurer aus dem 19. Jahrhundert. Sie war spezialisiert auf die Geschichte der Arbeiterbewegung, des Anarchismus und der Freimaurerei. Ich hatte ein wenig gegoogelt und wusste nun, dass Freimaurer Menschen sind, die nach den Idealen Freiheit, Gleichheit, Brüderlichkeit, Toleranz und Humanität leben. Das verbindet sie auch mit den Anarchisten, die jede Form der Herrschaft von Menschen über Menschen als eine Form der Unterdrückung von Freiheit ablehnen.

Von außen sah die Bibliothek nicht besonders beeindruckend aus. Der Passeig Sant Joan, an dem sie lag, war eine der vielen breiten Straßen, die für diesen Teil des Eixample typisch waren. Es gab Telefonläden, Bäckereien, einen Comicladen auf der anderen Straßenseite und einige leer stehende Ladenlokale. Wenn man nicht genau hinschaute, dann konnte man an der Bibliothek vorbeilaufen, ohne sie zu bemerken. Lediglich eine winzige Laterne über der Tür, die den Namen verriet, machte auf diesen Ort aufmerksam.

Wir traten durch die Eingangstür und befanden uns in einer anderen Welt. Vor uns lag eine breite, von Marmorsäulen flankierte Treppe, an deren Kopf eine Kopie der amerikanischen Freiheitsstatue stand. Allerdings war sie nicht aus Stein, sondern aus Metall, viel kleiner als das Original und schwarz.

Vor dem Eingang zur eigentlichen Bibliothek war

das Wort *SALVE* in den Boden eingelassen, der lateinische Willkommensgruß. Deckenhohe Schränke voller Bücher erwarteten uns, ein wahres Labyrinth, durch das lediglich schmale Gänge führten.

Wie sollten wir hier etwas finden?

An einem Tisch saß ein älterer Mann in Strickjacke mit schütterem Haar und Zehntagebart. Jakob marschierte zielgerichtet auf ihn zu.

»Entschuldigen Sie bitte. Wir suchen Literatur von und über Subirachs«, sagte er.

Der Mann erhob sich und bedeutete uns, ihm zu folgen.

Er führte uns einen Gang entlang zu einem großen polierten Holzschrank, der nur aus Schubladen bestand, und zog eine davon heraus. Sie war bis zum Bersten gefüllt mit Karteikarten.

»Hier ist so ziemlich alles aufgeführt, was wir über Subirachs haben.«

Jakob stöhnte. »Und das im Computer-Zeitalter!«

»Wir arbeiten an der Digitalisierung«, sagte der Mann schulterzuckend. »Aber das wird noch ein wenig dauern.«

Wir teilten uns auf und begannen, die Karteikästen zu durchsuchen. Nach einer Viertelstunde verglichen wir, was wir gefunden hatten, steckten einen Teil der Karten zurück und brachten den Rest zum Bibliothekar.

Wir ließen uns die Bücher aushändigen und gingen in den Lesesaal, wo bereits einige ältere Herren an langen Tischen und auf Stühlen aus schwarzem Holz und Leder über Bücher oder Zeitschriften gebeugt saßen. Auch jeder von uns nahm sich ein Buch, wir setzten uns nebeneinander und vertieften uns darin.

Eine Stunde später hatten wir alle Bände durchgesehen und waren keinen Schritt weitergekommen. Ich wusste jetzt zwar mehr über Subirachs und sein Werk als 99 Prozent der Weltbevölkerung, über das magische Quadrat hatte ich aber nur ein paar Spekulationen gelesen, die uns nichts brachten. Den anderen war es nicht besser ergangen als mir.

Flüsternd hielten wir Kriegsrat. Sollten wir weitermachen oder aufgeben? Die meisten Besucher waren inzwischen verschwunden, sah man von einem Mann ab, der so alt sein musste wie die Bibliothek selbst und in seinem Stuhl zurückgelehnt leise vor sich hinschnarchte. Und dann war da noch ein gediegen gekleideter älterer Herr, der uns wohl schon eine ganze Zeit lang beobachtet hatte. Er stand auf und kam zu uns herüber.

»Gestatten Sie, dass ich mich vorstelle? Josep Fons Serra.« Er deutete eine Verbeugung an. »Ich habe mitbekommen, dass Sie nach Informationen über Subirachs magisches Quadrat suchen.«

Wir nickten und erhoben uns automatisch aus unseren Stühlen.

»Darf ich fragen, zu welchem Zweck Sie diese

Informationen benötigen? Vielleicht kann ich Ihnen ja weiterhelfen.«

Unsicher sahen wir uns an. Warum wollte er das wissen? Und warum sollten wir seine Frage beantworten? Andererseits machte er einen vertrauenerweckenden Eindruck, mit seiner Old-School-Kleidung, bestehend aus Anzug, Weste und Krawatte und einem freundlichen Lächeln, das sich auch in seinen blauen Augen wiederfand, die hinter zwei kreisrunden Brillengläsern hervorblitzten.

Er bemerkte unser Zögern. »Vielleicht wollen Sie erst einmal darüber beraten«, sagte er und zog sich in die andere Ecke des Lesesaals zurück.

»Was meint ihr?«, fragte ich.

»Ich finde, er sieht vertrauenswürdig aus«, sagte Lola.

»Aber ist er es auch?« Jakobs Zweifel standen ihm ins Gesicht geschrieben.

»Warum nicht?«, entgegnete ich, vielleicht auch nur, um ihm zu widersprechen. »Außer uns und Antonio wusste doch niemand, dass wir heute hierhergehen. Und er war schon da, als wir reingekommen sind. Also kann er nichts mit dem, wonach wir suchen, zu tun haben.«

»Wir müssen ihm ja nicht viel verraten«, meinte Lola. »Tun wir einfach so, als hätten wir eine Hausarbeit für die Schule zu erledigen, in der es um das magische Quadrat von Subirachs geht.«

Und so machten wir es. Wir winkten Serra herbei

und erklärten, dass wir das Geheimnis des Quadrats lösen wollten.

Er lächelte. »Das haben schon viele vor Ihnen versucht, aber keinem ist es gelungen.«

Dann legte er einen Finger an die Lippen und senkte den Kopf. Eine oder zwei Minuten stand er so da, dann schien er zu einer Entscheidung gekommen zu sein.

»Kommen Sie mit«, sagte er. »Aber Vorsicht, dass der alte Brunet nichts mitbekommt.« Er deutete in Richtung Eingang. »Er ist zwar ein sehr netter und hilfsbereiter Mensch, aber etwas eigen, was sein Reich betrifft.«

Wir folgten ihm. Nach einigem Hin- und Hergelaufe landeten wir in einem Seitengang, und Serra blieb an einer Stelle stehen, an der zwei Bücherschränke aneinanderstießen. Mit seiner Hand fasste er in den schmalen Spalt zwischen den beiden Schränken und zog.

Der gesamte Schrank klappte beiseite!

Er war eine Attrappe, aber eine so geschickte, dass es auf den ersten und auch auf den zweiten Blick nicht zu erkennen war!

Hinter dem Schrank verbarg ein rotbrauner Vorhang eine Türöffnung. Serra schob ihn beiseite. Dahinter lag ein kleiner, quadratischer Raum mit Bücherregalen an allen Wänden. Staunend schauten wir uns um.

Serra trat ein und winkte uns, ihm zu folgen. Dann

zog er die Schrankattrappe wieder in Position und schloss den Vorhang. Wir hatten kaum genügend Platz, um uns zu bewegen.

»Freimaurer waren nicht immer gern gesehen in Spanien«, erklärte der Alte. »In der Zeit des Diktators Franco wurden hier deshalb die wichtigsten Bücher der Gemeinschaft versteckt.«

Er ging an den Regalen entlang, zog hier und da ein Buch heraus, blätterte darin und stellte es wieder zurück. Schließlich wurde er fündig. Er reichte jedem von uns einen Band.

In einem der Regale war ein Fach leer. Dahinter war eine Klappe in der Wand angebracht. Serra öffnete sie und wir blickten auf das Innere eines Bücherschranks. Er langte nach vorn und zog einige der Bücher heraus. Jetzt konnte man sehen, ob der Gang davor frei war.

»Alles klar.« Serra nickte befriedigt und scheuchte uns aus dem Raum. So unauffällig wie möglich huschten wir in den Lesesaal zurück.

Serra setzte sich zu uns.

»Alles fängt mit Dürer an«, begann er.

»Albrecht Dürer?«, fragte ich. »Der deutsche Künstler?«

»Genau der.« Serra nahm eines der Bücher, schlug es auf und zeigte uns die Seite. Es war das Foto eines Kupferstichs. »Dieses Werk von Dürer aus dem Jahr 1514 trägt den Titel *Melencolia I* und gehört zu seinen bekanntesten und zugleich rätselhaftesten

Arbeiten. Wie Sie sehen können, taucht darin, neben einer Reihe weiterer wissenschaftlicher Instrumente, ein magisches Quadrat auf.«

Ich beugte mich über das Bild. Es zeigte einen nachdenklich dreinblickenden Engel, zu dessen Füßen ein Hund schlief. Der Engel saß an eine Wand gelehnt und schien auf das Meer hinauszublicken, über dem gerade die Sonne auf- oder unterging. Hinter ihm hingen eine Waage, eine Sanduhr und daneben das magische Quadrat.

»Sehen Sie sich die Zahlen einmal an«, fuhr Serra fort. »Das Quadrat enthält die Zahl 1514, das Jahr, in dem das Kunstwerk geschaffen wurde. Links und rechts davon befinden sich die Zahlen 4 und 1. Setzt man dafür den ersten und vierten Buchstaben des Alphabets ein, ergibt sich DA, die umgekehrten Initialen von Dürer, der jedes seiner Werke mit den Buchstaben AD signierte.«

Er zog ein weiteres Buch heran und schlug es auf. »Dies ist das Foto einer Bronzeskulptur von Subirachs.« Es war ein Bilderrahmen, über den locker ein Tuch geworfen war. Darunter lugte die rechte untere Ecke eines magischen Quadrats hervor, das mit dem von Dürer identisch zu sein schien.

Serra ging zum nächsten Buch über. »Das hier ist eine der von Subirachs gestalteten Bronzetüren der Westfassade.« Aus der Tür wölbten sich zahllose Buchstaben heraus, in deren Mitte sich ein kleines magisches Quadrat befand. Ich warf einen Blick auf mein Smartphone, mit dem ich ein Foto an der Sagrada Família gemacht hatte: Es war identisch mit dem großen magischen Quadrat an der Wand, das wir gesehen hatten.

»Nun«, fragte Serra, »was fällt Ihnen auf, wenn Sie die Quadrate betrachten?«

Dürers Quadrat

16	3	2	13
5	10	11	8
9	6	7	12
4	15	14	1

Subirachs Quadrat

1	14	14	4
11	7	6	9
8	10	10	5
13	2	3	15

Natürlich war es Jakob, der zuerst etwas bemerkte. »Das Quadrat von Subirachs ist eine gedrehte Variante des Dürer-Quadrats!«, rief er. »Und er hat einige Zahlen geändert.«

Ich sah genau hin. Tatsächlich: Bei Dürer stand

die 1 rechts unten, bei Subirachs links oben. Lautete die untere Reihe bei Dürer 4, 15, 14, 1, so war es bei Subirachs die erste Reihe in der umgekehrten Folge: 1, 14, 14, 4. Er hatte also die 15 gegen eine 14 ausgetauscht.

»Aber warum hat er das gemacht?«, fragte Lola, die auch dahintergekommen war.

»Darüber finden wir in diesem kleinen Traktat einige Spekulationen«, erwiderte Serra und zog einen schmalen Band aus der Tasche, der kaum mehr als hundert Seiten umfassen konnte. Er blätterte darin. »Hier heißt es, Subirachs musste die Zahlen austauschen, um die Quersumme 33 zu erhalten, die für das Lebensalter von Jesus stehen soll.«

»Das hilft uns nicht wirklich weiter«, murrte ich enttäuscht.

»Moment, junger Mann, das ist noch nicht alles. Interessanterweise beträgt auch die Anzahl der Stufen im Parc Güell, der ebenfalls von Gaudí entworfen wurde, 33. Außerdem bezeichnet diese Zahl den höchsten Rang, den ein Freimaurer erreichen kann, und Subirachs gehörte dieser Organisation ja bekanntlich an. Eine weitere These besagt, dass man, wenn man die gedoppelten Zahlen alle addiert, die Zahl 48 als Ergebnis erhält. Weist man nun den Buchstaben des Alphabets Zahlen zu, also 1 für A, 2 für B und so weiter, so ist 48 die Summe der Buchstabenfolge INRI, der Inschrift, die am Kreuz von Jesus angebracht gewesen sein soll.«

Jakob folgte Serras Ausführungen mit großem Interesse. Da hatten sich offenbar zwei Gleichgesinnte getroffen.

Ich hingegen fragte mich, ob wir hier nicht nur unsere Zeit vertrödelten. In religiösen Anspielungen würden wir das, was wir suchten, gewiss nicht finden.

»Und es geht noch weiter«, sagte Serra, der voll und ganz in seinem Element zu sein schien. »Die nächste These behauptet, die Skulpturen an der Passionsfassade der Sagrada, die ja den Leidensweg von Christus darstellen sollen, seien sechzehn an der Zahl. Wenn man nun jeder Skulptur eine Zahl zwischen 1 und 16 zuweist und sie an den entsprechenden Stellen in das magische Quadrat einsetzt, dann stellt man fest, dass zwei Szenen fehlen: der Soldat Longinus und die Auferstehung. Die Frage ist, warum?«

Serra trug eine Theorie nach der anderen vor, jede davon rätselhafter und unwahrscheinlicher als die andere.

Schließlich klappte er das Buch zu. Jakob saß immer noch aufrecht da, während Lola und ich doch recht ermattet in unseren Stühlen hingen.

»Das war alles nicht sehr hilfreich für Sie, fürchte ich«, sagte der Alte mit entschuldigender Geste. »Ich hoffe, ich habe Sie durch meine Ausführungen nicht allzu sehr gelangweilt oder gar durcheinandergebracht.«

»Nein, das haben Sie nicht. Allerdings sind wir trotz Ihrer Bemühungen auch nicht wirklich weitergekommen«, erwiderte Lola.

Schweigend saßen wir um den Tisch, der mit Büchern bedeckt war. Mit einem Mal griff Jakob nach dem dünnen Band, aus dem Serra die ganze Zeit vorgetragen hatte.

»Gab es hier nicht eine Theorie, nach der man die doppelten Zahlen addieren muss?«, fragte er aufgeregt.

Serra nickte. »Das war die These mit den Buchstabenwerten.«

»Aber was wäre, wenn man die 10 und die 14 nicht addiert, sondern hintereinanderschreibt? Also 1014 oder 1410?«

»Stimmt, das könnten Jahreszahlen sein!«, rief ich.

»Eine interessante Überlegung«, gab Serra zu. »Es würde mir helfen, wenn Sie mir erläutern, warum Sie so begierig auf die Entschlüsselung des Quadrats sind.«

»Wegen der Schule«, erwiderte Jakob, »das haben wir doch vorhin schon gesagt.«

Der Alte lächelte. »Das haben Sie, gewiss. Aber stimmt das auch? Ich mag zwar schon einige Jahre auf dem Buckel haben, doch ein Dummkopf bin ich deshalb noch lange nicht. So viel Interesse, wie Sie zeigen, ist bei Schülern eher selten anzutreffen. Ich war früher einmal Lehrer und ich weiß, wovon ich rede.«

»Wir sind eben anders«, widersprach ich.

»Das sind Sie ohne Frage.« Serra ließ sich nicht beirren. »Ich will auch nicht weiter in Sie dringen, es ist allein Ihre Entscheidung. Doch wenn Sie möchten, helfe ich Ihnen wirklich gern.«

Wir blickten uns an. Was hatten wir zu verlieren? Wir wussten ja nicht einmal, worum es bei unserer Suche ging, und waren auf jeden Hinweis angewiesen. Außerdem mussten wir ihm ja keine Details berichten.

Die anderen schienen derselben Meinung zu sein.

»Soll ich?«, fragte Jakob, und Lola und ich nickten. So berichtete Jakob von einer alten Legende über einen geheimnisvollen Gegenstand, zu dem das Gedicht Hinweise liefern sollte.

»Und welche Schlüsse haben Sie aus den Versen gezogen?«, fragte Serra interessiert.

»Nur dass es weniger um den Inhalt geht, sondern um einige Begriffe, die darin vorkommen«, antwortete Jakob und erläuterte kurz seine Theorie.

Serra grübelte einen Augenblick vor sich hin, bevor er antwortete. »Was Sie mir soeben erzählt haben, hat mich nachdenklich gemacht. China, Poblet, Rätsel und Gaudí, was kann das gemeinsam haben? Und da ist mir eingefallen, dass ich vor langer Zeit einmal etwas gelesen habe, was vielleicht eine Antwort darauf liefern kann.«

Gespannt rückten wir enger zusammen, um keines seiner Worte zu verpassen. Auch der Alte senkte seine Stimme zu einem Flüstern, obwohl außer dem schlafenden Besucher niemand im Raum war.

»Gaudí hatte einen Jugendfreund, Eduard Toda i Güell, mit dem er damals die Ruinen des Klosters Poblet erforschte. Der Dritte im Bunde war Josep Ribera i Sans. Sie träumten davon, das Kloster wieder aufzubauen und durchstöberten jeden Winkel. In dieser Schrift, die ich gelesen habe, wird berichtet, dass ihnen dabei etwas in die Hände fiel, dessen Bedeutung sich ihnen erst später erschloss. Es war ein Ring.«

»Ein Ring?«, wiederholte ich. Das war alles? Es ging lediglich um einen einfachen Ring? Und deshalb wurde um die Sache so ein Geheimnis gemacht?

Auch Lola und Jakob stand die Enttäuschung ins Gesicht geschrieben. Serra musste das gemerkt haben, denn er hob die Hand. »Urteilen Sie nicht zu schnell. Die drei jungen Männer merkten sofort, dass es kein gewöhnlicher Ring war, den sie gefunden hatten. Jeder von ihnen streifte ihn über und jeder spürte, welche Kraft von dem kleinen Stück Metall ausging. Gaudí nahm den Ring mit nach Barcelona, als er dort sein Studium antrat. Toda begann mit Nachforschungen, woher der Ring stammte. Dabei fand er heraus, dass er vor vielen Hundert Jahren von einer der ersten Romagruppen, die Spanien erreichten, zum Kloster Poblet gebracht worden war.«

Bingo!

Da hatten wir zum ersten Mal eine Verbindung zwischen Lolas Großonkel, seiner merkwürdigen Botschaft und der Sagrada Família.

Schlagartig war unsere Skepsis verflogen.

»Welche Macht hatte der Ring denn?«, wollte Lola wissen.

»Davon stand leider nichts geschrieben«, antwortete Serra. »Aber ist es nicht bemerkenswert, dass alle drei Finder, also Gaudí, Güell und Sans, später sehr erfolgreiche Männer wurden?«

»Stimmt. Güell kenne sogar ich«, sagte ich. Endlich konnte ich auch mal mit meinem Wissen punkten. »Er war ein reicher Mann, der Gaudí viele Aufträge erteilt hat.«

»Sie irren sich«, korrigierte mich Serra. »Der Güell, von dem hier die Rede ist, war Diplomat, unter anderem in China, und Archäologe.«

»China!«, rief Jakob. »Damit schließt sich der Kreis!«

»Na schön«, gab ich zu. »Jetzt haben wir also die Verbindung zwischen Poblet, China, Gaudí und dem Ring. Aber wo der Ring ist, wissen wir immer noch nicht.«

»Deshalb müssen wir ja das magische Quadrat lösen«, sagte Jakob aufgeregt.

Serra warf einen Blick auf seine Armbanduhr. »Leider kann ich Ihnen nicht länger behilflich sein, ich habe noch einen wichtigen Termin.«

Er erhob sich, zog eine Visitenkarte aus der Tasche

und legte sie auf den Tisch. »Bitte zögern Sie nicht, mich zu kontaktieren, wenn Sie weitere Fragen haben. Ich bin immer sehr erfreut, wenn ich wissbegierige junge Menschen treffe. Und noch etwas.« Er beugte sich noch einmal zu uns herab. »Seien Sie vorsichtig, wem Sie von dieser Geschichte erzählen. Nicht jeder ist Ihnen so wohlgesonnen wie ich.«

Mit diesen Worten ließ er uns zurück.

Was hatte das nun wieder zu bedeuten?

»Das hörte sich so an, als ob er mehr über die Sache weiß«, gab Jakob zu bedenken.

»Eindeutig«, pflichtete ich ihm bei. »Und vor wem sollen wir uns in Acht nehmen?«

Jakob zuckte mit den Schultern.

»Hoffentlich war es kein Fehler, ihm von unserer Suche zu berichten«, sagte ich.

»Wir waren bestimmt zu vertrauensselig.« Jakob biss sich nachdenklich auf die Unterlippe.

»Ach was«, widersprach Lola. »Ich glaube nicht, dass er uns Böses will. Sonst hätte er uns doch nicht gewarnt!«

»Zumindest scheint die halbe Welt von diesem Romaschatz zu wissen«, sagte ich. »Erst Morales, jetzt Serra. Und von welchen anderen Typen hat er gesprochen?«

»Vielleicht wollte er uns nur abschrecken«, mutmaßte Jakob. »Dann wäre er der Einzige, der von unserer Suche weiß, außer Morales natürlich.«

Ich nahm die Visitenkarte, die Serra auf den

Tisch gelegt hatte, in die Hand. »Hier stehen nur sein Name und eine Telefonnummer drauf. Keine Anschrift, keine Berufsbezeichnung. Etwas seltsam für einen seriösen Gelehrten, oder?«

»Wir können es jetzt nicht mehr ändern«, stellte Lola sachlich fest. »Sonst müssten wir der ganzen Welt misstrauen, nur weil wir schlechte Erfahrungen mit Morales gemacht haben. Serra hat uns zumindest gesagt, worum es geht.«

»Falls das stimmt und nicht nur eine falsche Fährte ist«, meinte Jakob und beugte sich über sein Smartphone.

»Was machst du?«, fragte ich.

»Ich suche nach Jahreszahlen, die möglicherweise zu den Zahlen des Quadrats passen.« Das Thema Serra schien für ihn damit erledigt zu sein.

Lola gähnte verstohlen.

»Müde?«, fragte ich.

»Das war alles etwas viel in den letzten Tagen.«

Ich verstand sie gut. Auch bei mir hatten die Erlebnisse ihre Spuren hinterlassen. Noch vor wenigen Tagen war mein Leben zwar langweilig gewesen, aber zumindest in geordneten Bahnen verlaufen. Jetzt war nicht nur ein Mensch gestorben, der irgendwie auch zu meinem Alltag gehört hatte, sondern ich hatte eine Reihe neuer Freunde kennengelernt, die so völlig anders waren als meine alten Kumpels. Ich wäre beinahe das Opfer einer Jugendbande geworden und war von einem Finsterling wie Morales bedrängt worden. Das konnte einen schon umhauen.

Jakob unterbrach meine Gedanken. »Ich glaube, ich hab's«, erklärte er. Dabei blickte er uns vorwurfsvoll an. »Ihr hättet auch mal ein bisschen mithelfen können.«

»Warum?«, fragte ich und fügte grinsend hinzu: »Du bist doch hier das Superhirn. Bis wir eine Suchanfrage formuliert haben, hast du schon alles rausgefunden.«

Das schien ihm zu gefallen. »Stimmt, im Auffinden von Informationen bin ich ziemlich gut.«

Er war schon ganz schön eingebildet, aber ich musste anerkennen, dass wir ohne ihn nicht so weit gekommen wären. Zumindest nicht so schnell.

»Also, was hast du rausgekriegt?«

»Für das Jahr 1014 habe ich nichts gefunden. Aber für 1410 schon.« Er legte eine Kunstpause ein.

»Nun mach es nicht so spannend. Sag schon!«, drängte Lola.

»Gut. Die männliche Linie des Königshauses von Barcelona endete im Jahr 1410 in Sizilien mit dem Tod von Martí dem Ersten.«

»Und?« Lola blickte ihn ebenso verständnislos an wie ich.

Jakob zuckte mit den Schultern. »Nichts und. Das ist alles. Sonst gibt es nichts, was eine Verbindung zu Barcelona aufweist.«

Es war zum Haareraufen. Kaum hatten wir ein

Rätsel gelöst, tauchte schon das nächste auf. Was sollte uns diese Information nutzen?

Enttäuscht und abgekämpft fiel ich in meinen Stuhl zurück. Auch Lola schien keine Energie mehr zu haben.

Als ich ihren Gesichtsausdruck sah, erinnerte ich mich an das, was Antonio gesagt hatte. Unsere Waffe war unser Verstand. Und wann sollte ich ihn gebrauchen, wenn nicht jetzt?

Ich riss mich noch einmal zusammen und tippte die Wörter *Sicilia* und *Barcelona* in die Google-Suche meines Smartphones ein. Gleich das erste Ergebnis war eine Straße namens Carrer de Sicilia. In Barcelona! Danach folgten erst einmal Ferienwohnungen und Flüge von Barcelona nach Sizilien.

Ich zeigte den beiden mein Ergebnis.

»Na ja, nicht besonders viel«, bemerkte Jakob.

»Aber immerhin etwas«, sagte Lola aufmunternd.

»Am besten, wir gehen einfach mal hin. Und wenn wir da nichts finden, können wir immer noch weitersuchen«, schlug ich vor. »Oder noch mal diesen Serra ausquetschen.«

Lola stand auf. »Ich sag euch gleich, heute gehe ich nirgendwo mehr hin. Ich will nur noch nach Hause. Außerdem muss ich Antonio berichten, was wir bisher rausgefunden haben.«

Auch ich hatte keine Lust mehr, durch die Stadt zu ziehen. Zudem war es Zeit für mich, heimzugehen, bevor meine Eltern anfingen, sich Sorgen zu machen. Dad beruhigte es zwar, dass ich mit Jakob unterwegs war, aber ich wollte es nicht darauf ankommen lassen und keine tiefer gehenden Fragen provozieren.

Jakob schien etwas enttäuscht zu sein, widersprach aber nicht.

Wir verließen die Bibliothek und brachten Lola in ihr Viertel zurück, wo wir uns von ihr verabschiedeten.

Während Jakob und ich die Travessera entlang in Richtung Heimat liefen, hatte ich auf einmal ein merkwürdiges Gefühl im Nacken. Ich blieb stehen und drehte mich um. Auf der Straße stauten sich die Autos und die Bürgersteige waren voller Menschen.

»Was ist?«, fragte Jakob und schaute sich um.

»Ich weiß nicht.« Das Kribbeln im Nacken war wieder verschwunden.

»Verfolgt uns etwa jemand?«

Ich schüttelte den Kopf. »Wahrscheinlich sehe ich nur Gespenster.«

»Vielleicht hat Morales ja aufgegeben, nachdem er gemerkt hat, dass wir nichts wissen, odr?«

»Vielleicht.« Doch ich glaubte nicht wirklich daran.

»Sei kein *Lappi* und lass dich nicht verrückt machen.«

Ich versetzte ihm einen spielerischen Stoß gegen die Schulter. »Ich lappi dich gleich!«

Jakob grinste. »Du bist halt ein *Schwab* und verstehst unsere Sprache nicht.«

»Ich bin kein Schwabe«, protestierte ich, was Jakob nur noch breiter grinsen ließ.

»So bezeichnen wir Schweizer unsere deutschen Nachbarn«, erklärte er. »Und ein Lappi ist ein Depp.«

Ich knuffte ihn erneut. »Aha, ein Depp bin ich also.«

So ging es noch eine Zeit lang weiter, und als wir uns trennten, dachte ich nicht mehr an Morales.

Was sich als großer Fehler herausstellen sollte.

Ein merkwürdiger Buchhändler

Der Carrer de Sicilia war eine nicht weiter bemerkenswerte Straße, so wie es viele in Barcelona gibt. Die meisten Häuser waren Neubauten mit Wohnungen und im Erdgeschoss fanden sich die üblichen Läden: Nagelstudios, Metzger, Bars, Reisebüros, Telefonläden, Obst- und Gemüsegeschäfte, Friseure, Bäcker, Schnellimbisse.

Wir kamen an einem kleinen Park vorbei und an einem verlassenen Spielplatz. Außer uns waren nur wenige Passanten unterwegs.

Was sollten wir hier Besonderes finden?

Auch Jakobs Gesicht wurde immer länger, während wir die endlos erscheinende Straße entlangliefen. Hinzu kam, dass sich der Himmel bewölkt hatte und wie eine dicke graue Glocke über den Dächern der Stadt hing. Von den Bergen blies ein kühler Wind und wir rechneten jede Minute mit dem ersten Regenschauer.

Wie auch gestern waren wir auf unserem Weg wieder so wachsam wie möglich gewesen. Aber da wir erneut nichts von irgendwelchen Verfolgern bemerkt hatten, ließ unsere Aufmerksamkeit nach.

Und der Carrer de Sicilia war so menschenleer, dass wir eine verdächtige Person schon auf größere Entfernung bemerkt hätten.

Wir hatten beinahe das Ende der Straße erreicht, als Lola stehen blieb. »Seht mal da!«, rief sie und deutete auf die andere Seite.

Es war ein winziger Laden mit lediglich einem kleinen Schaufenster in einem eher hässlichen Wohnhaus. Über der Eingangstür hing ein handgemaltes Schild mit der Aufschrift *Casal de Barcelona.*

Das Königshaus von Barcelona?

Das konnte kein Zufall sein!

Eilig überquerten wir die Straße und warfen einen Blick in das Fenster, das so aussah, als sei es seit Monaten nicht mehr geputzt worden. Wir standen vor einem Buchladen, daran bestand kein Zweifel. Was wir erkennen konnten, war ein lang gezogener Raum, an dessen Wänden sich Regale reihten. Dazwischen befanden sich Tische mit Stapeln von Büchern darauf. Das Ganze machte einen verlassenen Eindruck. Es waren weder Kunden noch ein Buchhändler zu sehen.

»Ob Subirachs wirklich diesen Laden gemeint hat?«, fragte ich skeptisch. »Er konnte doch gar nicht wissen, ob es den noch gibt, wenn sein Quadrat entschlüsselt wird.«

»Vielleicht hat er nicht angenommen, dass das so lange dauern wird«, mutmaßte Jakob.

»Und außerdem: Habt ihr schon einmal darüber

nachgedacht, dass sich Lolas Großonkel und der Bildhauer gekannt haben müssen?«

»Nicht notgedrungen«, erwiderte Jakob. »Es wäre auch möglich, dass der alte Juan einfach nur das Quadrat von Subirachs genommen und ihm einen neuen Sinn verliehen hat.«

»Das würde bedeuten, nicht Subirachs führt uns zu diesem Buchladen, sondern Großonkel Juan?«, fragte Lola erstaunt.

»Genau.« Jakob nickte. »Der Bildhauer hat mit der ganzen Sache womöglich gar nichts zu tun.«

»Und seine Mitgliedschaft bei den Freimaurern?«

»Vielleicht ebenfalls nur ein Zufall.«

»Was es auch ist, es muss etwas mit dem Besitzer zu tun haben«, sagte ich. »Bücher werden verkauft und sind dann weg. Buchhändler nicht.«

Lola drückte ihre Nase gegen die Scheibe. »Von einem Buchhändler ist allerdings nichts zu sehen.«

»Dann schauen wir doch einfach mal nach.«

Wir sahen uns an und nickten nahezu gleichzeitig. Einen Versuch war es wert. Außerdem begannen gerade die ersten Regentropfen zu fallen, da bot der Laden eine passende Zuflucht.

Ich stieß die Türe auf und wir traten ein.

Drinnen war der Laden nicht ganz so düster, wie es von außen den Anschein gehabt hatte. Hier konnten wir auch das Ende des Verkaufsraums erkennen, wo ein weißhaariger Mann hinter einem Schreibtisch an einem Computer saß. Er telefonierte gerade und schien unser Eintreten überhaupt nicht zu bemerken.

Es roch ein wenig muffig. Die Bücher um uns herum waren nicht das übliche Sammelsurium von Bestsellern und Stadtführern, wie man sie in den meisten anderen Buchhandlungen Barcelonas vorfand, sondern befassten sich mit deutlich obskureren Themen: Voodoo-Zauber und Santeria, Freimaurer und Hexenverfolgungen, Astrologie und Verschwörungstheorien. Wir stöberten ein wenig herum, blätterten hier und da in einem der teilweise schon recht vergilbten Werke, bevor wir unsere Köpfe zur Beratschlagung zusammensteckten.

»In den Büchern werden wir nichts finden«, sagte Lola.

»Da wäre ich mir nicht so sicher«, widersprach Jakob. »Siehst du nicht, dass sich alle Bücher hier mit Themen beschäftigen, die mehr oder weniger rätselhaft sind? Vielleicht sollten wir noch ein bisschen weitersuchen. Und falls wir nichts finden, fragen wir den Mann einfach, ob er Subirachs kannte.«

Ich nickte. Es war weniger meine Überzeugung, die mich dazu brachte, sondern der Regenschauer, der draußen auf das Pflaster prasselte.

»Und was genau ist es, das ihr sucht?«, ließ uns eine Stimme hinter uns aufschrecken.

Es war der Buchhändler, der unbemerkt zu uns herangetreten war.

Auf den ersten Blick machte er einen harmlosen

Eindruck. Er trug eine dunkelrote Strickjacke über einem karierten Hemd, eine ausgebeulte Hose und abgewetzte Slipper. Wie einer der vielen Ladeninhaber, die man hier, besonders in kleineren Läden, häufig antraf.

Doch ein Blick in seine Augen belehrte mich eines Besseren. Sie musterten uns eindringlich, nicht mit freundlichem Interesse, sondern eher so, wie ein Wolf das Lamm begutachtet, das sich ahnungslos in sein Revier verirrt hat.

Jakob schaltete am schnellsten. »Ein Bekannter hat uns Ihren Buchladen empfohlen«, sagte er. »Und da wollten wir uns einfach mal ein wenig umsehen.«

»Ein Bekannter, eh?« Die Augen des Mannes zogen sich zusammen. »Und wie heißt dieser Bekannte?«

»Josep Serra«, entfuhr es mir. Es war der erste Name, der mir in den Kopf kam.

Es war erstaunlich, welche Reaktion die Nennung dieses Namens bei dem Buchhändler auslöste. Zunächst verfinsterte sich sein Gesicht, so als wollte er jeden Moment aufbrausen und uns aus seinem Laden werfen. Dann glätteten sich seine Züge ebenso schnell wieder, und seine Lippen zogen sich zu einem Lächeln auseinander.

»Josep Fons Serra, eh?«, fragte er. »Ein sehr gebildeter Mensch und ein nobler Herr. Es ehrt mich und wundert mich zugleich, dass er euch zu mir geschickt hat.«

»Sie kennen ihn?«, fragte ich erstaunt.

»Der alte Pep war lange Zeit ein treuer Kunde von mir«, erwiderte er. »Und wir waren sogar einmal so etwas wie Freunde.« Sein Gesicht nahm einen wehmütigen Ausdruck an. »Es freut mich, dass er nach so langer Zeit noch an mich denkt.«

Einen Moment schwieg er. Dann schüttelte er den Kopf, so als wollte er sich aus den Erinnerungen reißen. »Aber kommt, kommt, womit kann ich euch helfen?« Er dirigierte uns in Richtung des Schreibtisches, an dem er gerade noch gesessen hatte.

Wir taten ihm den Gefallen. Mit etwas Glück ließ sich hier ja doch ein Hinweis finden? Vielleicht leitete uns Subirachs Rätsel ja wirklich nicht zu dem Versteck eines Gegenstandes oder einer Information, sondern zu einem Menschen? Dem Alter des Buchhändlers nach konnten er und der Bildhauer sich durchaus gekannt haben.

Der Mann setzte sich auf die Kante des Schreibtisches. Wir standen vor ihm wie drei Schüler vor einem strengen Lehrer. Konnten wir ihm vertrauen? Sein lauernder Blick ließ mich eher das Gegenteil annehmen, aber was sollten wir machen? Dies war bislang unsere einzige Spur, und wenn wir weiterkommen wollten, mussten wir wohl oder übel etwas von unserem Vorhaben preisgeben.

»Wir glauben, dass Subirachs Quadrat auf Ihren Laden weist«, sage ich schließlich. Dabei blickte ich dem Mann nicht in die Augen, sondern richtete meinen Blick auf einen dunklen Fleck auf seiner Strickjacke. »Kannten Sie ihn?«

»Ihr habt Subirachs Quadrat entschlüsselt?«, entfuhr es ihm. »Aber ihr seid ...«

»... noch Kinder?«, vollendete Jakob seinen Satz. »Na und? Was hat das eine mit dem anderen zu tun?«

»Du hast recht, eigentlich nichts, eh?« Der Mann rieb sich die Hände. »Es ist gut, dass ihr zu mir gekommen seid. Hier seid ihr an der richtigen Adresse. Hat Pep euch dabei geholfen, das Quadrat zu entschlüsseln?« Seine Stimme nahm einen härteren Ton an.

»Er hat uns lediglich Zugang zu einem Buch verschafft, das ist alles. Den Rest haben wir allein herausgefunden.«

»Nun gut.« Der Mann schlug ein Bein über das andere. »Vielleicht sollte ich euch ein wenig mehr über Pep und mich erzählen, eh? Mein Name ist übrigens Arnulfo. Arnulfo Robles.« Er machte eine ausholende Armbewegung. »Wie ihr seht, beschäftige ich mich mit Themen, die ein wenig abseits vom Massengeschmack sind. So habe ich damals die beiden Peps kennengelernt.«

»Die beiden Peps?«, fragte ich. Ich wusste, dass Pep in Katalonien die Abkürzung für Josep ist.

»Pep Serra und Pep Subirachs«, erwiderte Arnulfo. »Wir teilten die Leidenschaft für Geheimnisse und für Dinge, die auf herkömmliche Art nicht zu erklären sind. Es war das wissenschaftliche Interesse, das uns vereinte. Irgendwann hatte Subirachs dann keine Zeit mehr, wollte sich nur noch seinen Skulpturen widmen. Und Serra …« Arnulfos Blick senkte sich. »Serra begann eines Tages, seinen persönlichen Vorteil in den Vordergrund zu stellen. Ihm ging es nicht mehr ums Wissen, ihm ging es um Reichtum und Macht.« Er seufzte. »So habe ich schweren Herzens unsere Freundschaft aufkündigen müssen.«

»Auf uns machte er einen ganz netten Eindruck«, sagte Jakob. »Und er hat uns geholfen, ohne etwas dafür zu verlangen. Er wollte nicht einmal wissen, was wir aus dem Quadrat herausgelesen haben.«

Arnulfos Miene verfinsterte sich. »Pep ist sehr geschickt. Ihr solltet euch von ihm fernhalten. Er ist ein guter Schauspieler, das ist alles! Habt ihr mal darüber nachgedacht, warum er *zufällig* genau dort aufgetaucht ist, wo ihr nach einer Spur gesucht habt?«

»Sie meinen, er hat uns erwartet?« Lolas Stimme klang ebenso ungläubig wie Jakobs. »Er konnte doch gar nicht wissen, dass wir in die Biblioteca Arús kommen würden.«

»So? Konnte er das nicht? Und was ist mit diesen beiden Herren dort?« Er machte mit dem Kinn eine Bewegung in Richtung Schaufenster.

Wir fuhren herum.

Auf der anderen Straßenseite standen Morales und sein Kompagnon!

Hatten sie uns bereits gesehen? Oder befanden wir uns tief genug im Laden? Schließlich hatten wir Arnulfo von der Straße aus auch nicht erblickt.

»Sie müssen uns helfen«, rief ich panisch. »Können Sie uns verstecken?«

»Also sind die beiden wirklich hinter euch her?«

Wir nickten. »Bitte«, drängte ich.

»Na schön.« Er schob uns zu der Tür, die hinter seiner Theke aus dem Laden führte.

Ich warf einen Blick zurück. Morales und sein Begleiter überquerten gerade die Straße. Ich hoffte inständig, dass sie uns nicht sehen konnten.

»Schnell. Hier rein!« Wir standen in einem kleinen Büroraum mit einer weiteren Tür auf der anderen Seite. »Da geht es ins Lager«, sagte Arnulfo. »Versteckt euch da und verhaltet euch ruhig. Ich hole euch, wenn die Luft rein ist.« Mit diesen Worten kehrte er in den Laden zurück.

Das Lager bestand lediglich aus einem winzigen Raum, in dem zahlreiche Kartons aufgestapelt waren. Die meisten davon waren aufgerissen und einige der Papptürme wiesen eine gefährliche Neigung auf. Wir duckten uns hinter die Kisten.

»Wie hat Morales uns gefunden?«, wisperte Lola.

»Er muss uns gefolgt sein«, sagte Jakob. »Aber von wo? Ob er einen von uns beschattet hat?«

»Ich hätte ihn bestimmt bemerkt«, behauptete ich, obwohl ich mir da nicht so sicher war. »Und wir haben die Straße immer im Auge gehabt. Da war er nicht.«

»Irgendwie wohl doch«, kommentierte Jakob trocken.

»Meint ihr, wir können diesem Arnulfo trauen?«, flüsterte Lola.

Ich zuckte mit den Schultern. »Keine Ahnung.«

»Vielleicht steckt er mit Morales unter einer Decke und hat ihn selbst hergerufen.«

»Unwahrscheinlich«, widersprach Jakob. »Das hätten wir doch gemerkt. Und so schnell wären die auch nicht hier gewesen.«

»Psst!«, ermahnte uns Lola.

Jemand hatte das Büro betreten. Wir hörten Stimmen. Vorsichtig robbte ich zur Tür des Lagerraums und presste mein Ohr dagegen.

»… keine Ahnung, was das sein könnte?«, hörte ich jemanden fragen. Der Stimme nach war es Morales.

»Ich kenne viele Legenden, mein Herr, aber diese ist mir unbekannt.« Das war Arnulfo.

»Merkwürdig. Dabei taucht dein Name in diesem Zusammenhang mehrfach auf.«

»Ich kann mir das nur so erklären, dass mein Name meistens genannt wird, wenn es um unerklärliche Dinge in Barcelona geht.«

»Sollte ich meinen Assistenten einmal bitten, deine Räuberhöhle näher in Augenschein zu nehmen? Vielleicht findet er ja etwas.«

»Wie Sie möchten, mein Herr, aber das wäre Zeitverschwendung.«

Schritte kamen auf den Lagerraum zu.

Ich musste mich zusammenreißen, um nicht wegzuspringen. Aber wenn sie in diesen Raum kamen, dann würden sie uns sowieso finden.

»Wohin führt diese Tür?«, fragte Morales.

»Eine Toilette, die nicht funktioniert.«

Jemand drückte die Klinke herab und rüttelte daran. Ich hielt den Atem an.

»Wo ist der Schlüssel?«

»Den habe ich nicht, mein Herr. Der Raum ist seit vielen Jahren unbenutzt. Ich habe den Vermieter schon häufig aufgefordert, daran etwas zu ändern, aber Sie wissen ja … Er hat auch den Schlüssel. Ich rufe ihn gerne an, wenn Sie ihn haben wollen.«

Noch einmal rüttelte Morales an der Klinke, dann entfernten sich seine Schritte wieder. »Na schön, Robles. Für heute will ich mich damit zufriedengeben. Aber wehe dir, du hast uns etwas verschwiegen. Du weißt, wer wir sind.«

»Oh ja, das weiß ich, mein Herr.«

Die Stimmen entfernten sich und ich erhob mich leise. Auch Lola und Jakob kamen hinter den Kisten hervor.

Nur wenige Sekunden später öffnete sich die Tür.

Arnulfo war kreidebleich. »Die Xinos«, murmelte er. »Woher kennt ihr solche Leute?«

»Das ist eine lange Geschichte«, erwiderte ich.

»Ihr habt euch mächtige Gegenspieler ausgesucht.«

»Wir haben uns niemanden ausgesucht«, protestierte Lola. »Wer sind diese Männer? Warum heißen sie Xinos?«

Arnulfo winkte uns in sein Büro. »Wir bleiben besser hier, falls sie noch draußen herumlungern.« Er ließ sich in den einzigen Stuhl sacken, der in diesem Raum zu finden war, öffnete ein Fach des Schreibtischs und holte eine Flasche und ein Glas hervor.

»Ich muss erst meine Nerven ein wenig beruhigen«, sagte er und schüttete eine klare Flüssigkeit in das Glas, das er mit einem Zug leerte.

»*Aguardiente*«, sagte Lola. Schnaps.

»Genau, *aguardiente*«, bestätigte Arnulfo und schenkte sich noch einmal nach. Dann ließ er die Flasche wieder im Schreibtisch verschwinden.

»Also, wer sind nun diese Xinos, von denen Sie gesprochen haben?«, wiederholte ich Lolas Frage.

Arnulfo lehnte sich nach hinten. Langsam kehrte die Farbe in sein Gesicht zurück.

»Ihr habt keine Ahnung, wo ihr da reingeraten seid, eh?«

Wir schüttelten die Köpfe.

»Dann ist es vielleicht besser, es bleibt so.«

»Und wenn die Xinos wieder auftauchen?«, fragte Lola. »Wenn Sie uns erzählen, was Sie darüber wissen, dann können wir uns vielleicht besser vor ihnen schützen.«

Arnulfo winkte ab. »Sie waren nicht hier, weil sie hinter *euch* her waren. Sie wollten etwas von *mir*. Ein merkwürdiger Zufall, findet ihr nicht?« Er reckte den Zeigefinger in die Höhe. »Aber von vorn: Die Xinos sind ein Geheimbund, der nach Toda i Güell benannt ist. Er trug den Beinamen *consol xino*, weil er einmal Vizekonsul in China war. Sie sind eine sehr mächtige Organisation, mit Verbindungen in höchste Kreise.«

Toda i Güell! Das war doch der, der gemeinsam mit Gaudí den Ring gefunden haben soll, nach dem wir suchten! Auch Jakob und Lola hatten sofort geschaltet, wie ich an den Blicken sah, die sie mir zuwarfen.

»Und wieso schickt eine so *mächtige Organisation* lediglich zwei Gestalten wie Morales und seinen Handlanger los?«, fragte ich.

»Du solltest die beiden nicht unterschätzen«, mahnte Arnulfo. »Für die Xinos ist es das Wichtigste, keine Aufmerksamkeit zu erregen. Wenn sie wollten, könnten sie uns alle hinter Gitter setzen, aber dann würde man anfangen, Fragen zu stellen. Und das wollen sie auf jeden Fall vermeiden.«

»Das bedeutet, Morales ist nicht der Anführer der Xinos«, schlussfolgerte Jakob.

»Diese Witzfigur? Gewiss nicht. Niemand weiß, wer die Organisation führt, selbst die eigenen Leute nicht. Es heißt, dass die Anweisungen an das Fußvolk immer nur schriftlich oder per Telefon übermittelt werden.«

Ich setzte zu einer weiteren Frage an, aber Arnulfo erhob sich und ging in den Laden.

Wir folgten ihm, jedoch nicht ohne uns vorher vergewissert zu haben, dass niemand mehr auf der anderen Straßenseite stand.

Der Buchhändler lief an den Tischen entlang, als ob er etwas suchte. Mit einem Mal blieb er stehen. »Sehr interessant«, rief er.

»Was?«, fragte ich.

»Euer Freund Morales hat ein Buch mitgehen lassen«, antwortete er.

»Er ist nicht unser Freund«, gab ich zurück. »Und was ist an einem Ladendiebstahl so Besonderes?«

»Das Thema, mit dem das Buch sich beschäftigt: Enriqueta Martí.«

Ich verstand nur Bahnhof. Lola nicht.

»Der Vampir des Raval!«, rief sie.

Der Vampir des Raval

Jakob und ich starrten sie an. In diesem Fall schien selbst der schlaue Schweizer weniger zu wissen als Lola.

»Ich sehe, da hat jemand seine Hausaufgaben gemacht.« Arnulfo nickte beifällig. »Die Frage ist nur: Was interessiert die Xinos so daran? Denn ich kann mir nicht vorstellen, dass sie das Buch zufällig haben mitgehen lassen, quasi als eine Art Andenken an ihren Besuch.«

Arnulfo zupfte an seiner Strickjacke herum, schaute sich noch einmal auf den Tischen um und kam dann zurück zu uns. »Es war das letzte Exemplar«, brummte er. »Der Verlag ist pleitegegangen und das Buch ist vergriffen. Sehr ärgerlich.«

Er begann, mich zu nerven. Vielleicht war er doch lediglich ein alter Trottel und ich hatte mich nur getäuscht, als ich ihn für verschlagen hielt. Doch ehe ich noch einmal nachhaken konnte, warf Arnulfo einen Blick auf seine Armbanduhr.

»Und jetzt entschuldigt mich bitte, wir müssen unser Gespräch ein andermal weiterführen«, sagte er. »Ich habe noch etwas Dringendes zu erledigen.«

Er verschwand in seinem Büro.

Wir starrten uns an. Wollte er uns jetzt so einfach abspeisen? Doch da tauchte er auch schon wieder auf, eine Aktentasche in der Hand und einen braunen Wollmantel über den Arm geworfen, der viel eleganter aussah als das, was er am Leib trug. »Ich habe eine Freundin, sie arbeitet im Raval«, sagte er. »Sie ist Expertin für alles, was Enriqueta Martí angeht. Ich habe vorhin noch mit ihr telefoniert, sie ist jetzt da. Ihr könntet sie also sofort aufsuchen. Vielleicht erfahrt ihr ja bei ihr, was die Xinos damit zu tun haben.« Er schrieb etwas auf einen Zettel und reichte ihn mir. »Das sind ihr Name und ihre Anschrift. Ich gebe ihr Bescheid, dass ihr gleich bei ihr vorbeischaut. Und wenn ihr was rauskriegt, dann kommt wieder her und berichtet mir, eh?« Mit diesen Worten scheuchte er uns aus dem Laden.

Der schlimmste Regen war vorbei und es nieselte nur noch leicht. Die Luft roch frisch, mit einem Hauch von Staub darin.

Arnulfo verschloss die Tür, dann schüttelte er jedem von uns die Hand. »Ich erwarte euren Besuch«, sagte er, schlüpfte in seinen Mantel und stapfte davon.

Etwas ratlos standen wir vor seinem Laden.

»Was machen wir jetzt?«, fragte Jakob.

Ich warf einen Blick in den Himmel. »Ich schlage vor, wir suchen ein Café und besprechen uns.«

Dagegen hatte keiner etwas einzuwenden. Wir

liefen den Carrer de Sicilia in Richtung Innenstadt entlang, bis wir auf ein Café stießen, vor dem einige leere Tische unter einem schützenden Vordach standen. Wir bestellten drei Limonaden und steckten die Köpfe zusammen.

»Was genau haben wir jetzt eigentlich erfahren?«, fragte ich, um meine Gedanken zu ordnen.

»Erstens, Subirachs kannte Robles«, sagte Jakob.

»Zweitens, Morales und die Xinos wollen etwas von ihm«, ergänzte Lola.

»Drittens, sie haben etwas mit Toda i Güell zu tun, von dem uns auch Serra berichtet hat«, fuhr Jakob fort.

»Und damit mit dem Ring«, schloss ich.

Lola nickte. »Und Robles und Serra sind keine Freunde, zumindest nicht mehr.«

»Außerdem ist da Enriqueta Martí«, nahm Jakob den Faden auf. »Wir müssen herausfinden, was sie mit der ganzen Sache zu tun hat.«

»Wenn sie das hat«, warf ich ein. »Bislang haben wir nur Arnulfos Wort dafür. Und ich traue ihm nicht.«

»Ich auch nicht«, pflichtete mir Lola bei.

Jakob legte die Stirn in Falten. »Und warum?«

»Einfach ein Gefühl«, sagte ich.

»Darauf verlässt du dich?« Jakob schüttelte den Kopf. »Hat er uns nicht vor Morales versteckt? Und hat er uns nicht den Tipp mit Enriqueta Martí gegeben und uns über die Xinos aufgeklärt?«

»Ja, aber viel wichtiger ist, was er uns *nicht* erzählt hat«, sagte ich. »Ich glaube, er weiß viel mehr über diese ganze Sache, als er zugegeben hat. Und als wir nachhaken wollten, da hatte er auf einmal keine Zeit mehr.«

»Du traust also Serra mehr als ihm?«

»Wenn du mich so fragst, ja.«

»Ich bin mir nicht sicher, ob wir Serra wirklich Glauben schenken können«, meinte Lola. »Nur weil er uns sympathischer ist als Arnulfo, muss er nicht unser Freund sein. Wir sollten einfach alles, was wichtig ist, zukünftig für uns behalten.«

Jakob pflichtete ihr bei. »Bis wir wissen, wer in diesem Spiel welche Rolle spielt, kann Vorsicht nicht schaden.«

»Einverstanden.« Ich wandte mich an Lola. »Und jetzt könntest du uns über diesen *Vampir des Raval* aufklären.«

»Enriqueta Martí«, sagte Lola. »Eine Geschichte mit vielen Rätseln. Sie lebte bis 1913 und soll Kinder entführt und getötet haben, um aus ihnen Salben und Zaubertränke zu machen.«

»Brrr, das ist ja grauslich.« Jakob schüttelte sich. »Bist du sicher, dass das nicht nur ein Märchen ist, sozusagen die katalanische Variante von *Hänsel und Gretel?*«

»Ganz bestimmt nicht«, beharrte Lola. »Sie hat wirklich gelebt. Was die Kindesmorde betrifft, da sind sich die Historiker allerdings nicht einig. Manche behaupten, das sei nur ein Gerücht gewesen. Fest steht allerdings, dass sie eine Prostituierte war und in den besten Kreisen verkehrte. Das war angeblich auch ein Grund, warum sie so lange Zeit unbehelligt von der Polizei blieb.«

»In den besten Kreisen, das könnte bedeuten, sie hat Gaudí gekannt«, merkte ich an.

»Und Toda i Güell, den *consol xino*«, ergänzte Jakob. »Nur Subirachs nicht, denn der wurde ja erst 1927 geboren.«

Ich warf einen Blick nach oben. Die Regenwolken waren weitergezogen und der Himmel strahlte wieder blau. Eine Stunde würde es bestimmt noch hell sein. Ich zog den Zettel aus der Tasche, den Arnulfo mir gegeben hatte. Darauf stand:

Pilar Fernández
Carrer de Joaquín Costa 29

»Was haltet ihr davon, wenn wir noch diese Pilar besuchen?«, fragte ich. »Arnulfo sagte, sie kann uns mehr über Enriqueta Martí und ihre Verbindungen erzählen. Und dass sie jetzt zu Hause sein müsste.«

Lola und Jakob waren einverstanden. Wir sahen auf Google Maps nach, wo genau sich die Straße befand, und machten uns auf in den Raval.

Unterwegs erzählte Lola ein wenig mehr über sich. Ihr Vater arbeitete als Lkw-Fahrer bei einer Spedition und ihre Mutter half in der Küche eines Restaurants aus. Sie hatte noch drei Brüder, die aber alle älter waren als sie und weiter weg lebten. Und sie war die Erste in der Familie, die studieren sollte.

»Und was willst du studieren?«, fragte ich.

»Kulturgeschichte«, erwiderte sie und erklärte, als sie meinen fragenden Blick bemerkte: »Ich will die Geschichte unseres Volkes in Spanien erforschen und das, was sie zur Kultur beigetragen haben.«

»So wie Antonio«, sagte ich.

Sie nickte. »Genau so. Nimm den Flamenco, zum Beispiel. Als Kind hatte ich immer nur einen Traum: Ich wollte Tänzerin werden. Und nicht nur ich. Fast alle meine Freundinnen hatten denselben Wunsch.«

»Und jetzt? Hast du deinen Traum aufgegeben?«

Lola lachte. »Mit dem Flamenco fängst du bei uns an, wenn du fünf oder sechs Jahre alt bist. Spätestens. Und das habe ich irgendwie verpasst.«

»Ah, Flamenco, der andalusische Zauber«, mischte sich Jakob ein. Ich hatte mich schon gewundert, dass er so lange geschwiegen hatte. Dafür setzte er jetzt zu einer seiner endlosen Erklärungen an. »Camarón de las Islas, Paco de Lucia …«

»Hör auf!«, rief ich. »Ich weiß, was Flamenco ist. Und Lola weiß es sowieso.«

Das entmutigte ihn natürlich überhaupt nicht. »Wusstet ihr, dass der Name Flamenco sowohl *Flamingo* als auch *Flamen* bedeuten kann? Damals lebte in Andalusien eine Gruppe von Roma, die einen Freibrief vom König hatten. Sie wurden *die Flamen* genannt, also die *Flamencos*.«

»Jaja, und Flamingo deshalb, weil sich die Tänzerinnen und Tänzer bewegen wie ein Flamingo«, winkte ich ab. Das hatte ich erst letzte Woche in einem Artikel gelesen.

Lola war stehen geblieben und blickte uns erstaunt an.

»Ihr wisst ja eine ganze Menge. Dann kennt ihr sicher auch Carmen Amaya.«

»Hm«, brummten wir beide gleichzeitig. Ich war erleichtert, dass auch Jakob passen musste.

»Die größte Flamenco-Tänzerin Barcelonas? Und die kennt ihr nicht?«, fragte Lola.

»Ich gehe selten aus«, murmelte Jakob.

Lola lachte schallend. »Da würdest du ihr auch kaum begegnen. Sie ist schon ein paar Jahrzehnte tot.«

Insgeheim freute es mich, dass Jakob mit seiner Neunmalklugheit einen Schuss vor den Bug bekommen hatte. Aber mir war klar, dass mir das genauso hätte passieren können, denn ich war kurz davor gewesen, ebenfalls eine Ausrede zu erfinden.

»Und was hast du damit zu tun?«, fragte ich Lola stattdessen.

»Die Amayas sind eine große Familie und sie sind mit uns verwandt. Ihr kennt sie übrigens.«

Jakob und ich blickten Lola fragend an.

»Das Plakat in meinem Zimmer. Die Frau. Das ist Carmen Amaya.«

»Aha.« Ich konnte nicht wirklich viel mit Flamenco anfangen, das war nicht meine Musik. Aber für die Kalé schien sie einen hohen Stellenwert zu haben.

»Du warst noch nie bei einem Flamenco-Konzert, stimmt's?«, fragte Lola. »Das müssen wir unbedingt ändern. Wenn das hier vorbei ist, nehme ich dich mal mit.«

Ein angenehmer Schauer durchfuhr mich, als ich mir vorstellte, mit Lola zu einem Konzert zu gehen. Das hieß ja auch zugleich, dass wir uns weiterhin sehen würden, selbst wenn die Jagd nach dem Ring beendet war.

Wir hatten inzwischen die Plaça de Catalunya erreicht, den großen Platz im Herzen der Stadt. Wir überquerten ihn und gingen die Ramblas hinunter, die breite Allee, die bis zum Meer führt. Hier war alles voller Menschen, natürlich in erster Linie Touristen und Taschendiebe, und in dem Gewühl war es schwierig zu sehen, ob wir verfolgt wurden. Für Morales würde es ein Leichtes sein, uns aus der Menge heraus zu beobachten, ohne selbst gesehen zu werden.

El Raval ist ein Viertel, das einen zwielichtigen Ruf besitzt. Die Zeiten, in denen sich hier das Zentrum aller Laster der Stadt befand, sind zwar vorbei, aber noch immer locken die schmalen Gassen alle möglichen dunklen Gestalten an, die das schnelle Geld zu machen hoffen.

Wir hatten für den Weg länger gebraucht, als ich

gedacht hatte, und als wir in den Raval abbogen, verschwand die Sonne bereits hinter den Dächern.

»Wollen wir da wirklich jetzt noch hin?«, fragte Jakob. »Wir könnten das doch auch auf morgen verschieben.«

So ganz unrecht hatte er nicht. Zwar waren die Ramblas noch voll von Touristen, die sich an den unzähligen Verkaufsständen vorbeischoben, aber ein Blick in die Seitenstraßen zeigte schnell, dass es dort etwas anders aussah.

»Ich denke auch, wir könnten morgen wiederkommen«, pflichtete ich ihm bei. Die gute Laune von vorhin war verflogen. Überall vermutete ich auf einmal Verfolger, und die schmalen Gassen des Raval taten nichts, um meine Stimmung zu heben.

Lola stemmte die Hände in die Hüften. »Jetzt laufen wir bis hierhin und dann wollt ihr einfach umkehren? Was glaubt ihr denn, was uns da passieren kann?«

»Ich weiß nicht.« Jakob zuckte mit den Schultern. »Überfall, Mord, Totschlag.« Allerdings hörte es sich nicht ganz ernst gemeint an.

»Wisst ihr, wie oft ich hier im Dunkeln durchgegangen bin?«, fragte Lola. »El Raval ist einer der drei Stadtteile, in denen die Gitanos von Bajarí leben. Wir haben da viele Verwandte, die ich schon oft besucht habe. Glaubt mir, uns wird nichts passieren.«

Sie sagte das so bestimmt, dass ich meine Zweifel für den Augenblick beiseiteschob.

»Na schön«, willigte ich ein, weil ich keine Lust hatte, vor ihr als Angsthase dazustehen. Jakob fügte sich ebenfalls.

Also setzten wir unseren Weg fort. Rechts und links der schmalen Straße waren viele Läden noch verschlossen, die Rollläden vor den Fenstern heruntergelassen. Die daraufgesprühten Graffiti bewiesen, dass es sich hier um ein fruchtbares Gebiet für Sprayer handeln musste.

»Das sind die Nachtbars«, erklärte Lola. »Die machen erst später auf.«

Einige kleinere Geschäfte hatten geöffnet, darunter Nagelstudios, Bäckereien und winzige Supermärkte, die damit warben, die ganze Nacht geöffnet zu haben.

Barcelona ist eine riesige Stadt. Um alle Viertel zu erkunden, braucht man ein halbes Leben, und ich wohnte gerade mal ein paar Wochen hier. In den letzten Tagen hatte ich schon mehr von der Stadt gesehen als zuvor, und auch El Raval war ein Teil der Stadt, den ich kaum kannte. Was wir gerade erlebten, war die Ruhe vor dem Sturm. In Barcelona pulsierte das Leben vierundzwanzig Stunden am Tag. Selbst bei uns um die Ecke gab es Bäckereien und Supermärkte, die durchgehend geöffnet hatten. Und El Raval war eines jener Viertel, in denen besonders viel los war. Für jeden Laden, der jetzt schloss, öffnete irgendwo ein anderer seine Türen.

Wir bogen in die Joaquín Costa ein. Die Häuser

zu beiden Seiten der Gasse waren so hoch, dass der Himmel nur ein schmaler dunkler Streifen über uns war. Die wenigen Straßenlaternen, die auf Höhe des ersten Stockwerks an den Gebäuden angebracht waren, waren noch nicht eingeschaltet worden, was die Häuser düster und unnahbar erscheinen ließ.

Nummer 29 war ein altes Gebäude, in dem sich unten ein Laden mit Süßigkeiten befand. Eine Frau ließ gerade das Gitter herab. Daneben führte eine abgeblätterte Holztür ins Haus. Wir klingelten.

Es dauerte eine Weile, dann hörten wir eine blecherne Stimme aus dem Lautsprecher der Gegensprechanlage. »*Sì?*«

»Wir möchten zu Pilar Fernández«, sagte Lola.

»Und wer ist *wir?*«

»Arnulfo Robles schickt uns.«

»Einen Moment.«

Es dauerte länger als einen Moment, bis sich die Tür schließlich öffnete. Die Frau aus dem Süßigkeitengeschäft war inzwischen verschwunden. Die Gasse lag nun verlassen da.

Pilar Fernández sah ganz anders aus, als ich sie mir vorgestellt hatte. Ich hatte mir gedacht, wir würden eine grauhaarige alte Historikerin treffen. Stattdessen stand uns eine junge Frau gegenüber. Grauhaarig war sie schon, allerdings war es eine wilde Mähne, die ihr über die Schultern hing. Sie trug einen roten Pullover und eine ausgebeulte Baumwollhose über Turnschuhen ohne Schnürsenkel.

Die Frau musterte uns skeptisch. »Ja, bitte?«

»Wir kommen auf Empfehlung von Arnulfo Robles«, wiederholte Lola. »Er meint, Sie könnten uns weiterhelfen.«

Die Frau zog fragend die Augenbrauen hoch, ohne zu antworten.

»Es geht um Enriqueta Martí und ihre mögliche Beziehung zu einigen bekannten Einwohnern der Stadt«, sprang ich Lola bei.

Die Frau zögerte kurz, machte aber eine einladende Handbewegung. »Na, dann kommt mal rein.«

Wir folgten ihr durch einen schmalen Flur, der nur spärlich beleuchtet war, stiegen aber nicht nach oben, sondern gingen zu einer offen stehenden Kellertür. Eine alte Funzel an der Wand spendete trübes Licht. Vorsichtig folgten wir der Frau die Treppe hinab.

Unten angekommen, bog sie rechts ab und führte uns einen ebenfalls nur notdürftig beleuchteten Gang entlang zu einer Stahltür.

Es roch muffig hier unten, und ich warf einen Blick über die Schulter, um mich zu überzeugen, dass niemand im Schatten auf uns lauerte. Schon als kleiner Junge hatte ich immer ein ungutes Gefühl gehabt, wenn ich in den Keller musste, und das war hier nicht anders. Allerdings hatte ich heute ja auch gute Gründe dafür. Nicht nur Morales, sondern auch Serra, Arnulfo und Pilar, bei allen konnten wir uns nicht sicher sein. Mein ganzer Körper war angespannt, immer auf der Hut vor einer unangenehmen Überraschung. Das war vielleicht die Folge davon, wenn man jedem, dem man begegnete, mit Misstrauen entgegentrat.

Die Frau stieß die Tür auf. Wir blieben staunend auf der Schwelle stehen. Dahinter lag ein hell erleuchteter, großer Raum, gefüllt mit Reihen von Metallregalen, in denen unzählige große und kleine Filmdosen gestapelt waren. Die Luft war deutlich kühler und frischer als im Gang und ich konnte das Surren einer Klimaanlage hören. Mich fröstelte. Jetzt war mir klar, warum Pilar Fernández trotz der milden Spätsommertemperaturen einen Pullover trug.

»Nichts anfassen«, warnte sie uns, bevor sie die Tür hinter uns schloss und uns zu einem Tisch mit ein paar Stühlen geleitete.

Lola sah man an, dass sie ebenfalls fror, während Jakob die niedrige Temperatur nichts auszumachen schien.

»Ich muss hier unten kühlen, um die alten Filme zu schützen«, erklärte Pilar, die unsere Reaktion bemerkt hatte. »Zelluloid ist sehr empfindlich. Hohe Temperaturen fördern den Zersetzungsprozess.«

»Halten ihn aber nicht auf«, dozierte Jakob.

Die Frau blickte ihn erstaunt an. »Ganz richtig. Du kennst dich damit aus?«

»Nur ein klein wenig«, erwiderte Jakob. »Ich habe früher mal mit Zelluloid experimentiert.«

Ich fragte mich, was er eigentlich noch *nicht* gemacht hatte.

Er deutete auf einen Feuerlöscher an der Wand. »Der wird aber nicht viel helfen. Wenn ein Zelluloidfilm einmal brennt, setzt er Sauerstoff frei und ist damit unlöschbar, selbst wenn man ihn mit Schaum besprüht oder Wasser oder Sand drüberkippt.«

»Ich weiß. Das ist auch eher zum Schutz, falls etwas anderes Feuer fangen sollte, um es von den Filmen fernzuhalten«, sagte Pilar, die mit einem Mal deutlich weniger reserviert wirkte. Jakobs Fachkenntnisse schienen sie zu beeindrucken.

Sie bat uns, Platz zu nehmen. Dann berichteten wir, warum Arnulfo uns zu ihr geschickt hatte. Wusste sie vielleicht etwas über eine mögliche Beziehung zwischen Enriqueta Martí und Güell oder Gaudí?

»Mal sehen, ob ich euch weiterhelfen kann«, sagte sie, als wir geendet hatten. »Mein Spezialgebiet ist allerdings nicht die Martí, sondern El Raval allgemein. Aber mein Archiv ist groß. Zum Glück war Barcelona schon früh eine Stadt mit viel Filmbegeisterung. Wie ihr seht, gibt es jede Menge historischer Aufnahmen.«

»Wären die in einem Museum nicht besser aufgehoben?«, fragte Jakob.

Während die beiden miteinander fachsimpelten, blendete ich das Gespräch aus und sah ich mich in dem Raum um. Obwohl der Keller hell erleuchtet war, hatte ich ein ungutes Gefühl. Wir waren hier völlig abgeschnitten von der Außenwelt und durch die dicke Türe hätte man nicht einmal unsere Schreie gehört.

Ich warf einen Blick zu Lola hinüber. Sie verfolgte das Gespräch zwischen Jakob und Pilar, aber ihre Gesichtszüge waren angespannt, so als ob sie sich hier ebenfalls unbehaglich fühlte.

»Ich habe gerade einen Film im Projektor, der euch vielleicht interessieren könnte«, unterbrach Pilar meine Gedanken. »Wollt ihr mal einen Blick darauf werfen?«

Wir nickten. Was sollten wir auch sonst tun?

Pilar ging zum Projektor, betätigte einen Schalter und das Licht erlosch. Plötzlich war es stockfinster um uns herum. Automatisch drückte ich mich tiefer in meinen Stuhl. Ich hörte ein Klicken und der Projektor begann zu surren. Ein paar dunkle Flecken tanzten über die Leinwand, dann sahen wir die Aufnahme einer Hüttensiedlung an einem Strand.

Es waren ärmliche, windschiefe Bauten, durchzogen von schlammigen Wegen, auf denen Esel große Holzkarren zogen. Frauen standen in den Türen und sahen Männern dabei zu, wie sie auf dem Rücken schwere Körbe vorbeischleppten. Ein paar Jungen in zerrissenen Hosen rauften sich zwischen den Hütten und Mädchen in schlichten Kleidern tanzten barfuß eine Art Ringelreihen.

»Das ist Somorrostro«, sagte Pilar. »Oder besser, das war es, denn das Viertel gibt es nicht mehr. Es wurde vor fünfzig Jahren abgerissen, um Platz zu schaffen für den heutigen Strand von Barceloneta.«

So hatte es also vor noch gar nicht allzu langer Zeit da ausgesehen, wo sich heute der Badestrand Barcelonas erstreckte?

»Meine Familie hat damals dort gelebt«, ertönte Lolas Stimme. »So wie viele Gitanos. Wenn sie überhaupt Arbeit hatten, bekamen sie nur Hungerlöhne gezahlt. Sie erledigten die Drecksarbeit, die andere nicht machen wollten.«

»Aber es war ihre Heimat, ihr Viertel«, ergänzte Pilar. »Und die meisten waren todunglücklich, als man sie von dort vertrieb.«

Die Szene änderte sich. Jetzt sah man einen Berghang, an dem ebenfalls Hütten befestigt waren.

»Der Montjuïc«, erklärte Pilar. »Auch dort lebten sehr viele Gitanos, genauso ärmlich wie die am Strand.«

Die nächste Szene zeigte denselben Berg, diesmal allerdings in besserer Bildqualität. Die Aufnahmen mussten jüngeren Datums sein, auch wenn sie nach wie vor in Schwarz-Weiß waren. Die Kamera bewegte sich auf eine Holztür im Berghang zu, die sich öffnete und den Blick in einen Tunnel freigab.

»Das war der Eingang zu einem Bunker unter dem Berg«, kommentierte Pilar den Film. »Im Bürgerkrieg bombardierten die Putschisten die Stadt

Nacht für Nacht, und viele Menschen suchten Zuflucht in den Bunkern, die rund um den Montjuïc und auch unter ihm angelegt worden waren.«

So ging es weiter. Wir sahen Aufnahmen von diesem und von jenem Stadtteil Barcelonas, die vor fünfzig oder hundert Jahren entstanden waren. Ich fragte mich, was uns das bringen sollte.

Dann wechselte das Bild zu einer schmalen Gasse. Sie war belebt mit Menschen, zwischen denen hier und da ein Esel mit Körben auf dem Rücken zu sehen war.

»Das ist der Carrer Ponent, die Straße, in der Enriqueta Martí gewohnt hat«, sagte Pilar.

Sofort war ich wieder voll da. Während die Kamera sich die Gasse entlangbewegte, kam es mir so vor, als hätte ich sie schon einmal irgendwo gesehen. Aber das konnte eigentlich nicht sein, denn von den Geschäften rechts und links existierte wahrscheinlich keines mehr.

»Ist das Haus von der Martí auch auf dem Film?«, fragte Lola.

»Das kommt gleich. Seht ihr, da, die Nummer 29.«

Das Gebäude sah wie ein ganz gewöhnliches Wohnhaus aus. Auf den Balkonen hing Wäsche, vor einigen Fenstern Vogelkäfige. Und wieder hatte ich das Gefühl, das Haus zu kennen.

Dann schwenkte die Kamera weg und zeigte eine Frau, die in wallenden Röcken die Stufen zu einem Gebäude emporstieg.

»Enriqueta Martí!«, rief Lola.

»Genau«, bestätigte Pilar. »Hier besucht sie gerade das Gericht, um zu den Vorwürfen vernommen zu werden, sie sei eine Kindesmörderin.«

Die Frau drehte ihr Gesicht zur Kamera. Sie war keine Schönheit. Ihre Züge waren hart und ihre Augen kalt.

Mit einem Mal wurde die Leinwand weiß. Die Filmrolle war zu Ende. Pilar stellte den Projektor aus und knipste das Licht wieder an.

»Und? War sie nun eine Mörderin oder nicht?«, fragte ich.

Pilar nahm die Rolle mit dem Film vom Projektor und steckte sie auf ein Gerät, das zwei Arme hatte. Dann befestigte sie die leere Spule auf dem anderen Arm. Vorsichtig zog sie das Ende des Films aus der einen Spule und klemmte es in der anderen fest. Anschließend drückte sie eine Taste und der Film wurde zurückgespult.

»Genau weiß das keiner«, beantwortete sie meine Frage. »Es ist lediglich sicher, dass sie immer mal wieder Kinder bei sich wohnen hatte, die nicht von ihr waren. Aber vielleicht hatte sie lediglich Mitleid und ein Herz für Streuner, von denen es damals jede Menge gab.« Sie blickte uns an und lächelte.

Mir fiel zum ersten Mal auf, dass ihre Augen irgendwie nicht so recht zu ihren restlichen Zügen passen wollten. Während ihr Gesicht das einer jungen Frau war, erschienen mir die Augen alt.

Und kalt.

Sie waren wie zwei tiefe Schächte, die unergründlich wirkten.

Und in dem Augenblick fiel mir auch ein, woher ich die Straße aus den Filmaufnahmen kannte. Mein Herz begann, wie verrückt zu schlagen.

Der Film war ganz zurückgespult. Pilar nahm die Rolle ab und legte sie in eine Filmdose. Ich zog möglichst unauffällig mein Smartphone heraus und gab ein paar Worte in die Suchmaschine ein.

Das Ergebnis bestätigte meine Befürchtung.

Ich musste mir Mühe geben, nicht sofort aus dem Raum zu stürzen.

Das Blut sauste in meinen Ohren.

Wir mussten hier weg! Jetzt! Sofort!

Pilar hatte die Dose inzwischen zurück in eines der Regale gelegt und tauchte mit einer neuen Rolle in den Händen wieder auf. »Das hier könnte euch auch interessieren«, sagte sie.

Ich sprang auf. »Wir haben leider keine Zeit mehr«, platzte es aus mir raus und ich machte eine Handbewegung in Richtung meiner Freunde.

Lola erhob sich sofort, nur Jakob blieb sitzen.

»Wir haben doch noch gar nicht erfahren, was wir wissen wollten«, sagte er.

»Ich glaube, wir wissen jetzt genug«, erwiderte ich und versuchte, ihm mit meiner Mimik und einer kleinen Kopfbewegung klarzumachen, wie dringlich es mir war.

»Oh, ich kann euch ein paar Dinge über den Vampir des Raval erzählen, die ihr sicher noch nicht wisst.« Pilar hatte die Augen zu Schlitzen zusammengekniffen. »Euch interessiert doch ihre Beziehung zu Gaudí und Güell, oder?«

»Da hörst du es«, sagte Jakob. Er saß immer noch auf seinem Stuhl.

»Daniel hat recht. Wir müssen echt los.« Lola ging zu Jakob und zupfte ihn am Ärmel. Ich warf ihr einen dankbaren Blick zu.

Endlich erhob er sich. »Was habt ihr beiden bloß?«, fragte er genervt. »Gerade jetzt wird es doch interessant.«

»Genau«, bekräftigte Pilar. »Gerade jetzt wird es interessant.« Ihr Lächeln war auf ihrem Gesicht eingefroren. Ihre Augen saßen wie zwei schwarze Löcher in ihrem Gesicht, die alles Licht zu verschlingen drohten.

Ich zog Lola in Richtung Tür und sie zerrte Jakob hinter sich her. Der schien inzwischen ebenfalls zu merken, dass hier etwas nicht stimmte.

Pilar streckte einen Arm aus, um uns aufzuhalten, aber wir wichen ihr geschickt aus.

»Vielen Dank für die Informationen«, rief ich, bevor ich die Tür aufzog.

Wir rannten den Kellergang entlang und stürmten die Treppe hoch. Auf der obersten Stufe hielten wir kurz an, um zu lauschen, aber sie schien uns nicht zu folgen.

Ein paar Sekunden später standen wir wieder auf der Straße.

»Könnt ihr mir vielleicht mal verraten, was das zu bedeuten hat?«, fragte Jakob außer Atem und stemmte seine Hände in die Hüften. Auch Lola warf mir einen fragenden Blick zu.

Ich zog meine Freunde weiter die Gasse hinunter. »Das ist das Haus, in dem Enriqueta Martí gelebt hat.«

Unter dem Berg

Die beiden starrten mich einen Moment lang an, bevor sie ihre Sprache wiederfanden. »Aber die Wohnung des Vampirs war im Carrer Ponent«, sagte Lola.

»Genau«, erwiderte ich. »Und diese Straße *war* früher der Carrer Ponent. Ich habe es gemerkt, als sie uns den Film gezeigt hat. Manche Häuser sehen noch sehr ähnlich aus. Und auch die Hausnummer ist dieselbe.«

»Das Haus der Martí«, murmelte Jakob nachdenklich, während er einen Blick auf das Gebäude zurückwarf.

»Und habt ihr Pilars Augen gesehen?«, fragte ich. Mein Herz hämmerte immer noch in meiner Brust. »Sie sahen genau so aus wie die von Enriqueta Martí.«

»Jetzt übertreibst du aber«, meinte Lola.

»Du hast es doch auch gespürt«, sagte ich. »Sonst hättest du mir nicht sofort geholfen, diesen Sturkopf auf die Beine zu bringen.«

»Wer soll hier ein Sturkopf sein? Ich?«, spielte Jakob den Unwissenden.

Lola beachtete ihn nicht. »Ich hatte ein komisches Gefühl, das stimmt. Aber ich konnte es mir nicht genau erklären. Irgendwie kam mir Pilar merkwürdig vor.«

»Ihr spinnt doch beide«, rief Jakob. »Die Frau wollte uns helfen, und Daniel tischt hier irgendwelche Ammenmärchen von identischen Augen auf! Pilar ist eine ganz normale Historikerin, die jetzt wahrscheinlich Arnulfo anrufen wird, um sich über die ungehobelten Besucher zu beschweren, die er ihr vorbeigeschickt hat.«

»Wenn es so ist, ist es eben so«, sagte ich. »Dann habe ich mich halt geirrt. Aber ich glaube das nicht.«

Jakob warf die Hände in die Luft. »Na schön, also werden wir wohl nie rauskriegen, was Morales so am Vampir des Raval interessiert. Und jetzt?«

Ich blickte auf mein Smartphone. »Jetzt machen wir Feierabend für heute. Es ist gleich acht Uhr und ich müsste eigentlich schon längst zu Hause sein. Außerdem reicht es mir für heute.«

Lola nickte zustimmend. »Ich muss auch noch was für die Schule tun.«

Wir machten uns auf in Richtung Ramblas.

Wie aus dem Nichts tauchten plötzlich drei Männer vor uns auf.

Zwei von ihnen kannte ich: Morales und sein Komplize.

Sie mussten uns in einer Einfahrt aufgelauert haben. Panisch blickte ich mich um. Die Gasse vor und hinter uns war menschenleer.

»Na, wen man im Raval abends so alles trifft.« Morales grinste hämisch. Er fasste mich am Arm und zog mich zu sich, während seine Begleiter Jakob und Lola packten.

»Du hältst dich wohl für ganz schön schlau, was?«, zischte er mich an. »Aber jetzt sind die Spielchen vorbei. Wir wollen das Notizbuch.«

»Welches Notiz…«, begann ich, aber er schnitt mir das Wort ab.

»Stell dich nicht blöd, Kleiner. Das kann nämlich sehr unangenehme Folgen für deine Freundin haben.« Er machte eine Kopfbewegung in Richtung Lola. »Wir werden sie jetzt mitnehmen und so lange festhalten, bis ihr uns das Notizbuch aushändigt.«

Lola versuchte, sich loszureißen, aber der Typ, der sie gepackt hatte, war zu stark für sie. Und bevor sie schreien konnte, wurde ihr grob der Mund zugehalten. Das war das Zeichen für Jakob und mich. Wir wanden uns ebenfalls im Griff der Xinos, um loszukommen.

Es gab ein kurzes Gerangel und einen Moment lang glaubte ich, wir könnten uns befreien, doch unsere Gegner waren einfach zu kräftig.

»Wir haben kein Notizbuch!«, rief ich verzweifelt.

»Euer Pech«, höhnte Morales. Er drückte mir einen Zettel in die Hand. »Hier steht die Telefonnummer drauf, die ihr anruft, wenn ihr bereit seid, eure Freundin wiederzubekommen.« Er stieß mich grob gegen die Wand. »Und wagt es ja nicht, uns zu folgen. Dann werde ich richtig ungemütlich.«

Sein Kumpan ließ Jakob so abrupt los, dass dieser auf den Boden stürzte. Hilflos mussten wir mit ansehen, wie die beiden Männer Lola zwischen sich die Gasse entlangzogen.

Ich hätte vor Frust am liebsten laut geschrien.

Kaum waren sie um eine Ecke verschwunden, wollte ich hinterherlaufen.

Doch Jakob hielt mich zurück. »Du kannst jetzt eh nichts machen«, sagte er.

Ich riss mich los. »Lass mich! Wir müssen sehen, wohin sie mit ihr gehen.«

»Du hilfst ihr nicht, indem du dich selbst in Gefahr bringst.« Er packte mich erneut am Arm, diesmal aber fester. »Wir brauchen Verstärkung. Und deshalb sollten wir zuerst Antonio anrufen.«

In mir tobte es. Meine Hände waren zu Fäusten geballt, mein Herz wummerte und ein Teil von mir wollte einfach nur hinter Lola her und sich auf die Entführer stürzen.

Das war das zweite Mal, dass ich ihr nicht beistehen konnte.

Ein drittes Mal würde das nicht passieren, das schwor ich mir.

Aber sosehr ich Jakob in diesem Moment verfluchte, seine Worte machten Sinn. Also atmete ich ein paarmal tief durch und wählte dann Antonios Nummer.

Ich schilderte ihm in knappen Worten, wo wir waren und was passiert war. Er versprach, sich sofort auf den Weg zu machen, und wir verabredeten als Treffpunkt eine Straße, die ein paar Blocks von uns entfernt lag.

Mutlos ließ ich die Schultern hängen. »Und wie sollen wir Lola dann finden? Die Entführer werden mit ihr schon über alle Berge sein.«

»Da mach dir mal keine Sorgen«, beruhigte Jakob mich. »Ich kann Lolas Telefon orten.«

»Wie willst du das denn machen?«

»Na ja …«, er senkte den Kopf, »man muss ein entsprechendes Programm darauf installieren.«

Ich starrte ihn an. »Dafür ist es jetzt aber leider ein bisschen zu spät – oder willst du etwa sagen …«

Er hob abwehrend die Hände. »Reg dich nicht gleich auf. Es ist ganz harmlos.«

»Was ist harmlos? Dass du Spionagesoftware auf Lolas Telefon installiert hast? Hast du das bei mir auch gemacht?«

»Nein, bestimmt nicht.« Er räusperte sich. Es war ihm sichtlich unangenehm, darüber zu sprechen. »Ich mache das nur bei Mädchen, die mir gefallen.«

Ich stand da wie vom Donner gerührt. »Du machst *was?!*«

»Na ja, du weißt doch, dass ich schüchtern bin, wenn es um Mädchen geht«, begann er. »Deshalb habe ich dieses kleine Programm geschrieben. Wenn ich das auf ein Telefon aufgespielt habe, sehe ich immer, wo sich jemand gerade befindet, und dann kann ich *zufällig* in der Nähe sein und ihr *zufällig* begegnen. Das ist alles.«

Ich konnte es immer noch nicht fassen. »Du bist ein Stalker«, sagte ich kopfschüttelnd. »Und das, was du machst, ist kriminell.«

»Aber jetzt kann es uns helfen, odr?« Er sah mich trotzig an. »Oder soll ich darauf verzichten, damit du ein reines Gewissen behalten kannst?«

»Natürlich nicht. Aber darüber reden wir noch!«

Während wir zum Treffpunkt gingen, widmete sich Jakob seinem Smartphone. Er gab ein paar kryptisch anmutende Befehle in eine Art Texteditor ein und rief eine Karte von Barcelona auf. Es dauerte ein wenig, dann tauchte ein blinkender roter Punkt darauf auf. Inzwischen hatten wir die Kreuzung, an der Lolas Cousin uns treffen wollte, erreicht.

»Das muss irgendwo am Montjuïc sein!«, rief er. »Wo bleibt Antonio nur?«

Ich nutzte die Gelegenheit, um kurz zu Hause anzurufen. Ma und Dad würden sich sicher schon Sorgen machen, denn es ging immerhin auf halb neun zu.

»*Digame*«, meldete sich Dad.

»Ich bin's«, sagte ich, so fröhlich es mir nur möglich war. »Ich bin noch mit Jakob in der Stadt und komme ein bisschen später.«

»Ein bisschen später?« Ich konnte fast spüren, wie Dads Blutdruck anstieg. »Weißt du, wie viel Uhr es ist?«

Natürlich wusste ich das. »Halb neun«, sagte ich. »Also nicht wirklich spät.«

»Für einen 14-Jährigen in einer großen Stadt schon.« Er hielt sich noch zurück, das spürte ich.

»Ich bin ja in ein oder zwei Stunden wieder daheim«, versuchte ich ihn zu beruhigen, aber der Schuss ging nach hinten los.

»Du treibst dich nicht bis elf Uhr irgendwo herum!« Aha, er wurde lauter. »Du kommst auf der Stelle zurück. Wo steckst du überhaupt?«

»Irgendwo im Raval.«

»Geht es vielleicht etwas genauer?«

»Dad, Jakob und ich müssen noch was erledigen. Es ist dringend.«

»Ich will wissen, wo genau du steckst! Jetzt!«

Im Hintergrund hörte ich die Stimme meiner Mutter. Sie fragte wahrscheinlich, was los war. »Und deine Mutter will das auch!«

Ich spürte, wie meine Entschlossenheit, nichts über meinen genauen Aufenthaltsort zu verraten, nachließ. Zum Glück kam in dem Augenblick ein verbeulter Seat mit knatterndem Auspuff um die Ecke gerast und hielt auf uns zu.

Das konnte nur Antonio sein.

»Ich muss jetzt auflegen«, rief ich ins Telefon und beendete das Gespräch. Als Letztes hörte ich den tiefen Atemzug von Dad, der wahrscheinlich gerade richtig loslegen wollte.

Jakob kletterte bereits auf den Beifahrersitz. Ich hechtete auf die Rückbank, und Antonio gab sofort wieder Gas.

»Wohin?«, fragte er nur. Eine kalte Entschlossenheit lag in seiner Stimme.

Jakob, immer den Blick auf sein Smartphone gerichtet, dirigierte ihn durch das Straßengewirr in Richtung Montjuïc.

Mein Telefon, das ich immer noch in der Hand hielt, klingelte. Es war Dad. Ich wusste, er würde nicht aufgeben, bevor er mich erreicht hatte. Daher schaltete ich das Gerät stumm und steckte es in die Tasche.

Nach wenigen Minuten erreichten wir das Viertel am Fuße des Stadtbergs. Jakob lotste uns um ein paar Blocks und dann in eine schmale Straße hinein, die an einer Treppe endete, welche weiter auf den Montjuïc hinaufführte.

»Hier kommen wir mit dem Auto nicht mehr weiter«, stellte Antonio fest. »Bist du sicher, dass wir hier richtig sind?«

Jakob starrte auf seinen Bildschirm. »Ich verstehe das nicht. Dem letzten Signal nach müsste sich Lola direkt vor uns auf der Treppe befinden.«

Er blickte hoch. Die Stufen waren in regelmäßigen Abständen beleuchtet, und eines war klar: Die Treppe war leer.

Antonio stellte den Motor ab und wir stiegen aus dem Wagen. Aus der Ferne hörten wir das leise Rauschen des Verkehrs auf der Parallel, aber um uns herum herrschte eine schon fast gespenstische Stille. Die Häuser in dieser Straße waren allesamt alt und unrenoviert. Hinter zwei oder drei Fenstern brannte Licht, sonst war alles finster.

Jakob studierte noch immer seinen Bildschirm. Ich lief ein paar Treppenstufen hoch und lauschte in die Nacht, doch da war nichts zu hören.

Jakob ließ sein Telefon sinken. »Das Signal ist abgebrochen.«

»Was heißt das? Du hast gesagt, du findest Lola!« Ich wäre ihm am liebsten an die Gurgel gegangen. Wir standen hier herum und Lola konnte wer weiß wo sein.

»Das Programm funktioniert auch einwandfrei«, sagte Jakob. »Aber sie muss sich irgendwo befinden, von wo aus das Signal nicht durchkommt.«

»Was macht das für einen …« Ich stutzte. Was hatte uns Pilar vorhin erzählt? Ich drehte mich zu Antonio um. »Gibt es im Montjuïc nicht diese alten Bunker?«

Er nickte. »Klar, ein paar davon kann man sogar besichtigen.«

»Aber nicht alle?«

»Einige sind zu gefährlich für Besucher, weil sie

einsturzgefährdet sind. Andere sind noch gar nicht gefunden worden.«

»Ist es dann nicht möglich, dass sie Lola in so einen Bunker gebracht haben?«

»Denkbar wäre das.« Antonio kratzte sich am Kopf. »Aber wie sollen wir den finden?«

»Der Eingang muss irgendwo hier in der Nähe sein«, warf Jakob ein.

Wir blickten uns um. Viel zu erkennen war nicht. Und nichts, was wie der Zugang zu einem Bunker aussah.

»Viele Bunker wurden von Wohnhäusern aus gegraben«, sagte Antonio. »Vielleicht befindet sich der Eingang in einem der verlassenen Häuser hier.«

»Was ist mit dem da?« Jakob deutete auf das Haus neben dem Fuß der Treppe. Es war eine heruntergekommene Bruchbude, die den Eindruck machte, als könnte sie jeden Moment in sich zusammenfallen. Das Dach war stellenweise eingebrochen und in den Fensterrahmen hingen nur noch einzelne Glassplitter.

Antonio nickte. »Das Haus sieht alt genug aus, um noch aus der Zeit des Bürgerkriegs zu stammen. Das bedeutet, darunter könnte ein alter Bunker liegen, der in den Montjuïc hineingetrieben wurde.«

Ich versuchte, das rostige Gartentor aufzudrücken, aber es rührte sich keinen Millimeter.

»Lass mich mal«, sagte Antonio entschlossen. Er stemmte sich mit seinem ganzen Körper dagegen, und Zentimeter um Zentimeter wich das Tor zurück, bis der Spalt breit genug war, damit wir hineinschlüpfen konnten.

Vorsichtig gingen wir durch den verwilderten kleinen Vorgarten auf das Haus zu. Je näher wir kamen, desto stärker nahm ich einen dumpfen Geruch wahr. Er musste von der Feuchtigkeit stammen, die sich in all den Jahrzehnten der Vernachlässigung in den Wänden des Hauses eingenistet hatte. Hoffentlich waren die Wände drinnen nicht total verschimmelt, dachte ich. Dagegen war ich nämlich ebenfalls allergisch. Schon jetzt kitzelte es mir leicht in der Nase.

Zu unserem Erstaunen ließ sich die Haustür ohne Probleme öffnen. Der modrige Geruch wurde stärker. Das Licht von der Treppe draußen reichte gerade aus, um das Gröbste erkennen zu können.

Wir standen in einem schmalen Flur, dessen Tapeten in Streifen von den Wänden hingen. Vorsichtig gingen wir ihn entlang und stießen die angelehnte Tür am anderen Ende auf.

Auch hier fiel spärliches Licht durch die zerbrochenen Fenster. Der Raum war, so weit wir das sehen konnten, leer. Der Fußboden war übersät mit Tapetenfetzen und Glasscherben, die Wände waren mit Graffiti besprüht. Behutsam machten wir ein paar Schritte in den Raum hinein. Es roch nach Urin und anderen Dingen, an die ich jetzt lieber nicht denken wollte.

Das galt natürlich nicht für Jakob. »Bäh, stinkt das hier«, rief er. »Da hat es wohl jemand nicht rechtzeitig zur Toilette geschafft.«

»Danke für den Hinweis«, zischte ich. »Und in einen Bunker geht es hier auch nicht.«

»Der Keller«, sagte Antonio.

Wir liefen zurück in den Flur, konnten aber keine Kellertür entdecken. Wir pochten an die Wände, wobei ich mir die Jackenärmel über die Finger zog, um nicht direkt mit der Wand in Berührung zu kommen. Am liebsten wäre ich wieder nach draußen gelaufen, aber es ging um Lola, und da musste ich meinen Ekel überwinden.

Doch alles Klopfen nutzte nichts.

Schließlich kniete sich Antonio in den Dreck und tastete die Holzdielen ab.

»Hier ist es!«, rief er auf einmal und klappte eine Falltür hoch, die in den Boden eingelassen war. Darunter führte eine schmale Holzstiege in die Dunkelheit.

Ohne zu zögern holte er sein Telefon aus der Tasche und knipste die Taschenlampe an. Dann trat er vorsichtig auf die erste Stufe.

»Hält«, sagte er nur und verschwand.

Jakob folgte ihm, ich bildete die Nachhut. Dabei leuchtete ich ebenfalls mit meinem Smartphone den Weg aus.

Es kam mir vor wie eine Ewigkeit, bis wir das Ende der Treppe erreichten. Wir standen am Anfang eines Tunnels mit gewölbter Decke, der in den Berg hineinführte. Der Boden bestand lediglich aus festgestampfter Erde.

Ich blickte mich unauffällig um, ob vielleicht irgendwo eine Ratte zu sehen war, denn davor fürchtete ich mich noch mehr als vor Bakterien. Aber entweder hatten wir sie verscheucht oder sie lauerten in einer dunklen Ritze auf eine günstige Gelegenheit zum Angriff.

Einen Moment warteten wir und lauschten. Aber es war nichts zu hören. Dann schlichen wir langsam den Tunnel entlang, der so schmal war, dass man nicht zu zweit nebeneinander gehen konnte. Wieder war ich der Letzte in der Reihe. Das gefiel mir gar nicht. Ich wusste aus den Unmengen an Horrorfilmen, die ich gesehen hatte, dass es immer zuerst den Letzten erwischt.

Ständig musste ich über die Schulter zurück in die Dunkelheit blicken. Meine Nerven waren zum Zerreißen gespannt und ich wunderte mich, dass Jakob das Wummern meines Herzens nicht hörte, so laut pochte es in meinen Ohren.

Jeder Schritt, den wir tiefer in den Berg hineingingen, steigerte meine Panik. Ich hatte das Gefühl, kaum noch Luft zu bekommen. Endlich hielt Antonio vor uns an.

»Hier teilt sich der Tunnel«, flüsterte er.

»Einen Moment.« Jakob rief seinen *FoneFinder* auf. Er streckte den Arm, drehte sich langsam um sich selbst und stellte sich auf die Zehenspitzen. »Kein Empfang«, sagte er. »Sie könnten in beide Richtungen gelaufen sein.«

»Sollen wir uns aufteilen?«, fragte Antonio. »Ich gehe rechts weiter, ihr geht nach links?«

Bloß nicht!, wollte ich rufen. Ohne Antonio würde ich hier unten völlig durchdrehen.

»Ich bin dafür, dass wir zusammenbleiben«, flüsterte ich. »Du allein oder wir zwei werden es nicht schaffen, die Entführer zu überwältigen. Da haben wir nur zu dritt eine Chance, wenn überhaupt.«

»In Ordnung«, willigte er ein. »Das ist mal eine der Situationen, in denen ich Gato gerne an meiner Seite hätte. Aber dieses Mal müssen wir uns wohl selbst helfen. Also, welche Richtung?«

Wir beschlossen, dem Gang links weiter zu folgen. Hier waren zu beiden Seiten Räume in den Fels gehauen worden, an deren Wänden sich Sitzbänke aus vermoderndem Holz entlangzogen. Ich stellte mir vor, wie es damals wohl gewesen sein musste, als diese Bunker voller Menschen waren, die in Todesangst auf das Ende eines Bombenangriffs warteten. Und das vielleicht sogar mehrmals am Tag. Eine Gänsehaut lief mir den Rücken herunter.

Plötzlich standen wir vor einer Mauer und der Gang war zu Ende.

»Also doch rechts«, fluchte Antonio leise.

Wir gingen bis zur Weggabelung zurück, diesmal mit mir als Anführer, eine Rolle, die mir ebenso wenig gefiel wie die der Nachhut. Fast wäre ich an der Abzweigung vorbeigegangen. Jakob bemerkte sie natürlich, er lief ja auch gut geschützt in der Mitte. Ich wusste, solche Gedanken waren Unsinn, denn wenn es uns hier unten erwischen würde, dann uns alle, unabhängig von der Reihenfolge. Aber irgendwie nahm ich es ihm übel, dass er die vermeintlich sicherste Position von uns allen hatte.

Wir folgten dem anderen Gang.

Waren wir überhaupt auf der richtigen Spur? Vielleicht hatten die Entführer Lola gar nicht *in* den Berg geschleppt, sondern waren draußen unterwegs. Und während wir hier im Dunkeln herumirrten, konnten sie schon auf und davon sein. Wir hatten uns allein auf Jakobs App verlassen, die möglicherweise gar nicht so genau funktionierte, wie er glaubte.

Da tauchte in der Ferne vor uns ein schwacher Lichtschein auf.

Sofort legte Antonio eine Hand über den Bildschirm seines Smartphones.

Jetzt standen wir völlig im Finstern.

Aber wir hatten richtig gesehen: Da war irgendwo ein Licht.

Und hoffentlich auch Lola.

Auf Zehenspitzen schlichen wir weiter voran. Nach ein paar Metern hörten wir eine Männerstimme. Wir bewegten uns noch langsamer vorwärts und irgendwie kam mir das, was wir machten, ziemlich bescheuert vor. Wir hatten keinen Plan und keine Waffen und konnten uns auch jetzt, in Hörweite unseres Gegners, nicht mehr beratschlagen.

Inzwischen konnten wir jedoch verstehen, was der Mann sagte: »… kannst du lange warten. Du solltest hoffen, dass sie das Notizbuch schnell herausgeben.«

»Wie oft muss ich noch sagen, dass wir dieses Notizbuch nicht haben? Bist du taub oder was?«

Das war eindeutig Lola.

Mein wummerndes Herz machte einen Extraschlag und insgeheim leistete ich Jakob Abbitte. Er hatte uns genau richtig geführt.

Aber was nun?

»Pass auf, dass ich dir nicht dein freches Maul stopfe«, drohte die Männerstimme.

»Pah«, erwiderte Lola.

Die Stimmen kamen aus einem Seitenraum, wie wir sie vorher schon mehrfach gesehen hatten. Ihm gegenüber lag ein weiterer Bunker. Antonio machte uns eine Geste, stehen zu bleiben, und huschte in den dunklen Raum hinein.

Jakob und ich sahen uns an. Was hatte er vor?

»Ich geh mal kurz nach draußen, meine Mails checken«, sagte der Mann. »Wir wollen ja nicht länger hierbleiben als unbedingt nötig, oder?«

Jetzt konnte man auch in Jakobs Gesicht Panik ausmachen.

Was sollten wir tun? Weglaufen? Zu Antonio in den Keller rennen?

Zu spät!

Aus dem Durchgang trat eine große Gestalt, den Blick aufs Smartphone gerichtet.

Jakob und ich drückten uns gegen die Wand, aber wir hatten keine Chance. Der Mann blickte auf und entdeckte uns sofort.

»Wen haben wir denn hier?«, rief er und baute sich vor uns auf.

Mit weit aufgerissenen Augen starrten wir ihn an.

Und dann ging alles ganz schnell.

Es gab einen dumpfen Schlag und der Mann sackte mit einem Grunzlaut zu Boden.

Hinter ihm stand Antonio, eine zerbrochene Holzlatte in der Hand.

Mein Aufatmen musste man bis zum anderen Ende der Stadt hören können.

Antonio warf den Holzstumpf weg und beugte sich über den Mann. Er nahm seine Hand und fühlte den Puls.

»Er ist bewusstlos. Gut.« Antonio sprang wieder auf und wir liefen in den beleuchteten Bunker.

Auf der Bank an der gegenüberliegenden Wand lag Lola, an Armen und Beinen gefesselt.

»Ihr habt euch ganz schön Zeit gelassen«, sagte sie, doch man konnte ihr die Erleichterung ansehen.

»Haben sie dir was angetan?« Ich half ihr, sich aufzurichten.

Lola schüttelte den Kopf.

Jakob lief raus in den Gang und kehrte gleich darauf mit einem Klappmesser in der Hand zurück.

Antonio durchtrennte damit Lolas Fesseln. Sie machte ein paar wackelige Schritte und massierte ihre Handgelenke.

»Wir müssen weg hier«, drängte Antonio. »Wer weiß, wie lange mein Schlag deinen Bewacher außer Gefecht setzt.«

Ich war absolut einer Meinung mit ihm. »Du kannst dich auf mich stützen«, bot ich Lola an.

Sie ergriff dankbar meinen Arm und wir verließen den Raum. Draußen fanden wir Jakob über ein Mobiltelefon gebeugt. Es war, das erkannte ich sofort, nicht seins, sondern musste Lolas Bewacher gehören. Ich konnte mir denken, was er damit anstellte.

»Was machst du denn da?«, fragte Antonio.

»Das erzähl ich euch später.« Jakob legte das Telefon neben dem Mann auf den Boden. »Gehen wir?«

Antonio nickte. Diesmal führte uns Jakob, Lola und ich liefen in der Mitte und Antonio sicherte uns nach hinten ab, falls der Mann uns folgte. Dabei hielt er das Messer in der Hand.

Nach einem kurzen Marsch kehrten wir in das verlassene Haus zurück. Wir klappten die Falltür zu und schoben eine alte Kommode darüber, die an der Wand stand. Lange würde das einen Verfolger nicht aufhalten, aber es verschaffte uns etwas mehr Zeit.

Dann liefen wir zum Auto. Antonio brauchte drei Versuche, bis der Motor endlich ansprang, und ich rechnete jeden Augenblick damit, dass der Mann aus dem Haus hinter uns hergerannt kam. Aber nichts dergleichen geschah und wir konnten unbehelligt verschwinden.

Ich musste zum ersten Mal seit Lolas Entführung wieder an Dad denken und mir grauste vor dem Empfang, der mich zu Hause erwarten würde. Selbst Ma würden wohl kaum noch Argumente zu meinen Gunsten einfallen.

»Wie habt ihr mich eigentlich gefunden?«, wollte Lola wissen.

»Das hast du Jakob zu verdanken«, erwiderte ich. »Er hat dein Telefon geortet.«

Sie sah ihn mit großen Augen an. »So etwas geht?«

»Klar, man braucht nur die passende App dafür.«

»So wie die, die du dem Mann im Tunnel auf sein Telefon gespielt hast, oder?«, fragte ich mit gespielter Unschuld.

Jakob warf mir einen flehenden Blick zu. Sollte er ruhig ein wenig leiden.

Zum Glück zogen weder Lola noch Antonio den logischen Schluss aus meiner Bemerkung.

»Zumindest wissen wir jetzt, dass es um ein Notizbuch geht«, sagte Antonio. »Insofern hatte die ganze Sache doch ein Gutes.«

Lola drehte sich zu ihm. Ihre Augen funkelten. »Vielen Dank. Das nächste Mal lässt du dich dann bitte entführen.«

»So war das nicht gemeint«, entschuldigte er sich. »Aber es stimmt doch. Wären die Kerle nicht aufgetaucht, wüssten wir immer noch nicht, wonach wir suchen.«

Lola ließ sich in ihren Sitz zurückfallen. »Wir suchen nach einem Ring, denke ich«, sagte sie, jetzt wieder mit ruhiger Stimme.

Ich bewunderte ihre Gelassenheit.

»Bist du nicht vor Angst gestorben, als sie dich in den Bunker geschleppt haben?«, fragte ich.

»Ach was.« Sie winkte ab. »Ich wusste, dass sie mir nichts tun würden. Sie wollten doch über mich an dieses Notizbuch kommen.«

»Über das wir nicht die Bohne wissen«, warf Jakob ein.

»Ich vermute mal, es ist das, was Großonkel Juan hinterlassen hat und wonach die Xinos suchen.«

»Die Xinos?«, fragte Antonio.

Wir erklärten ihm, was wir von Arnulfo erfahren hatten. Antonio nickte. »Also war Abuelo Juan doch kein Spinner«, sagte er.

»Ganz bestimmt nicht«, bekräftigte ich. »Trotzdem stehen wir wieder ganz am Anfang. Die Xinos wissen nicht, wo das Notizbuch ist, und wir auch nicht.«

»Und ob das Notizbuch wirklich von Antonios

Großvater stammt, ist ebenfalls nicht sicher«, gab Jakob zu bedenken.

»Was ist mit diesem Arnulfo«, fragte Antonio. »Könnte er mehr wissen?«

»Dann hätte er sich das Notizbuch doch schon längst geholt«, meinte Lola. »Oder er besitzt es und bewacht es.«

»Auf alle Fälle sollten wir noch mal mit ihm reden«, sagte Antonio. Er blickte kurz über die Schulter zurück auf Jakob. »Was hast du denn bei dem Typen, den wir überwältigt haben, noch gemacht?«

»Ich hab mir sein Smartphone kurz ausgeborgt«, erwiderte Jakob. »Ab sofort drehen wir den Spieß um.«

Es ging mir zwar gegen den Strich, aber ich musste seine Nerven bewundern. Ich hatte da unten nur raus und möglichst schnell weg von dem Entführer gewollt.

»Jetzt können wir *ihnen* folgen und sehen außerdem, ob sie hinter uns her sind«, sagte Jakob, nicht ganz ohne Stolz.

Er hatte offenbar vergessen, dass er damit vor Lola besser nicht prahlen sollte. Ich wollte nicht wissen, wie sie reagierte, wenn sie herausfand, dass er auch ihr Telefon manipuliert hatte.

»Nicht schlecht, nicht schlecht.« Antonio konnte sich ein Grinsen nicht verkneifen.

Wir hatten inzwischen die Straße erreicht, in der

ich wohnte. Es war kurz vor elf, aber die Gassen waren noch so belebt wie am helllichten Tag. Sant Gervasi war eines der Ausgehviertel der Stadt, das relativ frei von Touristen war, und Gruppen von jungen Männern und Frauen zogen lachend und redend die Bürgersteige entlang.

Ich wünschte mir, ich wäre vier Jahre älter! Dann könnte ich mit meinen Freunden ebenfalls mitten in der Nacht durch die Straßen ziehen, ohne dass mir irgendwelche Erwachsenen im Nacken saßen.

Aber da musste ich wohl oder übel noch ein paar Jahre warten.

»Ich weiß noch nicht, ob ich morgen mit dabei sein kann«, sagte ich, während ich die Autotür öffnete. »Meine Eltern werden toben, weil ich so spät nach Hause komme.«

»Soll ich mal mit ihnen reden?«, fragte Antonio.

»Ich glaube, das wäre im Augenblick keine gute Idee«, wehrte ich ab.

Wir verabschiedeten uns und ich schlich auf unser Haus zu. In der Wohnung brannte noch Licht. Natürlich würden sie mich abpassen wollen.

Und so war es auch.

Dad erwartete mich bereits im Flur, als ich die Tür aufschloss. Er hatte die Arme vor der Brust verschränkt und sagte kein Wort. So selbstverständlich wie möglich brachte ich ein »Hi« raus, zog mir die Schuhe aus und schlüpfte in meine Schlappen. Dann musste ich an ihm vorbei.

Auch Ma war inzwischen in der Wohnzimmertür aufgetaucht.

»Dürfte ich bitte durch?«, sagte ich zu Dad, der mir nach wie vor den Weg versperrte.

»Und wohin willst du?«

»Ins Bad und dann ins Bett.«

»Und du meinst nicht, du bist uns vorher noch eine Erklärung schuldig?«

Ich zuckte mit den Schultern.

»Daniel, komm bitte mit ins Wohnzimmer«, sagte Ma streng.

Sie also auch. Ich hatte definitiv schlechte Karten.

Mit gesenktem Kopf trottete ich an Ma vorbei und ließ mich in einen Sessel fallen. Mit einem Mal merkte ich, wie unglaublich erschöpft ich war. Ich unterdrückte ein Gähnen. In sieben Stunden hieß es schon wieder aufstehen und ab in die Schule. In diesem Moment absolut unvorstellbar, nach allem, was wir heute erlebt hatten.

Ma und Dad setzten sich mir gegenüber aufs Sofa.

»Nun?«, fragte Dad. Er hatte die Arme immer noch vor der Brust verschränkt, ein ganz schlechtes Zeichen.

Ich wollte gerade zu einer Erklärung anheben, als es klingelte. Ma und Dad blickten sich irritiert an. Wer konnte das um diese Zeit noch sein?

Dad erhob sich und ging zur Tür.

Ich hörte eine Stimme im Flur – es war Lola!

Auch Ma und ich sprangen auf, als sie mit Dad ins Zimmer kam.

Lola nickte mir aufmunternd zu, stellte sich neben mich und legte mir eine Hand auf die Schulter.

»Daniel ist so spät gekommen, weil er mich aus einer misslichen Lage befreit hat«, sagte sie. »Sie dürfen ihm dafür nicht böse sein.«

Meinen Eltern hatte es offenbar die Sprache verschlagen. Sie waren auf ein Donnerwetter vorbereitet gewesen, aber nicht darauf, dass auf einmal ein Mädchen auftauchte und mich verteidigte.

Ma fing sich zuerst. »Bitte, setz dich doch«, sagte sie. Es klang schon deutlich ungefährlicher.

Ich überließ Lola den Sessel und hockte mich selbst auf die Armlehne. Auch Ma und Dad nahmen wieder ihre Plätze auf dem Sofa ein.

»Ich bin von einer Bande Jugendlicher entführt worden, und Daniel und sein Freund Jakob haben mich da rausgeholt«, sagte Lola und blickte mich dankbar an. Mir wurde ganz warm ums Herz.

»Eine Entführung?«, fragte Ma und ihre Augen weiteten sich. »Und was war das für eine Bande?«

»Ach, einfach nur Jugendliche, die sich seit längerer Zeit mit einer Gang aus unserem Viertel eine Fehde liefern. Eigentlich nichts Ernstes.«

»Ich habe von solchen Bandenkriegen gelesen«, mischte sich Dad ein. »Das hörte sich überhaupt nicht harmlos an. Und eine Entführung würde ich auch nicht gerade als Dummejungenstreich bezeichnen.«

»In diesem Fall war es aber genau das«, sagte Lola. »Es war unangenehm für mich, aber nicht gefährlich.«

Meine Eltern waren nicht wirklich überzeugt, das spürte ich.

Ma wandte sich an mich. »Und wieso gehst du dann nicht zur Polizei, anstatt dich in Gefahr zu bringen? Nachher hätten sie dich auch noch verschleppt!«

»Das ging nicht«, verteidigte mich Lola. »So etwas machen wir nicht.«

»*Wir?* Du bist also …?« Dad zögerte. Er wollte wohl *Roma* oder *Gitana* sagen, aber im letzten Moment bekam er Bedenken.

»Ich bin Lola Cortés.« Lola tat so, als habe sie nichts gemerkt. »Daniel und ich haben uns über meinen Großonkel kennengelernt.«

»Ist das der, der gestorben ist?«

Lola nickte. »Ja.«

»Du musst trotzdem zur Polizei gehen«, sagte Ma. Ich war erstaunt, wie sachlich sie blieb und wie schnell sie die Nachricht verdaut hatte. »Eine Entführung ist nichts, das man auf die leichte Schulter nehmen sollte. Auch wenn es nur ein paar Jugendliche waren. Vielleicht versuchen sie es noch einmal.«

»Das glaube ich nicht.« Lola schüttelte den Kopf. »Dank Daniels Hilfe übrigens.« Sie stand auf. »Ich muss jetzt auch nach Hause. Bitte seien Sie nicht so streng mit ihm.«

Sie schüttelte Ma und Dad die Hände und ich brachte sie zur Tür.

»Vielen Dank«, sagte ich. »Es ist total nett, dass du hergekommen bist.«

»Die anderen waren erst dagegen, aber Freunde müssen sich helfen, oder?« Sie lächelte mich an und mein Herz schmolz dahin. Wir umarmten uns kurz, dann war sie auch schon verschwunden.

Ich kehrte zu meinen Eltern zurück. Ihre Haltung war inzwischen deutlich entspannter als bei meiner Ankunft.

»Ein nettes Mädchen«, sagte Ma. »Verbringst du deine Nachmittage mit ihr?«

»Mit ihr und Jakob. Wir haben ein gemeinsames Projekt und erforschen die Stadtgeschichte.«

»Das entschuldigt dein Verhalten aber nicht«, warnte mich Dad. »Erst dieser falsche Polizist, dann eine Entführung, das ist bestimmt nicht der Umgang, den wir uns für einen vierzehnjährigen Jungen vorstellen.«

»Dafür kann ich doch nichts«, protestierte ich. »Ich hab mir weder Morales noch Lolas Entführer ausgesucht.«

»Tatsache ist, dass du in den letzten Tagen mehrfach in Gefahr warst«, sagte Ma und warf mir einen besorgten Blick zu. »Du verstehst doch sicher, dass das deinem Vater und mir Sorgen bereitet.«

»Ja, klar, das verstehe ich. Aber das heute war wirklich keine große Sache. Ihr könnt ja gerne Jakob fragen, der war auch dabei. Und der würde sich sofort verziehen, wenn es riskant wird.«

»Hm«, brummte Dad. »Mir ist nicht wohl bei der Sache. Es wäre mir lieber, du würdest dich von diesen Leuten fernhalten.«

»Aber dann könnte ich mich auch nicht mehr mit Lola treffen!«, rief ich. »Und Ma hat selbst gesagt, dass sie ein nettes Mädchen ist. Jetzt habe ich endlich mal ein paar Freunde gefunden, und dann willst du, dass ich sie nicht mehr treffe?«

Dad hob beschwichtigend die Hände. »Das habe ich nicht gesagt. Aber wir machen uns natürlich Sorgen.«

»Niemand verlangt von dir, deine Freunde aufzugeben«, bestätigte Ma. »Ich kann verstehen, dass du Lola gern wiedersehen willst.«

Ich räusperte mich und spürte, wie mir das Blut zu Kopf schoss. Es gibt Dinge, die man mit seinen Eltern nicht unbedingt besprechen möchte.

»Also gut«, sagte Dad. »Wir machen das so: Du versprichst uns, in Zukunft spätestens um halb zehn zu Hause zu sein und *vorher* mit uns abzusprechen, falls es später werden sollte. Dann werden wir auf eine Ausgangssperre verzichten. Einverstanden?«

»O.k., einverstanden, Dad.« Ich hätte zu allem Ja gesagt, wenn ich dafür nur morgen wieder zu Lola gekonnt hätte.

»Dann wäre das ja geklärt.« Dad stand auf und reckte sich. »Und jetzt ab ins Bett, es ist schon nach Mitternacht.« Er legte mir die Hand auf die Schulter. »Und dass du dem Mädchen geholfen hast, das rechne ich dir hoch an. Gut gemacht.«

Ein Lob von Dad, das war wirklich selten. Mein Kopf wurde noch röter und ich brummelte etwas von »war doch selbstverständlich« vor mich hin.

Auch Ma gab mir einen Kuss auf die Wange.

Bevor das alles noch überhandnahm, verdrückte ich mich schnell in mein Zimmer.

In dieser Nacht schlief ich wie ein Stein.

Eine Stimme aus der Vergangenheit

»Na, ihr zwei scheint ja wirklich unzertrennlich zu sein«, sagte Ma, als Jakob am nächsten Tag nach der Schule bei uns auftauchte. Sie klang so, als habe sie den Vorfall von gestern Abend bereits vergessen. »Was habt ihr denn heute vor?«

»Och, wir wollten runter zum deutschen Buchladen, ein bisschen schmökern«, flunkerte ich. Ich wusste, das würde sie gut finden. »Und danach treffen wir uns mit Lola. Wir wollen nur schnell was essen und dann los.«

»Ich hab aber noch gar nicht gekocht«, sagte sie. »Ach, wisst ihr was?« Sie kramte in ihrer Handtasche, zog ihre Geldbörse hervor und nahm einen Zwanziger heraus. »Hier, kauft euch doch unterwegs einfach was zu essen.«

»Hey, danke, Ma!« Ich ließ den Schein in meiner Hosentasche verschwinden. »Das machen wir.«

»Vielen Dank, Frau Herbst«, sagte Jakob. Höflich sein konnte er, das musste man ihm lassen.

Wenig später hockten wir in einem kleinen Café und vertilgten jeder eine Portion *patatas bravas*.

»Hast du gestern auch Stress gekriegt?«, fragte ich.

»Ein wenig, odr?«, erwiderte Jakob.

»Und was heißt das genau?«

»Meine Mutter hat sich über meine verdreckten Sachen geärgert, und mein Vater hat darauf bestanden, dass ich ihn ab sofort nach acht Uhr abends jede Stunde anrufe.« Er schob sich sein letztes Stück Kartoffel in den Mund. »Und dich hat Lola gerettet, odr?«

Ich nickte. »Sonst wäre ich jetzt nicht hier.«

Jakob zog sein Smartphone aus der Tasche und tippte darauf herum. »Keine Spur von Lolas Entführer. Entweder hat er sein Telefon ausgestellt oder er treibt sich irgendwo in den Außenbezirken herum.«

Ich brummte etwas vor mich hin.

»Welche Laus ist dir denn über die Leber gelaufen?«, wollte Jakob wissen. »Du warst heute schon in der Schule so komisch.«

»Müde«, antwortete ich kurz, denn ich hatte keine Lust, mit ihm darüber zu reden, was wirklich los war.

Die Wahrheit war: Ich hatte einen ziemlichen Bammel. Dreimal hatten wir in den letzten Tagen mit Morales und seinen Helfershelfern zu tun gehabt. Dazu kamen die Dinge, die wir von Arnulfo und Serra erfahren hatten. Wenn das alles stimmte, was sie uns erzählt hatten, dann kannte Lolas Großonkel nicht nur das Versteck eines unheimlichen alten Artefaktes, sondern wir wurden von einer mächtigen Geheimorganisation gejagt, deren Mitglieder vor nichts zurückschreckten. Aber vor allem konnte jeder, den wir trafen, ein Verräter sein.

Auf einmal steckte ich mitten in einer unheimlichen und dunklen Welt, von der niemand, der durch die Straßen Barcelonas ging, etwas ahnte.

Und alles nur, weil ich einen Hund zurückgebracht hatte.

Wir trafen uns mit Lola und Antonio in einem Café in Gràcia. An einem der Tische saß der Junge mit den roten Schuhen, den ich schon einmal gesehen hatte, zusammen mit zwei Männern. Einer hatte lange, im Nacken zusammengebundene Haare und eine Gitarre auf den Knien, der andere war schon älter und unterhielt sich mit dem Jungen.

»Wieso hat der so komische Schuhe an?«, fragte ich Lola.

Sie lachte. »Das ist Miguelito. Er wohnt ein paar Häuser neben uns und möchte gerne Flamenco-Sänger und -Tänzer werden. Dafür braucht man solche Schuhe.«

Ich erinnerte mich daran, dass Lola ebenfalls vom Tanzen geträumt hatte. »Hattest du dann auch mal solche Schuhe?«

»Ja, aber nicht in Rot. Hör mal!«

Der Mann mit dem Zopf hatte begonnen, eine Melodie auf der Gitarre zu spielen, und der Junge sang dazu und klatschte in einem komplizierten Rhythmus mit den Händen. Sein Gesicht hatte einen verklärten Ausdruck angenommen und seine

Stimme ließ mir einen Schauer den Rücken herunterlaufen.

»Ein echtes Talent«, sagte Antonio anerkennend. »Und er hat gute Lehrer.«

Einen Flamenco so nah und unverfälscht zu hören, war etwas völlig anderes als eine CD. Es war eine Musik voller Verlangen, Sehnsucht und Energie, die mich tief in meinem Herzen berührte. Wenn schon ein Kind solche Gefühle hervorrufen konnte, wie mochte das dann erst bei einem ausgebildeten Sänger sein?

»Wie machen wir jetzt weiter?«, holte mich Jakob in die Realität zurück. Er deutete auf sein Smartphone. »Der Komplize von Morales ist zumindest nicht in der Nähe, wir haben also freie Bahn.«

»Das bedeutet nicht, dass Morales selbst nicht irgendwo auf uns lauert«, wandte Antonio ein. »Und beim nächsten Mal wird er rabiater vorgehen.«

»Meinst du denn, er glaubt immer noch, dass wir dieses Notizbuch besitzen?«, fragte ich.

»Warum sollte er das nicht? Viel interessanter ist aber die Frage, woher er überhaupt weiß, dass Abuelo Juan ein Notizbuch hinterlassen hat.«

»Wahrscheinlich, weil er ihn beobachtet hat?«, mutmaßte ich.

Antonio schüttelte den Kopf. »Abuelo Juan wird nicht so dumm gewesen sein, das Notizbuch in aller Öffentlichkeit mit sich herumzutragen.«

»Dann muss er eine andere Informationsquelle

haben. Aber wer außer den engsten Vertrauten deines Großvaters könnte davon gewusst haben?«

»Abuelo Juan hatte keine Vertrauten. Zumindest kenne ich sie nicht.«

»Wir sollten uns darüber nicht weiter den Kopf zerbrechen«, meinte Jakob. »Viel wichtiger ist doch, dass wir dieses Notizbuch vor Morales finden.«

»Im Nachlass war es jedenfalls nicht.« Lola wickelte nachdenklich eine Haarsträhne um ihren Zeigefinger. »Vielleicht hat er es irgendwo in seinem Zimmer versteckt?«

»Das ist bereits komplett ausgeräumt«, erwiderte Antonio. »Ich hab dabei geholfen, da war kein Notizbuch.«

Sofort musste ich an alle möglichen Krimis denken, die ich gesehen hatte. »Unter den Fußbodendielen vielleicht?«

Antonio lachte. »Wir haben keinen Holzfußboden, alles ist gefliest.«

»Dann muss es außerhalb der Wohnung sein.«

»Eine logische Schlussfolgerung«, kommentierte Jakob trocken. »Aber wo?«

»Was ist denn mit diesem Arnulfo?«, fragte Antonio. »Er schien ja eine ganze Menge zu wissen.«

»Und auch eine ganze Menge zu verschweigen«, ergänzte ich. »Falls er den Fundort des Notizbuchs kennt, warum hat er es dann nicht schon lange selbst geholt? Dann wären die Xinos jetzt nur hinter ihm her und nicht hinter uns.«

»Ich finde, es ist einen Versuch wert«, sagte Antonio. »Es ist ja nicht so, dass wir Hinweise im Überfluss hätten.«

Einer nach dem anderen stimmten wir Antonio zu. Ich wäre gern noch ein wenig geblieben, denn hier, mitten im Viertel der Kalé, fühlte ich mich sicher vor Morales und seinen Leuten. Zum Glück begleitete uns Antonio zu dem Buchhändler, sodass wir zu viert waren. Das würde uns gegen eine Pistole zwar auch nicht viel helfen, aber es war besser, als alleine unterwegs zu sein.

Arnulfo hockte, wie bei unserem ersten Besuch, hinter seinem Tisch im Dunkel des Ladens. Kunden waren keine da, und ich bezweifelte, dass es an anderen Tagen anders aussah. Womit mochte er dann wohl sein Geld verdienen?

Als wir eintraten, erhob er sich und kam auf uns zu.

Wir stellten ihm Antonio vor. Die beiden schüttelten sich die Hände und musterten sich gegenseitig scharf. Das war zumindest keine Freundschaft auf den ersten Blick.

Dann bat er uns in sein Büro und wir drängten uns in dem winzigen Raum zusammen.

»Ihr habt euch ja recht schnell von Pilar verabschiedet, eh?«, sagte er mit einem vielsagenden Grinsen. »Sie wollte euch eigentlich noch etwas mitgeben, aber dazu ist sie nicht mehr gekommen. Stattdessen hat sie es mir gebracht.«

Er nahm einen dünnen Aktenordner aus der Schublade. »Hier könnten sich einige Antworten auf eure Fragen finden.« Er pochte mit dem Zeigefinger auf den Umschlag. »Ich bin selbst noch nicht dazu gekommen, mir den Inhalt anzuschauen. Wollen wir also mal sehen, was drinsteht, eh?«

»Sehr gern«, sagte Antonio und streckte seine Hand nach dem Ordner aus.

Arnulfo schüttelte den Kopf. »Ich lese vor, ihr hört zu. So sind wir alle auf demselben Stand.« Er lehnte sich zurück und schlug den Ordner auf.

Wir rückten noch näher heran. In der Mappe befanden sich mit Schreibmaschine beschriebene Blätter.

»Das sind Transkriptionen der Tagebücher von Enriqueta Martí«, erklärte Arnulfo. »Sie hat genau Buch geführt über ihre Begegnungen mit den reichen Männern Barcelonas.«

Er blätterte ein wenig hin und her. »Was uns interessiert, sind die Dinge, die ihr Gaudí und Güell berichtet haben, die sie tatsächlich kannte. Ah, hier ist es ja.«

Er hob den Ordner leicht an, um besser sehen zu können, und begann vorzulesen: »*Gestern war ich wieder bei G und G zu Gast.*« Arnulfo blickte auf. »Ich vermute, damit meint sie Güell und Gaudí.«

»*Sie bitten mich stets, meine Stärkungsmedizin mitzubringen*«, fuhr er mit dem Vorlesen fort, »*und anschließend sitzen wir zusammen und plaudern. Dabei erzählen sie immer ganz unglaubliche Geschichten, wenn die Tropfen ihre Wirkung entfalten.«*

»Das hört sich eher nach Drogen als nach Medizin an«, unterbrach ihn Antonio.

Arnulfo nickte. »Man darf nicht vergessen, dass zu jener Zeit selbst starke Rauschgifte wie Kokain von Ärzten verabreicht wurden. Enriquetas *Tropfen* waren also insofern nicht ungewöhnlich.« Er wandte sich wieder den Aufzeichnungen zu. »*Was ich gestern gehört habe, klingt wie ein Abenteuerroman. Aber so hat man es mir erzählt, und genauso gebe ich es hier auch wieder. Ob die Geschichte stimmt, kann ich nicht beurteilen. Sie spielt vor fast fünfhundert Jahren, im Mai 1448, und G und G behaupten, jedes Wort sei wahr.«*

Wie der Ring nach Spanien kam

Sie kamen in der Nacht.

Als Teresa, die Dienstmagd des Dorfvorstehers, früh am Morgen zum Brunnen lief, um Wasser zu holen, hörte sie das Wiehern eines Pferdes hinter dem Haus des Schmiedes, das am Rande des Dorfes lag. Sie stellte den Eimer ab und ging über den steinigen Platz. Kurz vor der Hausecke hielt sie an und versuchte vorsichtig, einen Blick zu erhaschen.

Sie fuhr zurück und riss die Hand vor den Mund, um einen Schrei zu unterdrücken.

Auf dem Dorfanger standen fünf mit bunten Planen bespannte Wagen. Die Pferde grasten am Waldrand. An einen Baum gelehnt saß ein dunkelhäutiger Mann, der einen hellblauen Turban und dazu ein blau-grün gemustertes Gewand trug, das ihm bis auf die Zehen fiel.

Das konnte nur ein Maure sein!

Teresa rannte zum Hof zurück, ohne an den Wassereimer zu denken, und klopfte atemlos an die Tür ihres Herrn.

Schlaftrunken trat Don Eusebio auf den Hof. »Was gibt es?«, herrschte er Teresa an. »Warum veranstaltest du so einen Lärm?«

Die Magd schlug die Augen nieder. »Es sind Mauren gekommen, Herr. Sie lagern hinter dem Haus des Schmiedes.«

»Mauren?!« Mit einem Schlag war Don Eusebio hellwach. »Weck sofort die anderen Männer und schick sie her!«

Er eilte ins Haus zurück und schlüpfte in seine Stiefel. Aus einer Truhe zog er ein dickes Lederwams, in das er sich mühsam hineinzwängte. Es war bereits einige Zeit her, dass er auf dem Schlachtfeld gestanden hatte, und die guten Jahre als Dorfvorsteher waren nicht spurlos an ihm vorübergegangen.

Neben dem Kamin hing sein Schwert an der Wand. Er gürtete es und prüfte, ob sich die Klinge leicht genug aus der Scheide ziehen ließ. So gerüstet trat er wieder auf den Hof.

Dort waren bereits die Männer des Dorfes versammelt. Nur wenige trugen richtige Waffen, die meisten hielten Mistgabeln, Sensen oder Äxte in den Händen. Don Eusebio seufzte. Eine Schlacht würde er mit ihnen nicht gewinnen. Wenn wirklich Mauren vor dem Dorf lagerten, dann konnte er nur auf Verhandlungen setzen.

Allerdings zweifelte er an den Worten des Mädchens. Die Mauren waren aus diesem Teil des Landes schon lange vertrieben. Er wusste, dass es im Süden noch einige Städte gab, die sich in ihrer Gewalt befanden, aber die christlichen Truppen rückten täglich weiter vor, und bald würde der letzte Araber Spanien verlassen haben. So predigte es zumindest der Dorfpriester, ein Mönch aus dem nahen Kloster Poblet. Und die Ordensbrüder waren immer gut informiert.

Dennoch musste er nachsehen, was das für Neuankömmlinge waren.

An der Spitze seiner Männer marschierte Don Eusebio durchs Dorf. In den Türen der kleinen Häuser standen die Frauen, die Kinder an sich gedrückt, und verfolgten den Weg ihrer Ehemänner und erwachsenen Söhne mit bangen Augen.

Als sich die Gruppe dem Haus des Schmiedes näherte, verstummten die geflüsterten Gespräche der Dorfbewohner. Schweigend umrundeten sie das Haus, die Sensen und Mistgabeln erhoben, bereit, ihre Familien zu verteidigen.

Doch was sie vor sich sahen, versetzte sie in Erstaunen.

Auf der Lichtung hockte eine Gruppe von Frauen, die damit beschäftigt waren, Gemüse zu putzen und zu schneiden. Sie trugen lange bunte Gewänder und über ihren Handgelenken klingelten funkelnde Armreife.

Als sie die Dorfbewohner erblickten, ließen sie ihre Hände sinken und starrten sie schweigend an.

Das waren keine Mauren, das sah Don Eusebio sofort. Er wusste zwar nicht, welchem Volk diese Leute angehörten, aber sie machten nicht den Eindruck einer feindlichen Streitmacht.

Langsam trat er auf die Frauen zu, als eine Gruppe von Männern hinter einem der Wagen hervorkam. Sie sahen ebenso fremdartig aus wie die Frauen und waren nicht bewaffnet. An ihrer Spitze ging ein alter Mann, der offenbar ihr Anführer war.

Der Alte schritt auf Don Eusebio zu und verneigte sich. »Ich grüße Euch, mein Herr«, sagte er in gebrochenem Spanisch.

»Seid ebenfalls gegrüßt«, erwiderte der Dorfälteste. »Wer seid Ihr und was führt Euch hierher?«

»Wir sind vom Volk der Rrom«, antwortete der Alte.

Don Eusebio legte die Stirn in Falten. »Von einem solchen Volk habe ich noch nie gehört.«

»Wir sind ein Volk ohne Land«, erklärte sein Gegenüber. »Seit Jahrhunderten ziehen wir durch die Welt, verweilen mal hier, mal dort und reisen dann weiter.«

»Und wohin führt Euch Euer Weg?«

»Nirgendwohin, Herr.«

Don Eusebio kratzte sich am Kopf. Was waren das für merkwürdige Menschen? Eine jede Reise hatte ein Ziel, das wusste selbst er, der sein Dorf seit Jahrzehnten nicht mehr verlassen hatte.

»Und was bringt Euch in unser Dorf?«, fragte er schließlich.

»Es gibt hier in der Nähe ein Haus der heiligen Männer«, erwiderte der Alte.

»Ihr meint das Kloster.«

Der Alte nickte. »Jawohl. Dorthin muss ich, um mit dem Oberhaupt zu sprechen. Dann ziehen wir auch schon bald weiter.«

Don Eusebio nickte. »Ihr könnt hier gerne einen Tag

verweilen und Euch erfrischen. Eure Pferde sehen müde aus. Ich werde Euch Essen und Trinken bringen lassen.«

»Ihr seid sehr gütig, Herr.« Der Alte zog ein paar Goldmünzen aus der Tasche. »Wir werden Euch Eure Mühe auch gerecht vergelten.«

Don Eusebios Augen leuchteten beim Anblick der Goldstücke auf. Doch er war ein guter Christ und so schüttelte er entschieden den Kopf. »Ihr seid unsere Gäste. Spart Euch das Gold für später auf.«

»Ich danke Euch«, sagte der Alte. »Dann gestattet uns aber zumindest, dass wir den Bewohnern Eures Dorfes heute Abend einige unserer Tänze vorführen.«

»Sehr gerne«, antwortete Don Eusebio. Er war gespannt, welche Art von Musikanten diese fremdartigen Menschen waren. Es waren schon lange keine Gaukler mehr im Dorf gewesen. Die Zeiten waren schlecht und die Obrigkeit ging hart gegen alles vor, das dem Volk Vergnügen bereitete. Deshalb musste man jede Gelegenheit nutzen, die sich bot, um ein wenig Zerstreuung vom harten Alltag zu bekommen.

Mit einer Handbewegung forderte Don Eusebio die Männer auf, in ihre Häuser oder zu ihrer Arbeit zurückzukehren. »Bewirtet unsere Gäste und sagt allen, dass es heute Abend eine Tanzvorführung gibt!«, rief er.

Wie ein Lauffeuer verbreitete sich die Nachricht im Dorf, und wenig später schon kamen die ersten Frauen mit Körben voller Brot, Oliven und Kartoffeln zu den

Neuankömmlingen, um mit ihnen gemeinsam ein Mahl zu bereiten.

⊙⊙⊙

Der Abt des Klosters Poblet war ein schmaler Mann mit grauen Haaren. Wer ihn nicht kannte, neigte leicht dazu, ihn zu unterschätzen. Aber das war ein Fehler, den manche schon bitter bereut hatten.

»Ich habe von eurer Ankunft vernommen«, sagte der Abt, als man den Besucher, der sich Nicol nannte, zu ihm geführt hatte. »Und ich habe vom Volk der Rrom gehört, das auf ewig durch die Welt wandert. Doch in unserem Land hat man noch niemanden von euch gesichtet. Was führt euch hierher – und was gerade zu mir? Denn ich glaube nicht, dass es ein Zufall ist.«

»Ihr habt recht, Hochwürden«, antwortete Nicol. »Wir sind hier, weil wir so weit gereist sind, wie wir konnten. Jetzt aber sind unsere Kräfte erschöpft und ich fürchte, es hat alles keinen Sinn gehabt.«

Der Abt zog fragend die Augenbrauen hoch.

»Ich bin ein alter Mann, Hochwürden«, fuhr Nicol fort. »Ich habe viel Tod und Leiden gesehen während meiner Jahre und ich habe die Meinen durch viele Länder hierher geführt, damit wir in Frieden leben können. Aber ich fürchte, das Verderben ist uns gefolgt.«

Der Abt sah ihn mit ernster Miene an. »Was habt ihr getan, dass euch das Böse folgt?«

»Nichts, Hochwürden. Im Gegenteil, wir haben ver-

sucht, das Böse an seinem Werk zu hindern. Wir sind Christen, so wie Ihr. Aber das, was wir mit uns führen, steht allem entgegen, wofür unser Herr am Kreuz gestorben ist.«

Nicol zog eine kleine Schatulle unter seinen Gewändern hervor. »Hierin befindet sich ein Gegenstand, der seinem Besitzer unermessliche Macht verleiht. Zugleich bringt er aber auch unermessliches Unglück über die Menschen.«

Der Alte hielt dem Abt die Schatulle hin. »Ich möchte Euch darum bitten, ihn an diesem heiligen Ort in Obhut zu nehmen. Dann ist er vor dem Zugriff des Bösen sicher und meine Familie kann hoffentlich wieder ohne Angst leben.«

Der Abt nahm den kleinen Kasten zögernd entgegen. »Wollt Ihr mir nicht sagen, was sich darin befindet?«

»Es ist besser, Ihr wisst es nicht«, erwiderte Nicol. »Ich rate Euch, den Gegenstand in den tiefsten Tiefen Eures Archivs zu verbergen und niemandem davon zu erzählen.«

Der Abt runzelte die Stirn. »Wenn dieser Gegenstand so gefährlich ist, warum vernichtet Ihr ihn dann nicht einfach?«

»Weil das nicht möglich ist, Herr. Ihr haltet etwas in der Hand, das nicht von dieser Welt ist. So kann es auch in dieser Welt nicht zerstört werden.«

»Ihr sprecht in Rätseln. Und doch spüre ich, dass es die Wahrheit ist, denn Ihr scheint mir ein ehrenwerter Mann zu sein. Ich werde Euch Euren Wunsch erfüllen.«

»Ich danke Euch.« Nicol erhob sich und machte eine tiefe Verbeugung. Der Abt geleitete seinen Gast zum Tor und blickte ihm nachdenklich hinterher, als er mit langsamen Schritten zu seinen Gefährten zurückkehrte.

Der Himmel, gerade noch von einem satten Blau, das von der Sonne zum Leuchten gebracht wurde, schien sich mit einem Mal verdüstert zu haben. Der Abt kniff die Augen zusammen und blickte nach oben. Eine schwarze Wolke zog vor der Sonne vorbei. War das ein Vorzeichen?

Die Schatulle in seiner Tasche fühlte sich plötzlich schwer wie Blei an und der Abt fragte sich, ob es eine kluge Entscheidung gewesen war, dem Alten seinen Wunsch zu erfüllen.

So schnell er konnte, eilte er zum Hauptgebäude des Klosters zurück und machte sich auf den Weg ins Archiv, um das Kästchen im tiefsten Winkel zu verstecken.

⊚⊚⊚

Das Fest am Abend war ein Ereignis für alle, die daran teilnahmen. Auch wenn die Musik und die Tänze der Fremden seltsam waren, so erfreuten sie doch das Herz der Dorfbewohner, die so etwas schon lange nicht mehr erlebt hatten. Es wurde gemeinsam gegessen und getrunken und man verständigte sich mit Händen und Füßen, bis schließlich alle müde und zufrieden zu Bett gingen.

In der Nacht wurden die Dorfbewohner von einem Geräusch geweckt. Es klang wie das Heulen des Windes, aber als ein paar Mutige vor ihre Häuser traten, stellten sie fest, dass es völlig windstill war.

Das Heulen nahm an Stärke zu und jetzt konnte man auch ein Donnern vernehmen, so als ob ein Trupp von Reitern herangaloppieren würde. Die Hunde verkrochen sich winselnd in den hintersten Winkeln der Häuser und den Menschen standen die Haare zu Berge.

Der Lärm schwoll zu einem infernalischen Crescendo an. Dann fiel ein dunkler Schatten aufs Dorf. Hastig flüchteten die Männer zurück in ihre Behausungen und verrammelten die Türen. Manche behaupteten später, eine Gruppe schwarz gekleideter Krieger gesehen zu haben, von riesiger Statur, die auf Feuer speienden Rappen zum Lager der Rrom gejagt seien. Es habe sich nicht um Menschen gehandelt, so schworen sie, sondern um Geister.

Was auch immer man glauben wollte oder nicht, das Ziel der unheimlichen Reiter waren in der Tat die fremden Besucher. Man hörte Schreie durch die Nacht hallen, das Klirren von Waffen, aber keiner der Dorfbewohner wagte es, den Rrom zu Hilfe zu eilen. Stattdessen murmelten sie Gebete und redeten sich ein, dass dieses Unheil sicher die Strafe war für eine große Sünde, welche die Wanderer begangen hatten.

Irgendwann verstummten die Geräusche.

Nachdem sie noch einige Zeit abgewartet hatten, trauten sich ein paar Männer schließlich hinaus zum Dorfrand.

Ihre Fackeln beleuchteten eine furchtbare Szene.

Die Pferde lagen tot am Boden, die Wagen waren umgestürzt und ihr Inhalt wild verstreut worden.

Und die Rrom waren wie vom Erdboden verschluckt.

Hatten sie rechtzeitig fliehen können? Oder hatten die unheimlichen Reiter sie verschleppt?

Auf diese Fragen gab es auch am nächsten Morgen keine Antwort, als man unter einem der Wagen einen zehnjährigen Jungen hervorzog, der bewusstlos und übel zugerichtet war. Man brachte ihn ins Kloster, wo die Mönche seine Wunden behandelten. Als er aus seiner Ohnmacht erwachte, stammelte er etwas in seiner fremden Sprache, was sich wie mulo *anhörte. Mehr war aus ihm nicht herauszubringen.*

Die Mönche im Kloster nahmen ihn auf und kümmerten sich um ihn. Er blieb verschlossen und schweigsam. Als junger Mann verließ er das Kloster und das Dorf, kehrte jedoch einige Jahre später mit einer Frau seines Volkes zurück. Sie ließen sich im Dorf nieder, wo sie freundlich aufgenommen wurden. Er arbeitete als Korbmacher und half den Mönchen bei der Unterrichtung der Kinder, seine Frau sammelte Kräuter und wurde schnell eine weit über das Dorf hinaus bekannte Heilerin. Sie hatten sechs gesunde Kinder, und sobald eines von ihnen das zwölfte Lebensjahr erreichte, nahm es der Vater mit hinaus zu jener Stelle, wo damals die Rrom gelagert hatten. Was er ihnen erzählte, erfuhren die Dorfbewohner nie.

Die Geisterhäuser

Arnulfo blickte auf. »Hier endet Enriquetas Bericht.«

»Puh.« Ich merkte, dass ich die Luft angehalten hatte, und atmete hörbar für alle aus.

»Eine interessante Geschichtslektion«, kommentierte Jakob. »Aber was nützt sie uns?«

»Zumindest untermauert sie die These, dass es ein Artefakt gibt, das in Poblet versteckt wurde«, widersprach ihm Lola.

»*Falls* das alles stimmt.«

»Für mich klingt es plausibel«, sagte Arnulfo. »Es stimmt mit allem überein, was ich bislang über diese Sache in Erfahrung gebracht habe.«

»Das heißt, die Xinos kennen diese Geschichte ebenfalls«, sagte ich.

»Davon können wir ausgehen. Und womöglich wissen sie noch viel mehr.«

»Nur eine Information fehlt ihnen«, sagte Antonio. »Sie wissen nicht, wo der Ring heute versteckt ist. Das steht wahrscheinlich in dem verschwundenen Notizbuch meines Großvaters.«

»Ihr Großvater hat ein Notizbuch hinterlassen?« Arnulfo blickte Antonio fragend an.

Wir berichteten kurz von unserem Erlebnis mit den Xinos am gestrigen Abend.

»Ich hatte euch gewarnt«, sagte Arnulfo mit gerunzelter Stirn. »Die Xinos schrecken vor nichts zurück. Eine Entführung verursacht allerdings Aufsehen, was sie meistens zu vermeiden trachten. Daraus schließe ich, dass sie wirklich keinerlei Spur haben.«

»So wie wir«, merkte ich an.

Einen Augenblick lang schwiegen wir alle und blickten in Gedanken vor uns hin. So ging es uns schon seit Tagen. Immer wenn wir glaubten, eine Spur gefunden zu haben, erwies sie sich kurz darauf als trügerisch oder endete in einer Sackgasse. Es war zum Verzweifeln!

»Wenn *wir* nichts finden, dann finden die Xinos auch nichts«, sagte Jakob. »Das heißt, der Ring bleibt sicher in seinem Versteck. Ist das nicht auch eine gute Lösung?«

Lola schüttelte den Kopf. »Dann werden Morales und seine Leute weiterhin hinter uns her sein. Ich glaube nicht, dass die so einfach aufgeben werden.«

»Warum gehen wir nicht zur Polizei und zeigen Morales und seine Komplizen an?«, fragte ich.

»Und was genau willst du da erzählen?« Arnulfo legte die Aufzeichnungen Enriquetas wieder in die Schublade zurück. »Du weißt ja nicht einmal, ob Morales sein richtiger Name ist, eh? Und ansonsten steht immer Aussage gegen Aussage. Da kann die

Polizei nicht viel unternehmen. Was sie wahrscheinlich, aufgrund des Einflusses der Xinos, sowieso nicht machen würde.«

»Dann haben wir tatsächlich nur eine Möglichkeit. Wir müssen Abuelo Juans Notizbuch finden«, brachte es Antonio auf den Punkt.

»Und wer sagt denn, dass die Xinos wirklich nur uns verfolgen?«, fragte Jakob. »Vielleicht gehen sie auch anderen Spuren nach. Das könnten wir überprüfen.«

»Wie willst du das denn anstellen?«, wollte Arnulfo wissen.

»Wir haben da so unsere Möglichkeiten.« Jakob grinste verschmitzt. »Was meint ihr?«

Wir sahen uns an. Warum nicht? Jetzt konnten wir den Spieß einmal umdrehen, auch wenn ich bei dem Gedanken sofort wieder ein komisches Gefühl im Bauch verspürte. Am liebsten hätte ich mich so weit wie möglich von den Xinos ferngehalten. Aber wenn sogar Jakob einen solchen Vorschlag unterbreitete, wollte ich nicht derjenige sein, der einen Rückzieher machte.

Jakob wischte ein wenig auf seinem Smartphone hin und her. »Ha!«, rief er. »Hab ich dich!« Er drehte den Bildschirm zu uns hin. Wir sahen einen Stadtplan von Barcelona und einen kleinen roten Punkt, der sich auf der Diagonal bewegte. Zum Glück weit weg von uns, wie ich fand.

»Das ist er?«, fragte Antonio.

Jakob nickte stolz. »Das ist er!«

»Dann los.«

Arnulfo erhob sich. »Sehr clever«, sagte er anerkennend. »Eine Ortung übers Mobiltelefon. Ich würde euch ja gerne begleiten, habe aber noch zu tun. Seid vorsichtig und berichtet mir, wenn ihr etwas herausfindet.«

Wir verabschiedeten uns und machten uns auf den Weg in Richtung Innenstadt. Dabei behielten wir den Punkt auf der Karte stets im Auge. Schließlich hatten wir keine Lust, dem Xino direkt in die Arme zu laufen.

Wir hatten gerade den Carrer de Mallorca überquert, als wir eine Stimme hinter uns hörten. »Meine lieben jungen Freunde, warten Sie einen Moment!«

Wir drehten uns um. Es war Josep Serra, der hilfsbereite Gelehrte aus der Bibliothek.

Konnte das ein Zufall sein?

Serra trat zu uns heran. Er trug einen dunklen Hut mit breiter Krempe, eine Art Lodenmantel über einem hellen Anzug, und in der rechten Hand, mit der er beim Sprechen immer herumfuchtelte, hielt er einen Zahnstocher.

»Ich habe gerade ein *bocadillo* gegessen, als ich Sie gesehen habe.« Er deutete auf einen Imbiss auf der anderen Straßenseite. »Und da wollte ich Sie doch schnell fragen, ob Sie bei Ihren Nachforschungen schon ein wenig weitergekommen sind.«

War er wirklich nur wegen eines Brötchens hier

und hatte uns zufällig erspäht? Und was interessierte ihn so an unseren Ergebnissen?

Ich musterte sein Gesicht, während Lola ihm Antonio vorstellte. Aber da war keine Spur von Verschlagenheit zu entdecken, so wie ich sie bei Arnulfo bemerkt hatte.

»Sie müssen uns entschuldigen, aber wir sind auf dem Weg in die Stadt und haben es eilig«, sagte Jakob, der immer wieder auf sein Smartphone schaute.

»Was für ein Zufall, da will ich auch hin. Gestatten Sie, dass ich Sie begleite?«

Wir konnten wohl schlecht Nein sagen. Also marschierten wir weiter, den Alten im Schlepptau. Er hatte sichtlich Mühe, mit uns Schritt zu halten, und ich hoffte, er würde schnell von selbst aufgeben. Aber er war zäher, als ich dachte.

Wir überquerten die Plaça de Catalunya, und mir wurde sofort wieder mulmig im Magen. Das steigerte sich noch, als Jakob uns zielstrebig Richtung Raval führte. Dies war eine Ecke der Stadt, die ich vorerst lieber gemieden hätte.

Es war bereits nach sechs Uhr und über der Stadt waren dunkle Wolken aufgezogen, genauso dunkel wie meine Vorahnungen. Als wir an der großen Markthalle von den Ramblas abbogen, hätte ich am liebsten kehrtgemacht, denn meine Erinnerungen an die Nacht von Lolas Entführung waren noch sehr lebendig.

»Darf ich fragen, wohin Sie Ihr Weg führt?«, wollte Serra wissen, der neben Lola und mir herging.

»Wir folgen jemandem«, sagte ich vage.

»Sie suchen also immer noch nach einer Spur zu dem Ring?«, schlussfolgerte er.

Ich kniff meine Lippen zusammen und er legte eine Hand auf meinen Arm. »Sie müssen sich wegen mir keine Sorgen machen. Ich habe keinerlei Interesse an dem Ring. Im Gegenteil, wenn es nach mir ginge, dann wäre er schon längst vernichtet worden.«

Wie kam es nur, dass alle Welt offenbar von dem Ring wusste und sie sich wie die Schmeißfliegen auf uns stürzten? Morales, Arnulfo, Serra, diese Pilar – Menschen, die ich vor einer Woche noch nicht gekannt hatte (und die ich unter normalen Umständen wahrscheinlich auch nie kennengelernt hätte), verfolgten, beobachteten und bedrohten uns, verlangten Informationen oder gaben ungefragt welche heraus. Wer sollte da noch den Durchblick behalten? Und was war Serras Interesse an dem Ring?

»Sie kennen den Buchhändler Arnulfo Robles, stimmt's?«, fragte ich.

Die Frage überraschte ihn. »Robles? Ja, ich kenne ihn seit vielen Jahren. Obwohl wir, wenn ich das so sagen darf, nicht die besten Freunde sind.«

»Er hat uns vor Ihnen gewarnt.«

»Das wundert mich nicht.« Wir waren inzwischen in das Labyrinth der Gassen des Raval eingedrungen. Unser Tempo machte Serra nun doch zu schaffen und er zog ein Stofftaschentuch aus seiner Manteltasche und wischte sich damit den Schweiß von der Stirn. »Arnulfo und ich standen einmal auf derselben Seite, bevor er sich für die dunklen Mächte entschieden hat.«

»Dasselbe behauptet er von Ihnen auch«, warf Lola ein.

»Ein Dilemma für Sie, kann ich mir vorstellen.« Serra steckte das Taschentuch weg. »Sie wissen natürlich nicht, wem Sie vertrauen sollen, ihm oder mir.«

»Oder keinem von Ihnen«, sagte ich.

Der Alte nickte. »Auch das. Aber Sie werden sich schließlich doch für eine Seite entscheiden müssen, wenn Sie weiterkommen wollen.«

»Und das, meinen Sie, sind Sie?«

Ein kleines Lächeln huschte über sein Gesicht, bevor er wieder ernst wurde. »In der Tat.«

Inzwischen hatte Jakob seine Schritte verlangsamt. Das musste bedeuten, dass die Xinos nicht mehr weit vor uns waren.

»Haben Sie schon einmal von den Xinos gehört?«, fragte ich den Alten aus einer spontanen Eingebung heraus.

Er zog die Augenbrauen in die Höhe. »Das ist ein Thema, über das ich ungern spreche. Mit diesen Gestalten sollten Sie sich nicht einlassen.«

»Zu spät. Einige von ihnen sind direkt vor uns. Sie sind es, denen wir folgen.«

Serra stieß einen Seufzer aus. »Ich hatte gehofft, Sie würden ihnen nicht begegnen, deshalb habe ich Ihnen nichts davon erzählt. Aber jetzt ... Nehmen Sie meine Hilfe an, ich beschwöre Sie. Gegen die Xinos können Sie jede Unterstützung brauchen.«

Jakob hatte an einer Ecke angehalten. Er blickte mich fragend an und deutete auf Serra.

»Das ist o. k.«, entschied ich. Selbst in meinen Ohren klang es nicht besonders überzeugend.

»Sie sind in dieser Gasse.« Jakob deutete auf die Einmündung vor uns. Ich schob meinen Kopf vorsichtig um die Ecke. Es war eine schmale Straße, so wie viele andere im Raval auch, die sich im Dunkel des Abendlichts verlor. Dennoch konnte ich die unverkennbare Gestalt von Morales ausmachen.

»Ah, die Casa dels Fantasmes«, sagte Serra. »Monsieur Renault, ein französischer Edelmann, hat einst hier gelebt. Und er muss den Ort so geliebt haben, dass sein Geist seit seinem Tod regelmäßig weiterhin hier herumspaziert.«

Wir wagten nicht, die Gasse zu betreten, aus Angst, Morales in die Arme zu laufen. »Wenn Sie gestatten«, bot sich Serra an, »dann werde ich einmal nachsehen, was diese Herrschaften so treiben. Mich kennen sie nicht, und wer wird schon einen alten Herrn verdächtigen?«

Er lächelte, tippte sich an den Hut und ging los.

Nur wenige Minuten später kehrte er von einer anderen Seite zu uns zurück.

»Sie untersuchen das Gebäude, als könnte es dort ein geheimes Versteck geben«, berichtete er. »Und vor dem Geist scheinen sie sich dabei nicht zu fürchten.«

»Sie bewegen sich wieder!«, rief Jakob.

»Auf uns zu?«

Er schüttelte den Kopf. »Sie gehen in Richtung Ramblas.«

Erneut folgten wir ihnen in gebührendem Abstand. Auf den Ramblas herrschte noch ein reges Treiben, und ich war froh, wieder unter Menschen zu sein. Morales ging in Richtung Kathedrale und tauchte dann in die engen Gassen des Barri Gòtic ein.

Schlagartig wurde es dunkler. Die Sträßchen hier waren zum Teil nichts weiter als schmale Durchgänge, in denen gerade einmal drei Menschen nebeneinander laufen konnten. Wir kamen durch eine Gasse, die passenderweise *Straße der Schatten* hieß und deren eine Seite aus einer schier endlosen Kirchenwand bestand. Die Straßenbeleuchtung war noch nicht eingeschaltet und ich musste immer wieder einen Blick über die Schulter werfen, um zu sehen, ob wir nicht doch verfolgt wurden.

Als wir wieder einmal hinter einer Ecke warteten, rief ich schnell zu Hause an und fragte Ma, ob ich noch etwas länger als bis neun Uhr bleiben könnte. Es war nicht klar, wie lange wir den Xinos heute noch folgen würden.

»Du weißt, was dein Vater gesagt hat«, erinnerte sie mich.

»Ma, ich bin keine zwölf mehr! Jakob darf auch noch bleiben, und außerdem werden wir von einem Erwachsenen begleitet.«

»Ein Erwachsener?« Sofort hörte ich das Misstrauen in ihrer Stimme. So sind Eltern nun mal. Auch wenn sie selbst keine Zeit oder Lust haben, etwas mit dir zu unternehmen, werden sie sofort hellwach, wenn ein anderer Erwachsener das tut.

»Ein alter Historiker, den wir in der Bibliothek kennengelernt haben. Er will uns noch eine kleine Privatführung durch die Altstadt geben.«

»Ich weiß nicht ...«

»Ach komm schon, Ma. Wir sind doch ständig unter Menschen, da kann nichts passieren. Außerdem könnten wir uns damit in der Schule ein paar Extrapunkte holen.«

Das war ein Argument, auf das sie ansprang. »Na schön«, sagte sie. »Aber wenn es deutlich später wird, rufst du wieder an, ja?«

»Klar«, versprach ich.

Auch Jakob folgte meinem Beispiel und holte die Genehmigung seiner Eltern ein. »Machen sich dein Vater oder deine Mutter eigentlich keine Sorgen, wenn du so lange fortbleibst?«, fragte ich Lola.

Sie schüttelte den Kopf. »Sie wissen, dass ich

heute mit Antonio unterwegs bin. Und auch sonst sehen sie das eher etwas lockerer.«

»Cool«, sagte ich und beneidete sie ein wenig um diese Freiheit.

Barcelona war nicht nur eine Stadt der dunklen Geheimnisse, sondern offenbar auch der Geister.

Serra kannte natürlich jeden Ort, den Morales besuchte, und erzählte die dazugehörige Geschichte. Ob das einstige Wohnhaus eines Exorzisten oder ein vergessener unterirdischer Friedhof, ob eine von Dämonen übernommene ehemalige Kirche oder das Versteck einer Hexe – das ganze Viertel schien ein einziges riesiges Geisterhaus zu sein.

Überall untersuchten Morales und sein Begleiter das Mauerwerk oder versuchten, sich Einlass zu verschaffen, und jedes Mal zogen sie unverrichteter Dinge weiter.

Inzwischen war es schon beinahe neun Uhr und ich fragte mich, wie lange wir dieses Katz-und-Maus-Spiel noch mitmachen sollten. Es sah nicht so aus, als würden uns die beiden Xinos einen Hinweis auf den Fundort des Notizbuchs geben. Und so langsam musste ich mich auf den Heimweg machen, wenn ich nicht *wirklich* Ärger mit meinen Eltern bekommen wollte.

»Wie lange wollt ihr den beiden noch folgen?«, fragte ich Lola und Jakob. »Glaubt ihr, das bringt uns weiter?«

Sie zuckten gleichzeitig mit den Schultern. »Was

wir bisher rausgekriegt haben, ist, dass sie an alten Spukhäusern herumsuchen«, sagte Jakob. »Wenn wir wüssten, ob das wirklich eine handfeste Spur ist, könnten wir in der Richtung weiterrecherchieren.«

»Ich weiß nicht …« Lola ließ die Mundwinkel hängen. »Mein Großonkel hat mit Geistern nie was zu tun gehabt.«

»Abgesehen von dem legendären und mysteriösen Ring«, widersprach Jakob.

»Ja, aber er hat ihn ja nie wirklich besessen. Ich bin derselben Meinung wie Daniel. Wir verschwenden hier nur unsere Zeit.«

Wir waren gerade in einen dunklen Toreingang eingebogen, hinter dem sich eine namenlose Gasse verbarg, als aus dem Dunkel eines noch schmaleren Durchgangs plötzlich ein Schatten auftauchte, der mit erhobenen Armen auf uns zukam.

Antonio, Jakob, Lola und ich machten vor Schreck einen Satz nach hinten, denn zur Seite konnten wir nicht ausweichen. Es beruhigte mich, dass die Atmosphäre des Viertels und die vielen Spukgeschichten auch bei meinen Freunden ihre Wirkung nicht verfehlt hatten. Nur Serra schien kein bisschen überrascht zu sein.

Der Schatten entpuppte sich als ein alter Mann mit weißem Haar, das ihm in wirren Büscheln vom Kopf abstand. Seine Kleidung war abgerissen und mit seinem zotteligen Bart sah er ziemlich verwahrlost aus. Er wedelte mit den Armen und murmelte pausenlos vor sich hin.

»Jordí!«, rief Serra, der den Alten zu kennen schien. »Wie geht es Ihnen?«

Der Mann trat vor ihn und musterte ihn. Er war gut einen Kopf kleiner als Serra, und ich empfand es als peinlich, dass ich mir von ihm einen solchen Schrecken hatte einjagen lassen.

»Don Pep«, krächzte Jordí schließlich und ergriff Serras Hand, die er ausgiebig schüttelte. »Ja, ja, lange ist es her, lange, lange.«

»In der Tat, Jordí«, erwiderte Serra. »Was haben Sie so getrieben?«

»Dies und das, Don Pep, dies und das.« Er ließ Serras Hand los und vollführte eine Art Tanz vor uns. Wir standen um ihn herum und hatten die Xinos in diesem Moment beinahe vergessen.

»Jordí ist ein alter Freund von mir«, erklärte Serra uns. »Und er kannte auch Ihren Großvater, junger Mann. Sie sind ihm wie aus dem Gesicht geschnitten, wenn Sie mir die Bemerkung erlauben.«

Seine letzten Worte waren an Antonio gerichtet.

Lola fuhr herum und baute sich vor Serra auf.

»Woher wissen Sie, wer Antonios Großvater ist?«

»Von ihm selbst«, erwiderte Serra ungerührt.

»Sie kannten Abuelo Juan?«, fragte Antonio.

Serra nickte. »Wir hatten dann und wann miteinander zu tun.«

»Das haben Sie uns bei unserer ersten Begegnung ebenfalls verschwiegen!«, rief ich, ein wenig enttäuscht.

»Sie waren ja auch nicht offen zu mir.« Serra lächelte geheimnisvoll. »Da steht es unentschieden, um die Sprache des Sports zu verwenden. Jordí hier war mit Ihrem Großvater befreundet. Nicht wahr, Jordí, Juan war ein Freund von Ihnen, oder?«

»Ja, ja, der gute alte Juan«, keckerte Jordí und vollführte erneut eines seiner Tänzchen. »Wir waren gute Freunde, ja, das waren wir.«

»Er hat uns nie etwas von Ihnen erzählt«, sagte Lola.

»Ein Geheimnis, ja, ja, ein Geheimnis«, rief Jordí. Er war so laut, dass ich mich immer wieder umblickte, ob nicht von irgendwoher Morales und sein Komplize angestürmt kamen. Aber sie schienen nicht mehr in der Nähe zu sein.

»Ein Geheimnis?«, fragte Lola.

»Juans Geheimnis, Jordís Geheimnis«, sang der Zottelbart. »Ja, ja, Jordí weiß alles, sagt aber nichts.«

»Es wäre aber schön, wenn Sie uns etwas sagen würden, Jordí«, redete Serra auf ihn ein. »Dieser junge Mann hier ist Juans Enkel und muss seine Aufgabe fortführen.«

Woher wusste er das nun wieder? So langsam wurde mir Serra etwas unheimlich. Es schien so, als habe er uns von Anfang an überwacht und alle unsere Gespräche mitgehört. Dabei wusste ich genau, dass das nicht sein konnte.

»Hat Ihnen mein Großvater etwas von einem Notizbuch erzählt?«, wandte sich Antonio an Jordí.

»Ja, ja, Notizbuch«, krähte der Zottelige. »Beim verborgenen Turm, jawohl, beim Turm, geheim, geheim!«

»Geheim? Was ist geheim?«

»Geheim, ja, der Strand, das Notizbuch, der Turm, geheim, geheim!«

Sein Gekecker steigerte sich fast zur Ekstase.

Serra legte ihm beruhigend eine Hand auf die Schulter. »Ganz ruhig, Jordí, ganz ruhig.« Er zog eine Brieftasche aus seiner Jackentasche und fingerte einen 50-Euro-Schein hervor, den er seinem Gegenüber in die Hand drückte. »Jetzt kaufen Sie sich etwas Ordentliches zu essen, und dann vergessen Sie alles, was Ihnen Juan erzählt hat.«

»Vergessen, ja, ja, vergessen«, jubelte Jordí. »Danke, Don Pep, danke. Jordí vergisst, ja, ja, er vergisst.«

Er hüpfte in die Dunkelheit zurück, aus der er gekommen war. Eine Minute lang hörten wir noch sein Gekrächze, dann kehrte Ruhe ein.

»Ein verborgener Turm? Ein geheimer Strand?« Jakob bearbeitete sofort die Suchmaschine seines Smartphones.

»Das kann nur der Torre de las Aguas im Eixample sein«, platzte Lola heraus.

Jakob blickte auf. »Du kennst den Ort?«

»Klar, den kennt jeder. Ich bin als Kind oft mit meinen Freundinnen dort gewesen. Man nennt den Turm auch den geheimen Turm, weil ihn nur die Einwohner der Stadt kennen und er auch auf keiner Karte vermerkt ist.«

Serra nickte. »So ist es. Ich glaube, Sie haben gerade die Spur gefunden, die Sie gesucht haben.«

Wir blickten uns wortlos an.

Sollte das wirklich so einfach sein?

Und hatte Antonios Großvater tatsächlich dieser absurden Figur sein großes Geheimnis anvertraut?

Auf der anderen Seite wäre das genial gewesen. Wer kam schon darauf, einen Verwirrten wie Jordí zu verdächtigen?

Wie auch immer, für heute konnten wir die Suche beenden. Ich rief schnell zu Hause an, um meinen Eltern mitzuteilen, dass ich unterwegs war, und gemeinsam liefen wir zurück in Richtung Diagonal. Dort trennten sich unsere Wege.

Serra wünschte uns noch einmal viel Erfolg für den nächsten Tag. »Und denken Sie daran, vorsichtig zu sein. Am besten, Sie rufen mich direkt an, wenn Sie das Notizbuch haben.«

Aha, da lief der Hase also lang. Serra wollte nichts anderes als die anderen auch: die Aufzeichnungen von Antonios Großvater. Klar, er hatte uns geholfen, aber das war eher ein Zufall gewesen. Oder etwa nicht? Er hatte uns auch eine Menge verschwiegen und tat das wahrscheinlich immer noch. Wenn er gehofft hatte, so einfach zu unserem Bundesgenossen zu werden, hatte er sich getäuscht.

Jakob war ganz meiner Meinung.

Wir konnten uns nur auf uns selbst verlassen.

Der verborgene Turm

»Und wo soll hier, bitte schön, ein Wasserturm sein?«, fragte Jakob.

Er hatte recht. Von einem Turm war ebenso wenig zu sehen wie von einem Strand. Der Carrer de Roger de Llúria war eine der vielen mehrspurigen Straßen Barcelonas, über die die Autos und Mopeds dahinfegten. Selbst auf Google Maps hatten wir nirgendwo einen Turm entdecken können.

»Dann schaut mal da.« Lola deutete auf eine schmale Toreinfahrt, in der nacheinander drei Frauen mit Kinderwagen und mehreren kleinen Kindern im Schlepptau verschwanden.

Wir überquerten die Straße. Die Einfahrt sah aus wie ein ganz normaler Durchgang zum Hof eines Wohnhauses, nur ein schmales Schild an der Hauswand wies darauf hin, dass dies der Zugang zum Wasserturm war. Schon hier waren das Platschen von Wasser und das Geschrei von Kindern zu hören.

Am Ende des Durchgangs saß ein junger Mann hinter einem Klapptisch und verkaufte Eintrittskarten. Wir zahlten jeder einen Euro, dann durften wir weiter.

Und plötzlich standen wir in einer anderen Welt.

Ein großer Teil des Innenhofes war mit Bäumen bepflanzt, in deren Schatten überall Sitzbänke aufgebaut waren. Ein alter, gemauerter Wasserturm ragte inmitten eines künstlichen Teiches in die Höhe. Dutzende kleiner Kinder plantschten in dem flachen Wasser herum. Rund um den Teich war Sand aufgeschüttet worden, wo Mütter mit Kinderwagen in der Sonne saßen und ihren Kleinen beim Spielen zusahen.

»Faszinierend«, murmelte Jakob.

Überall herrschte ein reges Treiben. Kinder rannten geschäftig hin und her, Mütter standen in Gruppen beieinander und unterhielten sich, und in den umliegenden Häusern lehnten hier und da ältere Männer oder Frauen auf dem Fensterbrett und betrachteten das Geschehen.

Zum zweiten Mal in den letzten Tagen fühlte ich mich außerhalb unserer Wohnung richtig sicher. Hier war Barcelona so, wie ich es kannte: lebendig, fröhlich und laut. Kein Vergleich zu den düsteren Gassen, durch die wir gestern Abend geirrt waren.

Wir gingen zum Turm, der über mehrere ins Wasser eingelassene Trittstufen zu erreichen war. Ein Blick darauf und meine gute Laune verflüchtigte sich sofort wieder. Die Tür bestand aus massivem Metall und war natürlich verschlossen.

»Da werden wir nie reinkommen«, sagte ich ernüchtert.

Auch Lola ließ die Schultern hängen. Nur Jakob war, wie immer, nicht entmutigt.

»Wir brauchen eben gutes Werkzeug.«

»Na klar. Und dann fummeln wir vor aller Augen an der Tür rum«, erwiderte ich.

»Hmm.« Er wies in die Höhe. »Seht ihr das Fenster über der Tür?«

Die Öffnung war mit einer Holzluke verschlossen, von der ein Flügel ein wenig offen stand. »Wir brauchen nur eine Leiter, dann können wir da rein«, triumphierte Jakob.

»Und wie kriegen wir die hier rein?«

»An einem Ort wie diesem wird es garantiert eine Leiter geben.« Er blickte sich um. »Da!« Er deutete auf eine Stelle neben dem Eingang. Da lehnte tatsächlich eine Holzleiter an der Wand. »Wir müssen nur wiederkommen, wenn hier geschlossen ist.«

»Und dann? Wie kommen wir wieder rein? Hast du das Tor nicht gesehen?«

»Dann lassen wir uns einfach einschließen!«

Ich drehte mich einmal um meine eigene Achse. »Wo genau willst du dich denn hier verstecken?«

»Hat dir schon einmal jemand gesagt, dass du einen Hang zum Negativen hast?«, fragte er. »Probleme gibt es immer. Und der leichteste Weg ist stets der, Argumente dafür zu finden, warum etwas *nicht* geht. In derselben Zeit könntest du aber auch nach einem Weg suchen, das Problem zu lösen.«

Ohne eine Antwort abzuwarten, drehte er sich um und machte sich daran, das Gelände abzuschreiten.

Ich starrte ihm wortlos hinterher.

Das hatte gesessen.

War ich wirklich so *negativ*, wie er gesagt hatte?

Und überhaupt, so eine Aussage von *ihm!* Er kannte das Leben doch bloß aus seiner Suchmaschine und seinen Büchern. Da wollte er mir erzählen, wie ich im Alltag zurechtkommen konnte?

Aber ich musste zugeben, ein kleines bisschen hatte er vielleicht recht. Seit wir nach Barcelona gezogen waren, hatte ich mich verändert. Doch bevor ich darüber weiter nachdenken konnte, kehrte er zu uns zurück. Er hatte gerade noch einen gemauerten Schuppen in der Nähe des Eingangs gründlich inspiziert.

»Wir könnten in den Toiletten verschwinden.«

»Das funktioniert nicht«, meldete sich Lola zu Wort. »Wenn wir da jetzt reingehen, fällt das auf, und wenn wir es kurz vor Schluss versuchen, dann wird man uns sehen, weil nicht mehr so viele Besucher da sind. Und selbst wenn das funktionieren würde, wie kommen wir dann wieder raus? Oder willst du die ganze Nacht hier verbringen?«

»Da finden wir schon einen Weg.« Jakob blickte sich suchend um. Die gesamte Anlage war mit einer Mauer von den Hinterhöfen der umliegenden Wohnhäuser abgeteilt. »Da können wir drüberklettern, was meint ihr?«, fragte er.

Eigentlich wollte ich nichts mehr dazu sagen, aber sein Optimismus regte mich langsam auf. Wie konnte ich ihn anfangs nur so falsch einschätzen? Nie hätte ich gedacht, dass dieser Bücherwurm und Computerfreak so ein Draufgänger sein konnte, der alle Bedenken beiseitewischte.

Ich raufte mir verzweifelt die Haare. »Das wird nie und nimmer funktionieren! Nicht alles, was *theoretisch* möglich ist, kann auch *praktisch* umgesetzt werden.«

»Ja, ja, schon gut. Es sind ein paar Unwägbarkeiten, das sehe ich ein. Aber was sollen wir denn sonst machen?«

Lola scheuchte uns zu einer freien Bank. Da hockten wir nun wie drei Häufchen Elend und überlegten, was wir tun könnten.

»So kurz vor dem Ziel und dann das«, seufzte Lola. Ich hatte das Gefühl, sie erneut hängen zu lassen. Es *musste* doch eine Lösung geben! Wenn Antonio recht hatte und mein Kopf meine Waffe war, dann war es an der Zeit, diese auch wirklich zu gebrauchen, anstatt mich immer auf Jakobs Wissen und Schlussfolgerungen zu verlassen.

»Wer sagt eigentlich, dass wir *im* Wasserturm suchen müssen?«, fragte ich. »Davon hat Jordí doch nicht gesprochen, oder?«

»Stimmt«, meinte Lola. »Wir nehmen das nur an, weil es hier sonst keine Verstecke gibt. Es sei denn, wir graben den ganzen Hof um.«

»Der Hof …«, murmelte ich. Eine schwache Stimme in meinem Kopf wollte mir etwas sagen, aber ich verstand es nicht. Ich hielt mir die Ohren zu, um den Lärm auszuschalten. »Der Hof …«, murmelte ich noch einmal vor mich hin.

Jakob und Lola schauten mich verwundert an. Ich konzentrierte mich und vor meinem inneren Auge sah ich den Umriss des Innenhofes, in dem wir uns befanden. Er war nahezu quadratisch.

Ein Quadrat …

Ich sprang auf. »Das magische Quadrat!«, rief ich und presste mir sofort die Hand auf den Mund.

»Was ist damit?«, fragte Lola.

Ich fischte bereits mein Smartphone heraus, um das Foto aufzurufen, das ich davon an der Sagrada Família gemacht hatte. »Was wäre, wenn sich das magische Quadrat hier auf das Gelände bezieht und nicht auf Arnulfos Buchladen?«

»Dann hätten wir einen gewaltigen Umweg gemacht«, sagte Lola.

»Aber das ist noch nicht bewiesen«, warf Jakob ein, denn schließlich ging es um seine Ehre.

»Du meinst, mithilfe des Quadrats können wir das Versteck finden?«

Ich nickte. »Lolas Großonkel hat sein Notizbuch hier irgendwo versteckt, weil er sich wahrscheinlich von Morales oder wem auch immer bedroht fühlte. Und dann hat er einen Hinweis in Form des Zettels, den wir gefunden haben, hinterlassen, den allerdings nur der richtig entschlüsseln kann, der von der Existenz des Wasserturms weiß.«

»Heißt es in dem Gedicht nicht *auf Wasser gebaut?*«, rief Lola aufgeregt. »Damit könnte der Wasserturm gemeint sein!«

»Langsam, langsam.« Auch Jakob hatte ein Foto des Quadrats auf seinem Smartphone aufgerufen. »Es gibt mehrere Möglichkeiten, das Quadrat zum Hof in Beziehung zu setzen. Vier, um genau zu sein. Angenommen, wir haben die richtige Ausrichtung, was dann?«

»Die Zahlen könnten Schritte sein, die man abzählen muss«, mutmaßte Lola.

»Gut, aber wo fängt man an und wo hört man auf?«

»Vielleicht da, wo Subirachs die falschen Zahlen eingesetzt hat?«, schlug ich vor.

»Das wäre eine Möglichkeit.« Jakob blickte sich um. »Ich vermute mal, der Pfad wird nicht an der Seite des Turms enden, denn dann würden wir durchs Wasser marschieren müssen. Bleiben also noch drei Möglichkeiten. Was meint ihr?«

Wir liefen langsam an den Außenwänden des Hofes entlang. Die Wand gegenüber dem Eingang war kahl und bot keinerlei Verstecke. Die Wand gegenüber dem Turm wurde von einem mit Sträuchern bepflanzten Beet verdeckt. Der Boden war weich, darin konnte man etwas Kleines ohne Weiteres verbergen. Und die Wand an der Eingangsseite bot gleich mehrere Versteckmöglichkeiten.

Ich blickte mich noch einmal um. Links von mir befand sich die gepflasterte Fläche mit den jungen Bäumen. Rechts davon, nahe dem Teich, stand der einzige ältere Baum, dessen Stamm schon einen gewissen Umfang erreicht hatte. Irgendetwas an ihm zog mich an.

Ich warf einen Blick auf das magische Quadrat und lief dann zwischen den tobenden Kindern hindurch quer über den Hof bis zu dem Baum. Sein Stamm teilte sich bereits knapp über dem Boden und wuchs in zwei Richtungen in die Höhe. Ich zog mich zu der Gabelung hoch und betrachtete den dickeren Stammteil etwas genauer.

Inzwischen waren auch Jakob und Lola herangekommen. »Was machst du da?«, fragte Lola.

»Bevor wir jetzt tausend Schrittkombinationen ausprobieren, wollte ich etwas überprüfen«, erwiderte ich. »Wenn man das Quadrat richtig über die Hoffläche legt, dann ist dies in etwa der Platz für die 14. Also eine der Zahlen, die Subirachs ausgetauscht hat.«

»Und du meinst, das Notizbuch ist im Baum versteckt?«

»Vielleicht.« Inzwischen hatten wir schon die Aufmerksamkeit einiger Besucherinnen auf uns gezogen. Drei Jugendliche fielen sowieso auf, und wenn sie dazu noch anfingen, einen Baum zu besteigen, dann konnte es nicht mehr lange dauern, bis eine Aufsichtsperson auftauchte.

Ich zog mich ein Stück den Stamm empor. Mit einer Hand hielt ich mich fest, mit der anderen klopfte ich den Stamm ab. Alles klang massiv. Ich rutschte noch ein wenig höher. Aus dem Augenwinkel bemerkte ich, wie zahlreiche Kinder ihr Spiel unterbrochen hatten und mich anstarrten.

Dummerweise kam nun auch der Kassierer in unsere Richtung.

Erneut pochte ich an den Stamm. Da! Ich pochte noch einmal.

Dort war ein Hohlraum!

Ich drückte mit den Fingern gegen die Rinde, die an dieser Stelle merkwürdig glatt war. Sie vibrierte leicht. Sehen konnte ich nichts, aber es fühlte sich so an, als habe jemand mit Absicht eine Öffnung getarnt.

Der Kassierer war inzwischen fast am Baum angelangt. Selbst wenn das Notizbuch hier verborgen war, würde ich es kaum vor seinen Augen einstecken können.

Jakob und Lola traten dem Mann entgegen, der mir zurief, sofort vom Baum herunterzukommen. Sie begannen, auf ihn einzureden. Fieberhaft drückte ich gegen die Abdeckung. Mit einem Mal klappte sie nach innen weg.

Ich hörte Jakob etwas von einer Schnitzeljagd durch die Stadt erzählen, bei der wir Hinweise entschlüsseln und verborgene Gegenstände finden mussten. Der Mann schnitt ihm das Wort ab.

»Das ist hier ein Platz für Mütter und Kinder!«, schrie er. »Nicht für Halbstarke, die den Affen spielen! Komm sofort da runter!«

Ich schob meine Hand in die Öffnung und tastete darin herum.

Bingo!

Meine Finger erfühlten ein Stück Plastik. Ich klemmte es zwischen Zeigefinger und Mittelfinger und zog es vorsichtig in die Höhe. Es war nicht besonders schwer oder groß, und wenige Sekunden später hatte ich es aus der Öffnung herausgezerrt. Wenn in das Plastik ein Notizbuch eingewickelt war, dann war es klein. Umso besser, denn so konnte ich es unauffällig in meiner Handfläche halten.

Unten drohte der Mann damit, die Polizei zu rufen. »Ich geb euch noch eine Minute, dann seid ihr hier verschwunden!« Sein Gesicht war knallrot angelaufen, und er steigerte sich immer weiter in seine Erregung hinein, wohl auch, weil er merkte, dass wir ungefährlich waren.

»Ich komm ja schon runter!«, rief ich und rutschte langsam den Stamm hinab. An der Gabelung angekommen, sprang ich auf der gegenüberliegenden Seite vom Baum, ging ein wenig in die Hocke und ließ dabei das Päckchen in meiner Hosentasche verschwinden.

»Raus mit euch!«, befahl der Mann und deutete

auf den Ausgang. Um ihn herum hatte sich eine Traube von Schaulustigen gebildet.

Ich nickte Jakob und Lola kurz zu. Die Menge vor uns teilte sich und wir liefen Richtung Toreinfahrt.

Der Mann folgte uns schimpfend. Wir zogen ein wenig die Schultern ein wie reumütige Sünder, was ihn aber nicht beruhigte. Bis zur Straße hallten seine Tiraden noch hinter uns her, und er hörte erst auf, als wir außer Sichtweite waren.

»Gut, dass ich aus dem Plansch-Alter raus bin«, sagte Lola kichernd. »Da brauchen wir uns nicht mehr blicken zu lassen.«

»Halbstarkes Gesindel«, ahmte ich den Aufseher nach.

»Runter von dem Baum, du Affe!«, imitierte ihn Lola.

Und dann brachen wir alle drei in schallendes Gelächter aus.

Es dauerte eine Weile, bis wir uns wieder beruhigt hatten. Es war, als habe sich die ganze Anspannung der letzten Tage in diesem Lachanfall entladen. Selbst Jakob konnte sich dem nicht entziehen.

»Und?«, drängte er schließlich.

Ich klopfte nickend gegen meine Hosentasche. »Aber nicht hier«, sagte ich.

»Dann lasst uns zu mir gehen«, schlug Lola vor. »Dort sind wir sicher.«

Eine Viertelstunde später hockten wir in Lolas

Zimmer. Auch Antonio war zu uns gestoßen. Gemeinsam hatten wir mit angehaltenem Atem das Plastik aufgewickelt und es war tatsächlich ein altes Notizbuch zum Vorschein gekommen. Da es das Notizbuch seines Großvaters war, hatte Antonio die Aufgabe übernommen, daraus vorzulesen.

Er blätterte ein wenig in dem schmalen, abgegriffenen Heft herum, räusperte sich einmal und begann: »*Wenn ihr diese Zeilen lest, dann werde ich nicht mehr bei euch sein. Sie sollen euch als Warnung dienen und zugleich eine Anleitung für den, dessen Aufgabe es ist, mein Erbe anzutreten.*

Wer dieses Notizbuch gefunden hat, hat seine Fähigkeit bewiesen, Rätsel zu lösen. So wird er auch diese letzte Aufgabe meistern können.

Er liegt nicht im Kloster
Sondern davor
Das doppelte Kreuz
Es bildet das Tor
Und wenn du ihn findest
Dann gib gut acht
Lass dich nie verführen
Von seiner Macht

Du weißt, worum es geht. Seit jungen Jahren bin ich der Wächter eines Gegenstandes, den wir in unserer Familie nur als BLUTRING *bezeichnet haben. Vor mir hatte mein Vater diese Aufgabe, davor mein Großvater, und so geht es viele Generationen zurück, fast bis in jene Zeit, als der Blutring in unser Land gekommen ist.*

Der Ring wurde, der Legende nach, einst von einem Goldschmied aus unserem Volk gefertigt. Er lebte in Samarkand, einer der prächtigsten Städte des Orients. Sein Ruf reichte weit über die Grenzen der Stadt hinaus.

Eines Tages kam ein Abgesandter des Herrschers zu ihm. Er erteilte dem Goldschmied den Auftrag, einen Ring anzufertigen aus purem Gold. Aber nicht nur das: Er händigte ihm einen Tiegel aus, in dem sich eine übel riechende Substanz befand. Diese sollte in den Ring eingearbeitet werden, ohne dabei seine Reinheit zu beeinflussen.

Der Goldschmied, der selbst viel gereist war, erkannte das Siegel, das in den Tiegel eingebrannt war, und erschauerte. Es war das Zeichen eines Stammes, der in einem versteckten Tal des Himalaya lebte und eine bösartige Zauberkunst betrieb, die jeden vernichtete, der in ihre Nähe kam.

Aber der Name des Herrschers war Timur-e Lang, und man widersetzte sich seinem Willen nicht, wollte man nicht seinen Kopf auf einen Pfahl gespießt wiederfinden. Der Name bedeutete so viel wie Timur der Gelähmte, doch durfte man sich davon nicht täuschen lassen. Er war ein großer Krieger und hatte vor, mit seinen Mongolenreitern die ganze Welt zu erobern.

Also machte sich der Goldschmied an die Arbeit. Es dauerte viele Monate, bis er endlich fertig war und den Ring in den Palast brachte. Er wurde in die privaten

Gemächer Timurs geführt, wo der Herrscher persönlich den Ring entgegennahm und gründlich untersuchte. Als er schließlich zufrieden war, steckte er den Ring auf einen seiner Finger und schlug dem Goldschmied den Kopf ab.

Von nun an war Timur bei seinen Eroberungszügen erfolgreicher als je zuvor. Er war schon immer grausam gewesen, doch nun steigerte sich seine Unmenschlichkeit ins Unermessliche. Zu Hunderttausenden ließ er die Bevölkerung in den eingenommenen Gebieten ermorden. Vor den Städten, die er überrannte, stapelten sich die Schädeltürme mit den Köpfen der Dahingeschlachteten, und wenn ihn die Lust dazu überkam, ließ er Tausende von Menschen lebendig einmauern. Solches ist die Macht des Blutrings.«

»Mit modernen, wissenschaftlichen Methoden könnte man heute untersuchen, aus welchen Bestandteilen der Ring besteht«, rief Jakob aufgeregt. »So wäre es möglich, festzustellen, ob an der Legende etwas dran ist.«

Antonio nickte.

Ich war eher skeptisch. Die Xinos waren nicht hinter dem Ring her, weil er einen wissenschaftlichen Wert besaß. Wenn ich auch nicht an die Legende glaubte, so lief mir bei der Geschichte doch ein Schauer über den Rücken, denn wenn nur ein Körnchen Wahrheit daran war, dann durfte niemand diesen Ring in die Hände bekommen, nicht einmal ein Forscher.

»Der Blutring verschaffte Timur auch die Herrschaft über die SCHWARZEN REITER«, fuhr Antonio mit dem Vorlesen fort. *»Oder herrschten sie über ihn? Wer kann es sagen. Sie sollen die Nachfolger der legendären* UNSTERBLICHEN, *der Leibwachen der großen persischen Herrscher wie Darius oder Xerxes sein. Aber sind sie nicht vielleicht der Fluch, der aus jenem Tal im Himalaya kam und der bis heute wirkt, wenn jemand den Ring trägt? Es waren Angehörige unseres Volkes, die die Geschichte des Blutrings kannten und die ihn nach Timurs Tod in ihren Besitz brachten und mit ihm nach Europa aufbrachen. Sie wollten ihn weit weg und in Sicherheit bringen, damit ihn kein Mensch mehr nutzen konnte. Doch die* SCHWARZEN REITER *folgten ihnen bis nach Spanien und töteten die gesamte Kumpania. Den Ring bekamen sie allerdings nicht, denn den hatten unsere Vorfahren rechtzeitig dem Abt des Klosters Poblet übergeben, der ihn sicher verbarg.*

Doch nichts hat ewig Bestand. Das Kloster wurde in einem der vielen spanischen Bürgerkriege dem Erdboden gleichgemacht und die Mönche flohen von diesem Ort. Es ist fraglich, ob einer von ihnen überhaupt noch wusste, was im Kloster verborgen war.

Das stellte auch den damaligen Wächter vor Probleme. Denn nach der Zerstörung des Klosters war auch ihm nicht bekannt, wo genau sich der Ring befand oder ob er nicht sogar von den Plünderern unwissentlich mitgenommen worden war. So behielt er die Ruinen des Klosters im Auge. Und das war gut so.

Viele Jahre später fanden drei Freunde durch Zufall den Ring. Sie hießen Güell, Gaudí und Ribera. Ja, es war jener Gaudí, dem wir unsere prächtige Kathedrale, die Sagrada Família, verdanken. Manche behaupten, Gaudís ungewöhnliche Ideen seien darauf zurückzuführen, dass er den Ring kurzzeitig getragen habe, so wie auch seine beiden Freunde, die durch ihn ebenfalls zu Ruhm und Reichtum gelangten.

Gaudí spürte, welche dunkle Kraft dem Blutring innewohnte. Er verschaffte seinem Träger zwar Einfluss und Reichtum, zugleich verwandelte er aber seine Persönlichkeit.

Der damalige Wächter, mein Urgroßvater, nahm zu Gaudí Kontakt auf und überzeugte ihn davon, ihm den Ring anzuvertrauen. Der Architekt, der rechtzeitig gemerkt hatte, was mit ihm geschah, kam dem Wunsch nach, ohne seine beiden Freunde zu informieren.

Mein Urgroßvater reiste nach Poblet und versteckte den Ring dort erneut. An jenem Ort liegt er heute noch, und meine Aufgabe ist es, über ihn zu wachen.

Doch ich spüre, dass dies meine Kräfte übersteigt. Denn es gibt eine Gruppe von Menschen, die vor keinem Verbrechen zurückschrecken, um den Ring in ihren Besitz zu bringen. Sie sind die Nachfolger von Gaudís Jugendfreund Güell. Jener war als spanischer Konsul in China, wo er von der wahren Macht des Blutrings erfuhr. Nach seiner Rückkehr gründete er eine Geheimorganisation, deren einziges Ziel es war, den Ring aufzuspüren.«

»Die Xinos!«, unterbrach Lola ihren Cousin.

»Ja, die Xinos.« Er nickte. »Es ist also alles wahr, was Arnulfo erzählt hat.«

»Und Serra«, ergänzte ich.

»Keiner von den beiden hat uns belogen«, sinnierte Lola. »Und trotzdem stimmt mit ihnen etwas nicht.«

»Vielleicht finden wir hier die Aufklärung«, sagte Antonio. »Abuelo Juan schreibt nämlich etwas über die Xinos: *Diese Organisation gibt es heute noch und sie haben geschafft, was sie hundert Jahre lang vergeblich versucht haben. Sie haben den Wächter des Rings, also mich, aufgespürt.*

Vor fünf Jahren sprach mich in einer Bar ein Mann an. Er bot mir viel Geld für Informationen über das Versteck des Blutrings. Ich gab vor, nicht zu wissen, wovon er sprach, doch er ließ sich nicht abschütteln. Er kannte die Geschichte des Rings und drohte mir damit, meiner Familie zu schaden, wenn ich ihm nicht die Auskunft gab, die er verlangte.

Immer wieder tauchte er in meiner Nähe auf, und als ich weiter schwieg, machte er seine Drohung wahr. Er tötete Luisa, meine Ehefrau seit fast fünfzig Jahren. Es sah zwar aus wie ein normaler Tod durch einen Herzinfarkt, aber ich wusste, dass dies sein Werk war.«

»Abuela Luisa wurde *ermordet?!*«, rief Lola. »Warum wurde das damals nicht festgestellt? Warum hat Großonkel Juan das nicht gesagt?«

»Er wird seine Gründe gehabt haben«, mutmaßte

Antonio, dem die Betroffenheit ebenfalls anzumerken war.

»Welche Gründe können jemanden dazu bewegen, einen Mord zu verschweigen?«

»Du hast doch gehört, was Arnulfo gesagt hat«, mischte sich Jakob ein. »Die Xinos haben Verbindungen in höchste Kreise. Wahrscheinlich hätte man die Anschuldigungen deines Großonkels als Spinnereien eines Gitano abgetan.«

»Vielleicht sollten wir weiterlesen«, schlug Antonio vor. »Möglich, dass Abuelo Juan ja noch etwas über seine Gründe zu Papier gebracht hat.«

Er suchte die Stelle, an der er aufgehört hatte, und fuhr fort: *»Ich kannte nur noch ein Ziel: Rache. Aber auf einmal war er wie vom Erdboden verschluckt. Da ich ihn immer auf der Linie zwischen Gràcia und Sant Gervasi getroffen hatte, bezog ich mit meinem treuen Manolo Stellung vor dem Caprabo-Supermarkt und beobachtete von früh bis spät die Vorbeigehenden.*

Seit vielen Jahren sitze ich nun vor dem Supermarkt, in der Maske eines Bettlers, und warte darauf, dass jener Mann zurückkommt, der meine Luisa auf dem Gewissen hat. Der Mann mit dem Blutschwamm auf der Stirn.«

»Morales!«, riefen Lola, Jakob und ich gleichzeitig.

Antonio ließ das Notizbuch sinken. »Wenn ich daran denke, dass wir ihm direkt gegenübergestanden haben …« Sein Gesicht nahm einen harten Ausdruck an.

»Wenn er Abuela Luisa mit einem scheinbaren

Herzinfarkt getötet hat, dann hat er Abuelo Juan vielleicht auch auf diese Weise ermordet!«, rief Lola.

Aus Filmen wusste ich, dass es besondere Gifte gab, die einen Tod wie einen Herzinfarkt aussehen ließen, aber der alte Juan hätte gewiss nichts gegessen oder getrunken, das ihm Morales gegeben hätte.

»Wir sollten keine voreiligen Schlüsse ziehen«, sagte Antonio. »Morales ist gefährlich, das wussten wir vorher schon. Ob er nun ein mehrfacher Mörder ist oder nicht. Das werden wir nicht mehr feststellen können. Aber wir müssen noch wachsamer sein als bisher.«

Das war ganz meine Meinung. Von einem Schläger, wie er einer war, verfolgt zu werden, war schon schlimm genug. Aber von einem Mörder?

Wir diskutierten eine Weile hin und her, dann nahm sich Antonio wieder das Notizbuch vor. »Bis hierhin sind die Aufzeichnungen mit derselben Tinte geschrieben worden. Was jetzt folgt, ist offenbar später hinzugefügt worden: *Und gestern Morgen sah ich ihn.*

Er war auf der anderen Straßenseite unterwegs, und ich sprang, so gut ich das in meinem Alter noch kann, auf und folgte ihm.

Ob er mich gesehen hat? Ich weiß es nicht. Doch was immer mir auch zustößt, eines musst du wissen: Zur Aufgabe des Wächters gehört es, darüber zu entscheiden, was mit dem Blutring geschieht. Der Ring ist unzerstörbar, denn in ihm lebt ein Zauber, der mächtiger ist als die materielle Welt. Bisher haben wir ihn immer so verborgen, dass wir, sollte es notwendig sein, Zugang zu ihm hatten. Inzwischen glaube ich, es ist besser, den Ring an einen Ort zu bringen, an dem ihn keine Menschenhand erreichen kann.

Ob ich dazu noch die Kraft und die Zeit besitze, das weiß ich nicht. Aber du, mein Nachfolger, solltest dir gut überlegen, ob das nicht der richtige Weg ist.

Und hüte dich vor jedem, der vorgibt, etwas über den Blutring zu wissen!« Antonio ließ das Notizbuch sinken. »Das ist alles.«

Schweigend saßen wir in der Runde.

Jakob ergriff als erster das Wort: »Statt einer Lösung ein neues Rätsel.«

»Aber zumindest das letzte«, sagte ich.

Er tippte bereits auf seinem Smartphone herum »Für *Poblet* und *Doppelkreuz* gibt es keine Suchergebnisse.«

Lola sprang auf. »Wir müssen hin. Und zwar so schnell wie möglich.«

»Nach Poblet?«

Sie nickte. »Dort liegt der Ring versteckt. Wir müssen ihn finden, bevor es die Xinos tun.«

»Ohne das Notizbuch haben sie doch keine Chance«, sagte Jakob.

»Da wäre ich nicht so sicher«, widersprach ich. »Bisher sind sie immer dann aufgetaucht, wenn wir es am wenigsten erwartet haben. Je eher wir nach Poblet kommen, desto besser. Morgen ist Samstag, da haben wir keine Schule. Wir könnten doch einen kleinen Ausflug unternehmen.«

»Ich fürchte nur, mein Auto hält die Fahrt nicht mehr durch«, sagte Antonio. »Der Wagen verliert Öl und muss dringend in die Werkstatt.«

»Gibt es keinen Bus, mit dem wir fahren können?«, fragte ich.

»Ich glaube, das wäre keine gute Idee. Wir brauchen Schaufeln und andere Werkzeuge, um auf alles vorbereitet zu sein.«

»Kannst du dir keinen Wagen leihen, Antonio?«, fragte Lola.

Ihr Cousin kratzte sich am Kopf und grinste verlegen. »Das ist momentan etwas schwierig. Die letzten beiden Male, als ich mir ein Auto geliehen habe, gab es ein paar ... Probleme. Seitdem bekomme ich hier im Viertel keinen Wagen mehr. Was meint ihr, warum ich mir die alte Rostlaube gekauft habe?«

»Mmmh«, brummte Jakob. »Warum fragen wir nicht einfach Arnulfo?«

»Auf keinen Fall!«, protestierte ich.

»Warum nicht? Er kennt die Geschichte, und einen weiteren Erwachsenen dabeizuhaben, kann nicht schaden, falls Morales wirklich dort auftaucht.«

»Lasst uns lieber bei Serra anrufen«, schlug ich vor.

Jakob zuckte mit den Schultern. Ich kramte Serras Visitenkarte hervor und wählte die Nummer. Es klingelte lange, aber niemand ging dran. Ich versuchte es noch zwei Mal, mit demselben Ergebnis.

»Dann also doch Arnulfo«, sagte Jakob. »*Mir* ist er sowieso sympathischer als Serra.«

Der Buchhändler ging nicht nur direkt ans Telefon, er war auch bereit, uns am nächsten Tag nach Poblet zu bringen.

Am liebsten wären wir sofort losgefahren, aber es war schon wieder Abend. Wir machten noch eine Liste der Dinge, die wir mitnehmen wollten, und köpften uns noch einmal das letzte Rätsel vor. Allerdings kamen wir übereinstimmend zu der Erkenntnis, dass es sich nur vor Ort lösen lassen würde.

Mit etwas Glück würden wir den Blutring schon morgen in den Händen halten.

Das doppelte Kreuz

Wir brachen am frühen Morgen auf.

Arnulfo fuhr. Er hatte einen schwarzen Geländewagen, der so gar nicht recht zu ihm passen wollte, fand ich. Antonio saß neben ihm auf dem Beifahrersitz, Lola, Jakob und ich auf der Rückbank. Hinter uns im Laderaum befanden sich diverse Werkzeuge, die wir vielleicht benötigen würden: Spaten, Schaufeln, eine Spitzhacke, ein Akkubohrer, Taschenlampen, ein Scheinwerfer mit einem kleinen Generator und noch einiges mehr. Alles frisch erworben in einem Heimwerkermarkt, den wir zuerst angesteuert hatten.

Dad hatte es reichlich Überwindung gekostet, mich gehen zu lassen. Er war ja nicht blöd, und mein plötzliches Interesse an katalanischen Kulturgütern kam ihm langsam seltsam vor. Aber da er keine handfesten Einwände finden konnte und Jakob auch mitkam, willigte er schließlich ein.

Arnulfo fuhr bedächtig, überholte nicht unnötig und summte die Melodien, die im Radio kamen, mit. Antonio hatte den Kopf zurückgelehnt und hielt ein Nickerchen. Er hatte die ganze Nacht gefeiert und war entsprechend erschöpft. Bereits am Treffpunkt hatte er uns mit einem ausladenden Gähnen empfangen, und auch der große Becher Kaffee, den er in der Hand gehalten hatte, hatte ihn nicht viel wacher gemacht.

Es war ein sonniger Tag und am klaren blauen Himmel waren keine Wolken zu sehen. Wir kamen gut voran, denn um diese Zeit wälzte sich der Verkehr nach Barcelona hinein, um die Menschen zu ihren Arbeitsplätzen zu bringen.

Immer wieder drehte ich mich um und spähte aus dem Rückfenster, um mögliche Verfolger zu entdecken.

»Ich hab den Verkehr im Auge, Kleiner«, sagte Arnulfo. »Uns folgt niemand.«

»Das finde ich schon merkwürdig genug«, sagte ich. Und wieso überhaupt *Kleiner?* Ich wusste, warum ich Arnulfo nicht besonders mochte. »Erst stiefeln die Xinos tagelang hinter uns her, und dann sind sie auf einmal weg.«

»Sie haben vielleicht gemerkt, dass wir auch nicht mehr wissen als sie«, vermutete Jakob.

»Das glaube ich nicht.« Ich drehte mich erneut um. Irgendwas stimmte hier nicht. Morales machte nicht den Eindruck, als würde er einfach so aufgeben. Aber seit Lolas missglückter Entführung hatten wir von ihm und seinen Komplizen nichts mehr gesehen, bis auf den Abend, an dem wir ihnen zu den Geisterhäusern gefolgt waren.

Ein ungeheurer Verdacht stieg in mir auf. »Habt ihr euch mal gefragt, ob das mit den Geisterhäusern nur ein Ablenkungsmanöver war?«

»Ablenkung wovon?«, fragte Jakob.

»Sie wollten uns in Sicherheit wiegen und uns glauben machen, wir hätten den Spieß umgedreht. In Wirklichkeit haben sie uns vielleicht die ganze Zeit beschattet.«

»Das würde bedeuten, sie wussten etwas von meiner Software. Sehr unwahrscheinlich.«

»Das muss nicht sein«, sagte Lola. »Sie können uns auch einfach bemerkt haben.«

»Selbst dann hätten sie sich denken können, dass ihr nichts wisst«, bemerkte Arnulfo. »Warum hättet ihr ihnen sonst folgen sollen?«

»Was wiederum voraussetzt, dass sie logisch und rational vorgehen«, entgegnete Jakob. »Und den Eindruck haben sie auf mich bislang nicht gemacht.«

Antonio rekelte sich und schlug die Augen auf. »Wie weit ist es denn noch?«, fragte er.

»Etwa eine Viertelstunde«, erwiderte Arnulfo mit einem missbilligenden Blick auf seinen Nebenmann. Poblet lag nicht weit von Barcelona entfernt. Mit dem Auto, selbst bei Arnulfos bedächtiger Fahrweise, war man in eineinhalb Stunden da.

»Was machen wir eigentlich mit dem Ring, wenn wir ihn gefunden haben?«, fragte ich meine Begleiter. Wir waren immer so auf die Suche konzentriert gewesen, dass wir darüber noch gar nicht gesprochen hatten.

Klar, Antonio hatte gesagt, er wollte ihn als kulturelles Erbe einem Museum schenken, aber ich hatte inzwischen meine Zweifel, ob das wirklich so eine gute Idee war. Vor allem, nachdem wir das Notizbuch des Alten gelesen hatten.

»Ich denke, das sollten wir entscheiden, wenn wir ihn haben«, antwortete Antonio.

»Ich bin dafür, ihn so zu verstecken, dass niemand mehr an ihn herankommen kann«, meinte Lola. »Zum Beispiel im Meer versenken.«

»Gute Idee«, pflichtete ich ihr bei.

»Habt ihr das wirklich vor?«, fragte Arnulfo ungläubig. »Ihr wollt einen unermesslich wertvollen Schatz einfach so wegwerfen?«

»Wenn dieser Schatz tatsächlich über die Kräfte verfügt, die ihm zugeschrieben werden, dann ja«, sagte Lola bestimmt.

»Und wie wollt ihr das feststellen?«

Gute Frage. Das hatten wir noch gar nicht bedacht. Es gab so viele Dinge, über die wir nicht nachgedacht hatten, weil wir so sehr mit der Suche beschäftigt waren und damit, den Xinos zu entgehen.

Jakob war der Einzige, der klar und deutlich erklärte, den Ring behalten zu wollen. »Legenden haben fast immer einen wahren Kern«, sagte er. »Warum sollte das in diesem Fall anders sein?

Deswegen muss der Ring nicht verflucht sein. Aber vielleicht besitzt er eine besondere Leitfähigkeit, weil er aus einer unbekannten Legierung gefertigt worden ist.«

Ich hatte keine Lust, mit ihm darüber zu diskutieren. Je eher der Ring an irgendeinem unerreichbaren Ort lag, umso besser. Jetzt hatte ich das Abenteuer, auf das ich mich zu Anfang unserer Suche gefreut hatte, und ich wollte nur, dass es endlich vorbei war.

Die Landschaft wurde hügeliger. Über ein paar Kuppen in der Ferne zogen sich dunkle Wolken zusammen.

»Ich hoffe nur, es regnet nicht«, brummte Jakob.

»Das Unwetter ist noch weit weg.« Antonio drehte sich nach hinten. »War einer von euch schon mal in Poblet?«

Fast gleichzeitig schüttelten wir die Köpfe.

»Aber ich bin mir sicher, unser lebendes Lexikon kann uns alles Wissenswerte darüber berichten«, stichelte ich.

»Könnte ich«, sagte Jakob spitz. »Will ich aber vielleicht gar nicht.«

»Nanu«, staunte ich. »Du bist doch nicht etwa krank?«

»Keineswegs. Ich denke nur, wer etwas wissen will, könnte sich auch mal selbst die Mühe machen, es herauszufinden, anstatt immer seinen Nebenmann zu fragen.«

Ups, das saß! Ich hatte mir tatsächlich angewöhnt, jede Wissensfrage automatisch an Jakob weiterzugeben. So kam ich meistens schnell und einfach an die richtige Antwort. Und ich hatte immer gedacht, er würde gern mit den Antworten rausrücken. Offenbar hatte ich mich da geirrt. Das war nun schon das zweite Mal innerhalb weniger Tage, dass er mich kritisierte. Vielleicht hatte ich ihn etwas voreilig als langweiligen Streber abgestempelt.

»Poblet wurde 1511 gegründet und beherbergt die Gräber von acht Königen und sechs Königinnen«, begann Jakob dann doch seinen Vortrag. »Es ist ein immer noch aktives Zisterzienserkloster, in dem heute etwa dreißig Mönche leben.« Es folgten Ausführungen zur Geschichte des Klosters, seiner Zerstörung und seinem Wiederaufbau, dann erreichten wir zum Glück unser Ziel.

Wir fuhren auf den Parkplatz gegenüber vom Haupteingang und Arnulfo stellte den Wagen neben einem von drei Bussen ab, die bereits die ersten Besuchergruppen des Tages entladen hatten. Wir stiegen aus und reckten uns.

Die Luft war mild und es roch nach frisch gemähtem Gras.

Ich schlenderte zur Straße und sah mich ein wenig um. Wären die Touristen und Autos nicht gewesen, ich hätte mich wie in einem Ritterfilm gefühlt. Rechts zog sich eine endlos scheinende Burgmauer aus Bruchsteinen in braunen Farbtönen die Straße entlang, als wollte sie noch heute das Kloster vor dem Angriff feindlicher Horden schützen. Und das Kloster selbst ragte wie eine mittelalterliche Burg darüber hinweg.

»Daniel! Träum nicht! Wir sind nicht zum Spaß hier!« Antonios Stimme rief mich in die Gegenwart zurück.

Wir sammelten uns am Auto. »Zunächst einmal sollten wir das doppelte Kreuz suchen«, schlug Arnulfo vor. »Es muss außerhalb des Klosters liegen, also werden wir wahrscheinlich einmal drum herum laufen müssen. Ich schlage vor, Antonio und ich gehen nach rechts und ihr nach links. Wir treffen uns dann wieder hier. In Ordnung?«

Das hörte sich vernünftig an, und jeder packte eine große Wasserflasche ein.

»Was meint ihr, was ein Doppelkreuz ist?«, fragte ich.

»Na ja, ein Kreuz mit zwei Querbalken halt«, erwiderte Jakob.

»Es könnten aber auch zwei direkt nebeneinanderstehende Kreuze sein, oder?«

»Lasst uns doch einfach losgehen und nachsehen«, schlug Lola vor. »Erst mal müssen wir überhaupt ein Kreuz finden.«

»Das ist nicht schwer«, erwiderte Jakob, kaum hatten wir die Straße erreicht. »Da ist schon eins.«

Tatsächlich. Direkt neben dem Parkplatz, nur durch eine kleine Steinmauer und eine Reihe von

Büschen getrennt, ragte eine Steinsäule in die Höhe, auf deren Spitze ein kleines Kreuz saß.

Wir traten näher heran. »Hier ist nichts doppelt«, stellte Lola fest.

»Das wäre ja auch zu einfach gewesen«, sagte ich.

Zur Sicherheit gingen wir noch einmal um die Säule herum, aber auch von hinten sah sie nicht anders aus als von vorn. Also zogen wir weiter.

Wir kamen an einem Restaurant vorbei, das direkt gegenüber vom Klostereingang lag, und folgten der Straße, bis sie sich gabelte. Geradeaus ging es leicht die Anhöhe hinab, und so weit das Auge reichte, begrenzte auf der linken Seite eine weitere Burgmauer mit Zinnen die Fahrbahn.

An der Ecke des Klosters lag ein kleiner, halbkreisförmiger Platz, auf dem eine Kopie des Kreuzes vom Parkplatz stand. Wir nahmen auch dieses näher in Augenschein, aber es war nichts daran, was man in irgendeiner Weise als doppelt hätte bezeichnen können.

Wir bogen in die Straße nach rechts ein. Die Mauern des Klosters wurden hier von einem schmalen Streifen mit Büschen und kleinen Bäumen verdeckt. Linker Hand zogen sich ebenfalls Büsche hin. Also teilten wir uns auf. Lola und ich übernahmen die Klosterseite, Jakob die andere. Langsam folgten wir der Straße, die leicht bergan führte. Immer wieder blieben wir stehen, um hinter einen besonders dichten Busch zu blicken, aber nirgendwo konnten wir die Spur eines Kreuzes, geschweige denn eines Doppelkreuzes, entdecken.

Es war eine mühsame Angelegenheit. Zu allem Überfluss kam auch noch ein Wind auf, der von den Hügeln herabwehte und die Luft deutlich abkühlte.

»Das nimmt ja nie ein Ende«, stöhnte Jakob nach gefühlten zwei Stunden, die wir an der Mauer entlanggelaufen waren.

»Wir sind gerade mal dreißig Minuten unterwegs«, sagte Lola und grinste. »Du wirst doch nicht schon schlappmachen?«

Das ging an seine Ehre. »Natürlich nicht! Ich weiß nur nicht, wie wir auf diese Weise das Doppelkreuz jemals finden sollen. Statt logisch zu denken, stolpern wir in der Landschaft herum. Auf diese Weise hätte Einstein die Relativitätstheorie niemals entdeckt.«

»Keine Sorge, der Tag ist noch lang«, erwiderte sie mit einem Augenzwinkern.

»So wie diese Mauer.«

»Ja, eine ganz schön große Anlage ist das«, bestätigte sie. »Und es sieht alles fast noch so aus, wie es damals gewesen sein muss, als unsere Vorfahren mit dem Ring hierhergekommen sind.«

Schließlich erreichten wir das Ende der Mauer. Nach rechts führte ein Feldweg um das Kloster herum.

»Was ist damit?« Jakob war zurück auf unsere Straßenseite gekommen und deutete auf den Wegweiser, der dort stand. Es war ein einfacher Holzpfahl, an dem drei Arme in verschiedene Richtungen wiesen. »Kann man das als ein Kreuz verstehen?«

»Es fehlt ein Pfeil zum Doppelkreuz«, merkte Lola an.

»Vielleicht hatte er ja mal vier Arme?«

»Unwahrscheinlich«, sagte ich. »Es gibt nur drei Richtungen, in die man gehen kann.«

Trotzdem untersuchten wir den Wegweiser näher, fanden aber nichts. Dann folgten wir dem Pfad, der an der Rückseite des Klosters entlangführte.

Nachdem wir etwa hundert Meter der Mauer gefolgt waren, machte der Weg einen Knick nach links, weg vom Kloster. Geradeaus ging es nur noch über die Felder weiter, die sich vor uns erstreckten.

Wir marschierten weiter, bis Arnulfo und Antonio vor uns auftauchten. Auch sie hatten nichts gefunden.

»Wir gehen einfach weiter. Vielleicht seht ihr ja etwas, das wir übersehen haben«, schlug Antonio vor.

Also komplettierten wir die Runde und trafen uns mit leeren Händen wieder.

Dann wiederholten wir das Ganze, diesmal noch langsamer und gründlicher als beim ersten Mal.

Als auch diese Runde kein Ergebnis brachte, betraten wir den Klosterhof. Obwohl es im Rätsel hieß, der Ring wäre vor dem Kloster versteckt, so konnte sich das Wort *Kloster* ja vielleicht lediglich auf die Gebäude beziehen.

Im Hof stießen wir auf mehrere Kreuze, aber keines davon war irgendwie doppelt. Nach einem kleinen Imbiss am Auto erweiterten wir daher unsere Kreise. Diesmal marschierten wir die Mauern ab, die sich an der Straße entlangzogen. Und die waren *wirklich* lang. Anschließend inspizierten wir sie von der anderen Seite, auf der ausgedehnte Felder lagen.

Nichts.

So ging der Tag vorbei. Meine Füße schmerzten und ich fror, als wir in der einsetzenden Dämmerung erneut auf dem Parkplatz zusammentrafen. Den anderen schien es nicht anders zu gehen.

Frustriert feuerte ich meine leere Wasserflasche auf den Boden. »Irgendwas müssen wir übersehen haben.«

Der letzte Bus verließ den Parkplatz. Inzwischen hatte sich der Himmel fast völlig mit grauen Wolken bezogen. Die Luft war schwer und feucht und es roch nach Regen.

Ziellos kickte ich die leere Plastikflasche über den Platz. Meine ganze Enttäuschung lag in den Tritten, die ich ihr versetzte. In weitem Bogen flog sie schließlich in die Büsche.

Ich hatte keine Lust, mich durch die Sträucher zu drücken, und lief vom Parkplatz herunter außen herum, um sie zurückzuholen. An der Straßenkreuzung kletterte ich über die kleine Mauer, die die Fläche um das erste Steinkreuz, das wir untersucht hatten, abgrenzte. Hier irgendwo musste die Flasche gelandet sein.

Halb auf dem Mäuerchen sitzend hielt ich inne.

Eine Kreuzung – ein Kreuz.

Das doppelte Kreuz!

Der alte Juan konnte nur diese Stelle gemeint haben!

Wir waren von Anfang an an der richtigen Stelle gewesen und hatten uns dann zu schnell davon abbringen lassen. Oder?

Sofort vergaß ich die Flasche. Aufgeregt rannte ich zu den anderen zurück und berichtete von meiner Eingebung.

Eine Minute später standen wir alle wieder um das Steinkreuz herum.

»Und jetzt?«, fragte Arnulfo.

Wir studierten die Säule mit dem stummeligen Kreuz darauf. Der Stein war verwittert und hatte an einigen Stellen Moos angesetzt. Drei Stufen führten zu der Säule empor, die aus einem Steinblock in die Höhe wuchs. Nirgendwo war etwas zu erkennen, das sich als ein Versteck eignen würde.

Ich stieg zu der Säule hoch und pochte dagegen. Es war massiver Stein.

»Wir können wohl kaum den ganzen Boden hier aufgraben«, murmelte Antonio. »Da wären wir morgen noch nicht fertig.«

Während Jakob, Antonio, Arnulfo und ich die Säule von allen Seiten in Augenschein nahmen, mal hier kratzten und dort mit dem Fuß dagegenstießen, stand Lola davor und betrachtete unentwegt das Kreuz auf der Spitze. Ich warf ebenfalls einen Blick nach oben, konnte aber nichts Besonderes daran feststellen.

»Was denkst du?«, fragte ich sie.

Sie deutete auf das Kreuz. »Siehst du die vier Arme?«

Ich nickte. »Ja, wieso?«

»Sie sind alle gleich lang, oder?«

Ich kniff die Augen zusammen und studierte die Arme. »Ja, sieht so aus.«

»Und wenn du jetzt den oberen Arm genau ansiehst, ist der nicht ein wenig länger als die anderen?«

Sie hatte recht. Er sah tatsächlich etwas länger aus. Nicht viel, aber immerhin. Das musste natürlich nichts heißen, aber in unserer Situation konnten wir keinen Hinweis unbeachtet lassen.

Wir machten die anderen auf Lolas Entdeckung aufmerksam.

Arnulfo lief zum Auto und kehrte kurz darauf mit einem Hammer und einem Meißel zurück. »Dumm, dass wir heute Morgen keine Leiter mitgenommen haben«, sagte er.

Zum Glück war die Straße leer. Ich schob die Werkzeuge unter meinen Gürtel, dann hoben Antonio und Arnulfo mich hinter dem Kreuz in die Höhe. Ich umfasste die Säule und rüttelte daran. Sie machte einen stabilen Eindruck. Ich zog mich weiter daran hoch, bis ich meine Füße auf die Schultern der beiden unter mir stehenden Männer setzen konnte.

Es war eine ziemlich wackelige Angelegenheit und ich musste mich mit einer Hand festhalten. Mit der anderen fuhr ich über die Oberfläche des Kreuzarms. Allerdings war ich nicht hoch genug, um oben auf das Kreuz blicken zu können.

Der Stein fühlte sich ganz normal an.

»Nimm den Hammer!«, rief Lola.

Ich zögerte. Konnte ich einfach auf ein vielleicht jahrhundertealtes Kreuz einhämmern? Aber ein leichtes Pochen schadete gewiss nicht.

Schnell warf ich noch einmal einen Blick nach rechts und links, aber niemand schien uns bemerkt zu haben. Ich zog den Hammer unter dem Gürtel hervor, fasste ihn am Kopf und versetzte der Oberfläche des Kreuzarms einen sanften Schlag.

Eine Handvoll Putz rieselte mir entgegen.

Erschrocken zog ich das Werkzeug zurück. Ich klemmte es wieder unter den Gürtel und tastete das Kreuz mit der Hand ab. Mein leichter Hieb hatte tatsächlich den Stein zerschlagen. Das konnte doch überhaupt nicht sein! Oder war das gesamte Kreuz bereits porös?

Unter meinen Fingern bröckelte die Oberfläche weiter ab. Vorsichtig räumte ich die Steinbrösel beiseite und stieß auf etwas, das mit Sicherheit nicht aus Stein war!

Es fühlte sich an wie eine in öliges Papier eingeschlagene Schachtel, nicht größer als eine Packung Streichhölzer!

Vorsichtig griff ich danach und wollte das Päckchen gerade mit triumphierender Miene in die Höhe strecken – als das Lächeln auf meinen Lippen erstarrte.

Morales!

Er stand auf der Straße, hinter meinen Freunden, inmitten einer Gruppe von Männern, vielleicht vier oder fünf. Das konnte ich so schnell nicht erkennen, denn so lange wartete ich nicht ab.

Ich rief: »Die Xinos!«, rutschte am Kreuz hinunter, drehte mich um und machte einen Satz in die Büsche hinein.

Zwei Sekunden später kam ich auf der Seite vom Parkplatz wieder heraus.

Ein paar erste Regentropfen fielen vom Himmel, der sich schlagartig noch weiter verdunkelt hatte. Hinter mir hörte ich Schreie. Aber wenn ich jetzt umkehren würde, um meinen Freunden beizustehen, wäre alles verloren.

Ich rannte den Parkplatz hoch und schlug mich dann wieder rechts in die Büsche. Mein Plan war, Morales und seine Komplizen zu umrunden, um sie so zu verwirren. Wenn sie merkten, dass keiner der anderen den Ring hatte, würden sie sie bestimmt in Ruhe lassen. Vielleicht hatten wir dann eine Chance, zu verschwinden.

Auf dem Parkplatz hörte ich schwere Schritte. Morales hatte einen seiner Leute hinter mir hergeschickt. Zum Glück wusste er nicht, wohin ich gelaufen war. Von meinem Versteck aus sah ich ihn als einen dunklen Schatten, der sich nicht entscheiden konnte, in welche Richtung er sich wenden sollte.

Ich drückte mich tiefer in den Schutz der Büsche und bewegte mich vorsichtig zur Straße hin. Vom Kreuz her hörte ich die Stimme von Morales.

Mit klopfendem Herzen schlich ich die Böschung entlang näher heran. Sehen konnte ich niemanden, was zugleich bedeutete, dass auch Morales mich nicht erspähen konnte. Aber ich konnte jedes seiner Worte verstehen.

»Ihr habt wohl geglaubt, ihr könntet mich abhängen, was?«

Ich hörte ein lautes Klatschen. War das eine Ohrfeige?

»Wo ist der Ring?«

»Der Ring ist weg.« Das war Lola.

Ein Regentropfen lief mir über die Nase und ich wischte ihn weg.

»Wenn ihn der Kleine hat, den kriegen wir schnell.«

»Lassen Sie uns in Ruhe. Sie sehen doch, wir haben den Ring nicht«, hörte ich Arnulfos Stimme.

Erneut das Klatschen.

»Das war für den aufsässigen Ton.« Morales war obenauf. Endlich hatte er mal ganz uneingeschränkt das Sagen und niemand war da, der ihm in die Quere kommen konnte.

Aber wie hatte er uns gefunden?

Gefolgt sein konnte er uns nicht. Oder? Wir waren den ganzen Tag herumgelaufen, ohne eine Spur von ihm zu sehen. Es sei denn, er hatte sich gut versteckt und uns die ganze Zeit beobachtet, bis er sicher war, dass wir den Ring gefunden hatten.

»Los, mitkommen!«

Inzwischen hatte es heftiger zu regnen begonnen. Ich rückte noch ein wenig weiter vor und sah, wie Morales und seine Männer meine Freunde auf den Parkplatz trieben. Das war meine Chance! Ich wartete, bis sie außer Sichtweite waren, dann sprang ich mit einem Satz auf die Straße und lief zur Querstraße. Dort bog ich links ab, genau auf den Weg, den wir heute Morgen als Erstes genommen hatten.

Aber der Mann, der mich auf den Parkplatz verfolgt hatte, hatte mich entdeckt.

»Hierher!«, schrie er seinen Kumpanen zu.

Ich machte noch mehr Tempo und erreichte die Straßengabelung.

In welche Richtung sollte ich laufen?

Geradeaus lagen nur die Mauer auf der linken Seite und rechts die Felder. Die andere Straße sah auch nicht viel besser aus, aber vor der Klostermauer wuchsen Büsche und Bäume, die mir ein wenig Schutz bieten konnten.

Ich entschied mich dafür.

Und ich rannte so schnell, wie ich noch nie in meinem Leben gerannt war.

Meine Sneakers klatschten bei jedem Schritt so laut auf den Asphalt, dass es für meine Verfolger ein Leichtes sein musste, mich aufzuspüren. Meine Haare hingen mir in die Stirn und der Regen lief mir in Strömen übers Gesicht.

In meinem Kopf überschlugen sich die Stimmen.

»Lauf nach rechts!«

»Lauf nach links!«

»Lauf geradeaus weiter!«

Links von mir lag das offene Feld. Im fahlen Mondlicht konnte ich die Schatten dürrer Bäume ausmachen. Da würden meine Verfolger mich sehen, sobald ich eine Bewegung machte.

Rechts von mir zog sich der schmale Streifen Buschwerk hin, hinter dem die schier endlos lange Wand des Klosters in die Höhe ragte, ohne Türen, Tore oder Fenster.

Ich wusste das, denn ich war heute ja schon mehrmals hier gewesen.

Allerdings ohne verfolgt zu werden.

Keuchend hielt ich an und drückte mich in den Schatten eines Busches. In der Ferne hörte ich die Rufe meiner Verfolger. Waren es zwei, drei oder sogar mehr? Auf jeden Fall war ich ihnen nicht gewachsen, wenn sie mich in die Finger bekamen.

Meine rechte Hand umklammerte das kleine

Päckchen, hinter dem sie her waren. Vielleicht sollte ich es ihnen einfach aushändigen? Dann hätte dieser Albtraum endlich ein Ende.

Aber es ging nicht um mich.

Es ging um Lola.

Und wenn ich jetzt aufgab, dann brauchte ich ihr nicht mehr unter die Augen zu treten.

Die Stimmen meiner Verfolger kamen näher. Ich konnte zwei Schatten am Ende der Straße ausmachen, einer auf der rechten, einer auf der linken Seite.

Sie würden mich sofort entdecken, würde ich einfach weiterlaufen.

Aber hier warten konnte ich auch nicht.

Ich holte tief Luft. Vor mir war irgendwo das Ende der unüberwindlichen Mauer, und dahinter, das hatte ich noch vor Augen, führte ein schmaler Pfad von der Straße weg.

Den musste ich erreichen. Vielleicht hatte ich dann eine Chance, mich vor meinen Verfolgern zu verstecken.

Ich rannte los.

Und fiel der Länge nach hin!

Das Päckchen rutschte mir aus der Hand, als ich meinen Sturz abfederte.

Ich unterdrückte einen Schmerzensschrei. Meine Handflächen und Knie begannen zu brennen, doch ich ignorierte das Brennen und tastete nach meinem Fuß.

Eine Ranke! Ich war an einer blöden Ranken hängen geblieben!

Schnell zog ich meinen Fuß aus der Falle und kniete mich hin. Meine Verfolger würden mich in wenigen Augenblicken erreicht haben.

Ich kannte nur einen Gedanken. Das Päckchen!

Mit meiner aufgeschürften rechten Hand tastete ich im Dunkeln über die Straße vor mir. So weit konnte es doch nicht geflogen sein!

Nichts.

Wie viel Zeit hatte ich noch? Eine Minute? Anderthalb?

Fieberhaft erweiterte ich meinen Suchkreis.

Da! Es war weiter geflogen, als ich gedacht hatte. Ich griff das Päckchen und richtete mich auf.

Dann rannte ich weiter. Alle Muskeln taten mir weh, meine Füße fühlten sich taub an und meine Hände und Knie brannten. Ich schleppte mich eher voran, als dass ich lief.

Meine Verfolger holten auf. Wo sollte ich mich vor ihnen verstecken? Jenseits des Klosters lagen nur offene Felder, auf denen sie mich sofort entdecken würden.

Hinter mir hörte ich einen Motor. Ein Auto!

Wenn das Morales war, hatte ich verloren.

Noch einmal mobilisierte ich alle meine Kräfte. Es war wie in einem schlimmen Traum, in dem man verfolgt wird und rennt und rennt und rennt, ohne wirklich von der Stelle zu kommen.

Das Motorengeräusch kam schnell näher. Das Licht der Scheinwerfer erfasste mich, und dann hielt der Wagen neben mir. Eine Tür wurde aufgestoßen.

»Daniel! Los! Rein mit dir!«

Das war Lolas Stimme.

Ich hätte schreien können vor Erleichterung. Mit letzter Kraft warf ich mich auf die Rückbank, und bevor ich die Tür hinter mir zuziehen konnte, gab Antonio schon wieder Gas.

Antonio? Wieso saß Antonio hinter dem Steuer? Und wo war Arnulfo?

Aber bevor ich danach fragen konnte, musste ich erst einmal wieder zu Atem kommen. Ich steckte das Päckchen, das ich immer noch umklammert hielt, in meine Tasche und ließ mich dann von Lola und Jakob, der auf dem Beifahrersitz saß, auf den neuesten Stand bringen.

Nachdem ich abgehauen war, hatte Morales zwei seiner Leute hinter mir hergeschickt. Zwei weitere waren bei ihm geblieben. Arnulfo hatte versucht, Morales in ein Gespräch unter vier Augen zu verwickeln, was ihm schließlich auch gelungen war. Während die beiden mit einem der Xinos ein paar Meter weggegangen waren, konnte Antonio ihren Bewacher zu Boden werfen. Das verschaffte ihnen genug Zeit, um zu Arnulfos Wagen zurückzulaufen. Zum Glück steckte der Zündschlüssel im Schloss, denn wir wollten ja bereits losfahren, als ich meinen Geistesblitz mit der Kreuzung hatte.

»Auf Arnulfo konnten wir leider nicht warten«, entschuldigte sich Antonio. »Wir sind selbst kaum vom Parkplatz gekommen, weil die beiden Komplizen von Morales mit Pistolen versuchten, uns die Ausfahrt zu versperren.«

»Sie haben auf euch geschossen?«

»Sie haben versucht, die Reifen zu treffen. Das ist ihnen aber nicht gelungen.«

Ich warf einen Blick zurück durchs Fenster. »Seltsam. Sie scheinen uns nicht zu folgen.«

»Sie müssen ihre Autos weiter weg geparkt haben«, meinte Jakob. »Auf dem Parkplatz standen sie jedenfalls nicht. Vielleicht reicht unser Vorsprung ja und sie verlieren unsere Spur.«

»Und was machen wir jetzt?«, wollte ich wissen.

»Wir fahren zu den Höhlen von L'Esplugat de Francoli«, sagte Antonio entschlossen. »Der Ring hat genug Schaden angerichtet. Wir werden ihn endgültig vernichten.«

Die Reiter in der Höhle

Die Höhlen von L'Esplugat de Francoli. Gehört hatte ich von ihnen schon, war aber noch nie da gewesen. Und auch jetzt würde ich wahrscheinlich nicht viel sehen, schließlich war es nun wirklich Nacht geworden. Gut, dass ich Ma und Dad nicht wieder Rede und Antwort stehen musste. Sie glaubten, ich würde jetzt bei Verwandten von Lola sein.

Und wie gern wäre ich das auch gewesen.

Stattdessen hatte ich ein Kästchen in der Tasche mit einem verfluchten Ring darin, der wie ein Feuer auf meiner Haut brannte. Ich kannte nur ein Ziel: ihn so schnell wie möglich wieder loszuwerden.

Antonio war als Einziger schon einmal in den Höhlen gewesen. »Wir Kalé leben seit Jahrhunderten in Katalonien. Daher gibt es bei uns auch mehrere Legenden über die Höhle. In einer davon heißt es, es gebe unter der oberen Höhle eine weitere, in der ein Spalt direkt in die Hölle hinabführt.«

»Die Hölle!«, schnaubte Jakob.

»Du darfst das natürlich nicht wörtlich nehmen. Es bedeutet lediglich, dass es dort tief in die Erde hineingeht. Mein Großvater hat mich als kleinen

Jungen ein paarmal dorthin mitgenommen und mir einige der Durchgänge gezeigt, die für die Öffentlichkeit gesperrt oder unsichtbar sind.«

»Und du meinst, du findest diesen Spalt – auch im Dunkeln?«, fragte ich. Ein wenig war ich wieder zu Atem gekommen, auch wenn mir alles wehtat.

»Ich denke schon. Und es ist gut, dass die Anlage nicht besonders bewacht wird«, erklärte er. »Nur eine Stahltür versperrt den Zugang zu den Höhlen. Zum Glück arbeitet eine entfernte Verwandte von mir als Führerin dort. Ich werde sie anrufen und fragen, ob sie uns reinlässt.«

»Einfach so?«, wunderte ich mich.

Antonio nickte. »Ich hoffe, sie vertraut mir.«

Draußen klatschte der Regen in dicken Tropfen gegen die Scheibe. Es waren kaum Autos unterwegs und wir wurden auch nicht verfolgt. Ich richtete mich auf eine längere Fahrt ein und schloss die Augen, als Antonio sagte: »Da sind wir.«

Mühsam öffnete ich meine Lider wieder. Im Licht der Scheinwerfer erkannte ich vor uns eine Art Skulptur. Ein überlebensgroßer Speer war gegen einen riesigen Bogen gelehnt. Vom Bogen hingen vier Buchstaben herab, die das Wort *cova*, Höhle, formten.

Antonio stellte den Motor ab und die Scheinwerfer erloschen. Er holte sein Telefon hervor und führte ein kurzes Gespräch.

»Ines ist gleich da«, sagte er, als er auflegte.

Lola streckte mir die Hand entgegen. »Darf ich den Ring mal sehen?«

Ich zog das Päckchen aus der Tasche. Es war noch immer in das Ölpapier eingeschlagen, so wie ich es gefunden hatte.

Lola wog es vorsichtig in der Hand. »Sehr leicht«, sagte sie.

»Vielleicht ist gar nichts drin«, mutmaßte Jakob. »Oder etwas ganz anderes.«

»Du solltest es mal ein wenig länger mit dir rumtragen«, riet ich ihm. »Dann spürst du schnell, was da drin liegt.«

Antonio machte die Deckenbeleuchtung des Wagens an und drehte sich zu uns um. Lola schlug das dicke Papier vorsichtig auf. Darin eingewickelt war ein kleiner Kasten aus Holz. Vorsichtig hob sie den Deckel an.

Alles, was wir sahen, war eine weiße Watteschicht.

Mit spitzen Fingern zupfte Lola an der Watte. Darunter befand sich noch eine zweite Lage. Und in der Mitte lag tatsächlich – der Ring.

Ein Ring, der überhaupt nicht aussah, als sei er etwas Besonderes. Er war aus einem goldfarbenen Metall, das aber nicht glänzte, sondern stumpf war. Hier und da befanden sich kleine Flecken auf der Oberfläche.

Wir starrten auf das Schmuckstück. Und mit jeder Sekunde, die verging, wurde der Impuls in mir stärker, danach zu greifen und ihn mir überzustreifen.

Unwillkürlich krallte ich die rechte Hand um mein linkes Handgelenk.

Ich spürte, meinen Freunden ging es nicht anders. Mit einer entschiedenen Geste legte Lola die Watte wieder auf den Ring und klappte schnell das Kästchen zu.

»Puh.« Jakob atmete laut und erleichtert aus. Auch ich entspannte mich wieder ein wenig.

Lola wickelte das Papier um die Schachtel und gab sie mir zurück. Ich nahm sie nur ungern entgegen und verstaute sie in meiner Hosentasche.

Antonio blickte uns nachdenklich an. »Wenn man überlegt, dass man mit dem Ring auch Gutes tun könnte …«

»Du willst doch nicht etwa einen Rückzieher machen?«, fragte Lola misstrauisch.

»Nein, nein«, wehrte er ab. »Ich habe nur laut gedacht. Ich meine, Macht kann man ja nicht nur für schlechte Dinge einsetzen, sondern auch für gute. Immerhin hat Gaudí den Ring getragen, und es ist schon toll, was er daraus gemacht hat.«

»Ob das der Ring war, wissen wir doch gar nicht«, wandte ich ein. »Vielleicht hätte er seine berühmten Gebäude und die Sagrada auch ohne ihn gebaut.«

»Wie auch immer, er hat damit zumindest keinen Schaden angerichtet.«

»Aus rein wissenschaftlicher Sicht wäre es auf jeden Fall interessant, das Metall einmal zu untersuchen«, fing Jakob wieder an. »Vernichten können wir ihn später doch immer noch. Warum jetzt?«

»Weil uns vielleicht die Xinos auf den Fersen sind?«, fuhr ich ihn an. »Du glaubst doch nicht im Ernst, dass die dich in Ruhe den Ring analysieren lassen.«

In der Ferne tauchten Scheinwerfer auf. Unwillkürlich duckten wir uns, aber als der Wagen neben uns stoppte, rief Antonio erleichtert: »Das ist Ines!«

Zwei Minuten später folgten wir ihrem Auto eine kleine Straße hinunter und hielten auf einem Parkplatz an.

Aus dem Fahrzeug stieg eine junge Frau. Sie klappte einen Regenschirm auf und kam zu uns herüber. Wir kletterten ebenfalls aus dem Wagen.

Antonio und Ines umarmten sich kurz, dann führte sie uns einen Weg entlang, der vor einer Stahltür endete.

»Ich lasse euch hier allein«, sagte sie. »Ich will gar nicht wissen, was ihr vorhabt. Hinter der Tür findet ihr ein paar Taschenlampen. Und wenn ihr wieder draußen seid, ruft mich an, damit ich Bescheid weiß.«

Sie schloss die Tür auf.

Ein gähnendes Schwarz erwartete uns. Sofort begann mein Herz, das sich gerade etwas beruhigt hatte, wieder zu jagen. Alles in mir sträubte sich dagegen, in diese Dunkelheit zu treten. Aber Antonio und Lola waren schon drin, und Jakob versetzte mir einen kleinen Schubser.

Also trat auch ich über die Schwelle.

Die Eingangstür fiel hinter uns zu. Ich hörte jemanden herumkramen, dann leuchtete eine Taschenlampe auf.

»Hier, bedient euch.« Antonio richtete den Lichtstrahl auf eine Kiste mit Stablampen. Wir fischten jeder eine heraus und wandten uns dann der Höhle zu. Zu meiner Überraschung war sie ziemlich schmal und wurde zu unserer Rechten von einer Blechwand begrenzt.

»Wohin?«, fragte Jakob mit leiser Stimme. Er hatte, genau wie ich, das Bedürfnis zu flüstern.

»Erst mal geradeaus«, erwiderte Antonio. »Dies ist nur ein Vorraum, der eigentliche Höhleneingang liegt weiter hinten.«

Langsam schritten wir tiefer in das Dunkel hinein.

»Dies ist eine der längsten Höhlen der Welt«, erklärte Antonio uns. »Sie bildet einen unterirdischen Durchgang, der sich in zahlreiche Gänge verzweigt, die länger als drei Kilometer sind.«

Das wollte ich mir gar nicht vorstellen. Drei Kilometer, unter der Erde? In dieser Dunkelheit?

Wir erreichten eine zweite Stahltür, die Antonio aufschloss. Ines musste ihm den Schlüssel dafür gegeben haben. Wir gingen ein paar Meter einen Tunnel entlang, der sich dann schließlich zu der eigentlichen Höhle weitete.

Ich ließ meinen Taschenlampenstrahl umherwandern. Die Seitenwände waren nicht weit entfernt, es war eher ein ziemlich breiter Gang. Über uns hing eine wulstige Felsdecke, die stellenweise von Flechten überzogen war und einen merkwürdig lebendigen Eindruck machte. Unwillkürlich dachte ich an einen Film, den ich einmal gesehen hatte, in dem sich ein paar Raumfahrer in ein halborganisches Raumschiff von Außerirdischen verirrt hatten, während sie glaubten, in einer ganz normalen Höhle zu sein. Mir wurde ein wenig übel.

Dennoch folgte ich Antonio in das Dunkel.

Der Boden war mit Kies bestreut, hier und da lagen Felsbrocken herum. Mit einem Mal stoppte ich.

Da waren noch andere Menschen außer uns!

Ich fasste Lola am Arm. »Halt!«, flüsterte ich.

»Was ist?« Antonio drehte sich um.

»Wir sind nicht allein hier.« Ich deutete nach rechts.

Antonio bewegte den Lichtstrahl seiner Lampe in die Richtung, die ich anzeigte.

Da! Eine Gruppe von Menschen hockte vor der Felswand! Sie waren …

Schamesröte stieg in mir auf. Das, was ich gesehen hatte, waren lebensgroße Puppen. Halb nackte Steinzeitmenschen in Fellen.

Antonio lachte. »Das wirst du noch öfter sehen.

Die Höhlen zeigen, wie die Menschen hier früher gelebt haben. Die sind keine Gefahr für uns.« Er drehte sich wieder zurück und ging weiter.

Ich ließ Lolas Arm los, den ich noch immer umklammert hielt. »Tut mir leid«, murmelte ich.

»Was denn? Das hätte mich auch erschreckt«, erwiderte sie.

»Ist wie eine Geisterbahn, odr?«, flüsterte Jakob mir zu.

Wir waren ein paar Meter weiter gelaufen, als uns plötzlich ein greller Lichtschein blendete.

Fast direkt vor uns leuchtete auf einer Wand ein mehrere Meter breites Bild eines Flusses auf, an dessen einem Ufer Nilpferde grasten. Auf der anderen Seite hocke ein Neandertaler und starrte uns an.

Eine Stimme ließ uns herumfahren.

»Das habt ihr euch sauber ausgedacht! Aber leider nicht gut genug.«

Auch die Szenen mit den Menschen an den Höhlenwänden waren jetzt beleuchtet. Und aus den unregelmäßigen Schatten, die sie in die Höhle warfen, schälte sich die Figur von Morales heraus. Hinter ihm waren schemenhaft seine Komplizen zu erkennen.

»So, jetzt habt ihr das Ende eurer Reise erreicht«, dröhnte er. »Gebt mir den Ring und ich lasse euch laufen.«

Links von uns führten mehrere schmale Gänge in den Felsen hinein. Antonio beugte sich zu mir vor. »Den zweiten Gang von hier aus gesehen. Auf mein Zeichen.«

»Kein Geflüster!«, befahl Morales. Schritt für Schritt kam er auf uns zu. »Wer von euch hat den Ring?«

»Den zweiten Gang«, flüsterte ich Lola und Jakob zu, als Antonio auch schon »Los!« rief.

»Halt!«, schrie Morales, aber wir rannten, als hinge unser Leben davon ab.

Und das tat es ja vielleicht auch.

Sobald wir im Gang verschwunden waren, mussten wir langsamer werden. Er wand sich nach rechts und nach links und führte tiefer in die Unterwelt hinab. Die Wände rückten beinahe mit jedem Schritt näher zusammen, sodass wir nur noch hintereinander laufen konnten.

»Es gibt keinen Ausweg für euch!«, schrie Morales, der uns in den Gang gefolgt war. »Ihr macht es nur noch schlimmer!«

Plötzlich hielt Antonio an. Jakob rannte in mich hinein und ich stolperte nach vorn gegen Lola. Sie taumelte auf Antonio zu, der wie wild seine Taschenlampe schwenkte, aber stehen blieb und nach einigem Hin- und Herschaukeln sein Gleichgewicht wiederfand.

Vor ihm ging es einen Meter in die Tiefe in einen unterirdischen Fluss.

Er sah grün und tief und kalt aus.

Antonio zögerte nur kurz, dann ließ er sich ins

Wasser gleiten. Es ging ihm bis knapp unter den Gürtel.

»Man kann drin gehen! Kommt!« Er winkte uns zu sich.

Die Stimmen von Morales und seinen Komplizen, die jeden Augenblick hier auftauchen konnten, waren das beste Argument, ihm zu folgen. Lola und ich rutschten fast gleichzeitig in den Fluss.

Der Schock ließ mir beinahe das Herz stehen bleiben. Das Wasser war wirklich eiskalt!

Jakob zögerte, als er meinen Gesichtsausdruck sah.

»Los!«, drängte ich ihn. Antonio und Lola waren dem Fluss schon ein paar Meter weiter gefolgt.

Wir konnten bereits die Schritte von Morales und seinen Kumpanen hören. Mit resigniertem Gesicht glitt auch Jakob ins Wasser. »Waah!«, schrie er, und einen Moment hatte ich Sorge, er könne umkippen. Aber dann stapfte er sofort los.

Als unsere Verfolger den Fluss erreichten, waren wir schon außerhalb der Reichweite ihrer Taschenlampen. Ich hoffte, sie würden uns nicht folgen, aber ein lautes Platschen belehrte mich eines Besseren.

Wir hielten kurz an, um zu lauschen. Die Geräusche entfernten sich. Das bedeutete, sie gingen in die andere Richtung. Lange würde es zwar nicht dauern, bis sie ihren Irrtum bemerkten, aber er verschaffte uns wichtige Minuten.

Auf ein Zeichen von Antonio wateten wir weiter.

Wegen der Kälte spürte ich meine Beine kaum noch. Lange durfte ich nicht mehr im Wasser bleiben. Den anderen ging es sicher nicht besser als mir.

Die Decke der Höhle näherte sich bedrohlich der Wasseroberfläche und der Wasserspiegel stieg leicht an. Zum Glück erhellte Antonios Taschenlampenstrahl in diesem Moment den Zugang zu einem Tunnel. Ohne zu zögern, zog er sich aus dem Fluss und half uns heraus. Wir schüttelten, so gut es ging, das Wasser aus unseren Hosen und liefen auf der Stelle, um uns aufzuwärmen, aber Antonio scheuchte uns weiter.

Der Weg führte tiefer nach unten und mündete nach einigen Windungen in eine weitere Höhle. Hier gab es weder Figurengruppen noch Wandpanoramen. In einer Ecke lagen lediglich ein paar Werkzeuge und ein Haufen schmutziger Arbeitsklamotten.

Antonio beugte sich über den Kleiderstapel. »Trockene Hosen und Arbeitsschuhe!«, rief er. »Los, schnell, bevor wir weiter auskühlen.«

Er legte die Taschenlampe auf den Boden, riss sich seine Sneakers von den Füßen und zog seine Jeans aus. Wir zögerten nicht lange und suchten uns ebenfalls eine Hose aus dem Stapel. Bei den Schuhen dauerte es etwas länger, aber wenig später waren wir wieder einigermaßen trocken.

Ich war gerade dabei, meine Hosentaschen umzufüllen, als wir in der Ferne unsere Verfolger hörten.

Sie hatten ihren Irrtum schneller bemerkt, als ich gehofft hatte.

Sofort knipsten wir die Taschenlampen aus und drückten uns an die Wand neben dem Zugang zum Fluss. Wir hatten noch nicht die Zeit gehabt, diese Höhle näher zu erforschen und wussten daher auch nicht, ob sie einen zweiten Ausgang hatte und wenn ja, wo.

Unsere Verfolger mussten noch im Wasser stehen.

»Meinst du, sie sind hier drin?«, hörten wir eine Stimme fragen.

»Das ist mir völlig egal, ich will nur raus«, erwiderte eine andere.

»Was sagst du, Boss?«, fragte der Dritte.

»Stellt euch nicht an wie Kleinkinder«, blaffte Morales seine Männer an. »Wenn diese Rotzgören das aushalten, dann werdet ihr auch nicht schlappmachen!«

»Also weiter?«

»Nein, wir müssen wissen, ob sie hier raus sind oder nicht. Also los, worauf wartet ihr?«

Jetzt mussten wir schleunigst abhauen. Wir lösten uns von der Wand, knipsten unsere Lampen wieder an und rannten tiefer in die Höhle hinein.

Aber es war zu spät.

Die Höhle verbreiterte sich und führte weiter abwärts. Wie tief mochten wir wohl schon unter der Oberfläche sein? Ich durfte gar nicht daran denken, zumal unsere Chancen, hier wieder heil rauszukommen, immer schlechter wurden. Und den verdammten Ring hatte ich auch noch in meiner Hosentasche!

Mit einem Mal wurde es hell um uns.

Einen Moment lang war ich geblendet und musste die Augen schließen. Als ich sie langsam wieder öffnete, machte mein Herz einen Satz.

Denn vor uns gähnte ein Abgrund und wir standen nur wenige Meter davor.

Wären wir im Dunkeln weitergelaufen, wären wir mit ziemlicher Sicherheit alle hineingestürzt.

Ich blickte mich um. Morales und seine Männer waren etwa zehn Meter von uns entfernt. Sie mussten die Höhlenbeleuchtung eingeschaltet haben, drei grelle Halogenleuchten, die an Kabeln von der Decke baumelten.

Morales machte einen Schritt auf uns zu. »Los jetzt, her mit dem Ring!«, kommandierte er.

Fieberhaft suchten wir unsere Umgebung nach einer Fluchtmöglichkeit ab. Der einzige Ausweg war ein schmaler Tunnel, der rechts von uns aus dem Fels kam. Aber wir würden ihn niemals rechtzeitig erreichen, zumindest nicht alle von uns.

Wir saßen in der Falle.

Ich wandte mich wieder unseren Verfolgern zu.

Da ertönte eine Stimme aus dem Tunnel: »Der Ring! Schnell! Wirf ihn mir zu.«

Es war Arnulfo.

Wie er hierhergekommen war, war mir ein Rätsel.

Er stand im Eingang des Tunnels, die Haare zerwühlt und die Kleidung zerfetzt. Irgendwie musste es ihm gelungen sein, Morales zu entkommen.

»Los! Mach schon!«, wiederholte er.

Ich wollte gerade ausholen, um ihm das Kästchen zuzuwerfen, als eine weitere Stimme ertönte.

»Halt!«

Hinter Morales tauchten weitere Gestalten aus dem Dunkel auf, unter ihnen Serra. Er war es auch, der gerufen hatte. Die anderen waren – Gato und seine Bande.

»Arnulfo steckt mit den Xinos unter einer Decke!«, rief Serra warnend. »Geben Sie ihm auf keinen Fall den Ring!«

Ich machte zwei Schritte zurück zu meinen Freunden.

Was sollte ich tun?

Morales und seine Leute hatten sich umgedreht und sich den neuen Gegnern zugewandt.

Arnulfo trat aus dem Tunnel. »Glaubt dem Verräter kein Wort! Seht mich an! So haben mich seine Xinos zugerichtet!«

Er sah wirklich aus wie durch die Mangel gedreht. Langsam näherte er sich uns.

Wem von den beiden sollten wir glauben? Serra oder Arnulfo?

Lola und Jakob waren ebenso ratlos wie Antonio und ich. Gut, ich konnte den Ring in die Felsspalte werfen, aber wer weiß, wie tief sie war. Nachher waren es nur ein paar Meter und die Xinos konnten den Ring wieder herausholen.

Arnulfo war inzwischen nahe an uns herangekommen. Seine Augen waren blutunterlaufen. Die Xinos mussten ihm übel mitgespielt haben. Er machte einen letzten Schritt auf uns zu. Dann packte er mich plötzlich und schlang seine Arme um mich. Ich versuchte, mich aus seinem Griff herauszuwinden, aber er war stärker, als es den Anschein hatte. Bevor einer meiner Gefährten reagieren konnte, hatte er mich mehrere Schritte weggezogen.

»Du gibst mir jetzt den Ring, dann lasse ich dich und deine Freunde vielleicht am Leben«, zischte er mir ins Ohr.

Lola und Antonio erwachten aus ihrer Starre und sprangen auf uns zu. Arnulfo machte eine kleine Bewegung und ich spürte etwas Kaltes an meiner Schläfe.

»Noch einen Schritt und ich blase eurem Freund das Hirn weg!«, rief er.

Die beiden stoppten, nur knapp einen Meter entfernt von mir.

Lolas Augen funkelten vor Wut. Ich wusste, sie hätte sich sofort auf Arnulfo gestürzt, wenn er die Waffe nicht an meine Stirn gepresst hätte.

Mein Herz raste und kalter Schweiß brach mir aus.

»Arnulfo! Das ist es nicht wert!«, rief Serra.

»Pah, was weißt du schon?«, brüllte der Buchhändler zurück. »Seit vierzig Jahren suche ich nach dem Ring und endlich ist er zum Greifen nah! Nun werde ich die unbegrenzte Macht besitzen!«

»Du wirst den Ring beim Präsidenten abliefern und *nichts* besitzen! Das ist die Wahrheit!«

»*Ich* bin der Präsident!«, schrie Arnulfo. »Dafür habe ich gesorgt! Und ich hätte den Ring schon längst, wenn dieser Idiot Morales mich nicht aufgehalten hätte!«

Während Arnulfo durch den Wortwechsel mit Serra abgelenkt war, hatte ich eine Idee.

Der Ring!

Vielleicht konnte er uns helfen!

Aber wollte ich das wirklich? Ich konnte nicht abschätzen, was mit mir geschehen würde, wenn ich den Ring überstreifte.

So langsam wie möglich steckte ich meine Hand in die Hosentasche, in der ich das Kästchen mit dem Ring verstaut hatte. Das Papier hatte sich beim Umpacken gelöst und ich konnte den Deckel leicht anheben.

Mit dem Zeigefinger angelte ich den Ring heraus und schob ihn mir beim Herausziehen der Hand über den Mittelfinger.

Sofort durchströmte mich eine Welle von Energie. Die Erschöpfung war wie weggeblasen. Alle meine Sinne waren wie um das Vielfache geschärft.

»Bringt den alten Trottel endlich zum Schweigen!«, befahl Arnulfo seinen Männern.

Ein Schuss ertönte und Serra sank zu Boden. Sofort stürzten sich Gato und seine Bande auf die Xinos. Mehrere Schüsse hallten durch die Höhle.

»Und jetzt zum letzten Mal, Kleiner: Gib mir den Ring. Oder willst du, dass ich deine Freundin erschieße, eh?« Arnulfo richtete seine Waffe nun auf Lola.

Ich zog die Hand aus der Tasche und hob sie zitternd in die Höhe.

Was nun? Musste ich irgendwas sagen? Eine Beschwörungsformel? Oder reichte es, wenn ich mir wünschte, Arnulfo und seine Xinos würden einfach verschwinden?

»Hah!«, rief Arnulfo. »Da haben wir ihn ja! Runter damit!«

Ich zögerte. Meine Hand war ebenfalls ganz warm geworden und ich spürte die Energie, die von dem Blutring ausging. Aber sonst geschah nichts.

»Wird's bald!«, kommandierte der Buchhändler. Er ließ mich los und griff nach meiner Hand, um mir den Ring vom Finger zu ziehen. Seine Augen leuchteten irre.

In dem Augenblick hörten wir ein Tosen in der Luft.

Und das Unglaubliche geschah.

Die Lampen erloschen mit einem Schlag und die Höhle wurde in ein fahlblaues Licht getaucht.

Wie aus dem Nichts erschien eine Gruppe schemenhafter schwarzer Gestalten am Rande der Höhle. Es waren Männer, die auf schwarzen Pferden saßen.

Aber was für Männer!

Und was für Pferde!

Die Reiter kamen mir, ebenso wie ihre Tiere, riesig vor.

Ihre Augen schienen in dem Dämmerlicht rot zu glühen und ihre Gesichter waren, soweit man das erkennen konnte, starr wie Masken.

Den gewaltigen Pferden stand roter Schaum vor den Mäulern und aus ihren Nüstern schossen Flammen.

Die *Schwarzen Reiter!*

»Runter!«, schrie Antonio. Ich zögerte keine Sekunde, sondern warf mich, wie meine Freunde, zu Boden.

Die Erscheinung fegte mit lautem Donnern wie ein Sturm über uns hinweg und verschwand in den Tiefen des Abgrunds.

So schlagartig, wie es erloschen war, ging das Licht wieder an.

Als wir wieder hochzublicken wagten, war Arnulfo verschwunden.

Ich kontrollierte meine Hand. Auch der Ring war weg. Arnulfo musste es gelungen sein, ihn mir vom Finger zu ziehen, gerade als die *Schwarzen Reiter* auftauchten.

Was war das gewesen?

Nur eine Illusion?

War Arnulfo in den Abgrund getaumelt? Oder hatten die *Schwarzen Reiter* gerade mein Leben gerettet?

Was auch immer, Hauptsache, wir waren alle wohlauf. Und das waren wir. Ich sah, wie Lola, Jakob und Antonio sich langsam erhoben.

Auf der anderen Seite der Höhle hatten Gato und seine Bande die Gelegenheit genutzt und Morales und seine Handlanger entwaffnet. Die Xinos standen an einer Wand, bewacht von drei von Gatos Leuten, die nun die Pistolen in den Händen hielten. Gato selbst umfasste seinen blutigen Oberarm, wo ihn offenbar eine Kugel getroffen hatte. Zwei seiner Freunde knieten neben dem reglosen Serra, der am Boden lag.

Wir liefen zu ihm hinüber. »Lebt er noch?«, rief ich.

»Die Kugel steckt in seinem Unterleib«, antwortete Gato. »Wir müssen ihn schnellstmöglich zu einem Arzt schaffen.«

Und das taten wir. Aus den Kleidern der Arbeiter bastelten wir notdürftig eine Trage, in die wir Serra vorsichtig hineinrollten. Er stöhnte, war aber nicht bei Bewusstsein. Sein Hemd war voller Blut. Zwei von Gatos Freunden wickelten sich die Enden der behelfsmäßigen Trage um die Schultern und hoben ihn an. Dann schleppten sie ihn den Weg zurück, der sie in die Höhle geführt hatte. Es war ein Seitentunnel, bei dem man nicht durchs Wasser waten musste und den wir bei unserer Flucht vor den Xinos übersehen hatten. Gato, Antonio, Lola, Jakob und ich begleiteten sie.

Gatos restliche Leute fesselten die Xinos, von denen zwei ebenfalls leicht verletzt waren. Sie würden dort auf die Polizei warten.

Obwohl mir der Weg in die Höhle so lang vorgekommen war, standen wir schon nach knapp zehn Minuten auf dem Parkplatz. Wir klappten die Rücksitzlehne in Arnulfos Geländewagen um und legten Serra vorsichtig hinein. Antonio kletterte hinters Steuer, Gato setzte sich neben ihn. Lola kümmerte sich hinten um Serra. Jakob und ich folgten ihnen mit Gatos Leuten in einem zweiten Auto.

Das nächste Krankenhaus war in Valls, etwa vierzig Kilometer entfernt. Wir schafften die Strecke in einer knappen halben Stunde. Serra wurde sofort in den Operationssaal gerollt, während Gato in der Notaufnahme behandelt wurde.

Im Warteraum hatten wir zum ersten Mal Zeit, uns über das zu unterhalten, was wir soeben erlebt hatten. Wir hatten alle die Reiter gesehen, also war das nicht nur eine Einbildung von mir gewesen.

»Aber natürlich gibt es kollektive Halluzinationen«, sagte Jakob. »Oder glaubt ihr wirklich, das war eine jahrhundertealte Geisterhorde?«

»Was es war, weiß ich nicht«, widersprach ihm Lola. »Aber es war *real* und nicht eingebildet.«

»Und es hat Arnulfo und den Blutring mitgenommen«, ergänzte ich. »Das dürfte einer Halluzination wohl etwas schwerfallen.«

Jakob ließ sich nicht beirren. »Die beiden können auch ganz einfach in die Schlucht gestürzt sein.«

»Das glaube ich nicht«, sagte Antonio. »Wir können nicht alles mit der Wissenschaft erklären. Und die *Schwarzen Reiter* waren wirklich in der Höhle. Ich habe sie nicht nur gesehen, sondern auch *gespürt*. Gato übrigens auch, das hat er mir während der Fahrt berichtet. Und er kannte die Legende vorher nicht.«

»Vielleicht ist der Ring eine Art Projektor.« Jakob gab nicht so leicht auf. »Und als Daniel ihn übergestreift und in die Höhe gehoben hat, hat er ihn irgendwie ausgelöst.«

»Gib's auf«, sagte ich. »Du wirst uns nicht überzeugen. Und ich denke, so richtig glaubst du auch nicht daran. Es geht dir nur gegen den Strich, dass du eine Sache nicht erklären kannst.«

Jakob wollte protestieren, aber Lola kam ihm zuvor. »Auf jeden Fall ist der Ring jetzt weg. Und hoffentlich so, dass ihn nie wieder jemand findet.«

»Das dürfte dann auch für Arnulfo gelten«, sagte Antonio. »Wer hätte gedacht, dass er der Anführer der Xinos war?«

»Er hat uns die ganze Zeit getäuscht«, stimmte Lola ihm zu. »Hätten wir nur auf Daniel gehört. Der hat ihm von Anfang an nicht getraut.«

»Aber sicher war ich mir nicht«, sagte ich. »Sonst wäre ich nicht mit ihm nach Poblet gefahren.«

Lola berührte meinen Arm. »*Sicher* war in den letzten Tagen überhaupt nichts. Ich glaube, wir haben ganz schön Glück gehabt.«

Antonio nickte. »Das haben wir. Und wir haben Abuelo Juans Vermächtnis erfüllt.«

»Das bedeutet, es gibt keinen Wächter mehr bei den Kalé«, sagte ich. »Denn ohne Ring wird der ja nicht mehr gebraucht.«

Antonio lächelte. »Wir vier gemeinsam sind ab jetzt die Wächter – oder besser, die Hüter des Erbes. Denn wir sind die Einzigen, die die ganze Geschichte des Rings kennen, von seiner Ankunft in Spanien bis zu seinem Verschwinden.«

»Ein geheimer Bund«, sagte Jakob strahlend. »Ein unsichtbares Band, das uns für immer verbindet. Wie damals Gaudí, Toda i Güell und Ribera i Sans.«

Ich fand, der Vergleich hinkte ein wenig. Aber die Vorstellung, von nun an mit Lola dieses Geheimnis zu teilen, gefiel mir sehr.

Kurz darauf trafen zwei uniformierte Polizisten ein. Das Krankenhaus hatte sie, wie bei Schusswunden üblich, informiert.

Antonio und Gato hatten auf der Fahrt abgesprochen, was wir erzählen sollten, und es uns anderen vor dem Betreten des Hospitals mitgeteilt: Wir waren alle unter Serras Führung von Barcelona nach Poblet gefahren, um dort eine Nachtwanderung zu machen. Bei einem Zwischenstopp in L'Espluga de Francoli waren wir von einer Bande bewaffneter Männer überfallen und mit Waffengewalt in die Höhle geschleppt worden. Es war uns gelungen, uns zu befreien, allerdings waren dabei Serra und Gato verletzt worden. Die übrigen Kidnapper wurden noch in der Höhle von den anderen Gruppenmitgliedern bewacht.

Das klang natürlich ziemlich abenteuerlich und die Polizisten waren entsprechend skeptisch. Sie schickten mehrere Kollegen zur Höhle, die den Tatort inspizierten und die Xinos und Gatos Leute erst einmal festnahmen.

Es dauerte zwei Stunden, bis wir von einem Arzt erfuhren, dass Serra außer Lebensgefahr war. So lange dauerte es auch, bis die Polizisten den Bericht ihrer Kollegen erhalten hatten.

Wir wurden alle mit zum Revier genommen, wo kurz darauf auch die Xinos und Gatos Kumpel eintrafen.

Es wurde noch eine lange Nacht.

Gadscho Dan

Am Freitagabend klingelte es um acht an unserer Tür. Jakob und seine Eltern standen davor. Ma, Dad und ich waren auch schon fertig und so brachen wir nach einer kurzen Begrüßung auf.

Wir gingen zu Fuß in Richtung Gràcia. Obwohl sich Ma und Dad gut in Barcelona auskannten, waren sie in dem Viertel, in das ich sie führte, noch nie gewesen. Auch für Jakobs Eltern war die Gegend Neuland.

Lola, Antonio und ihre Familie erwarteten uns schon. Während Jakob und ich die beiden herzlich begrüßten, war es unseren Eltern sichtlich unangenehm, von einer solchen Menge Kalé geherzt zu werden. Zu ihrer Ehrenrettung muss man allerdings sagen, dass sie sich gut hielten und ihre Vorbehalte verbargen.

Von irgendwoher tauchte eine Flasche mit Hochprozentigem auf, dazu eine Handvoll Gläser. Unsere Eltern mussten mit den Anwesenden anstoßen, und erst als die Flasche nach drei Runden beinahe leer war, machten wir uns schließlich auf den Weg.

Seit unserem Abenteuer mit dem Blutring waren

drei Wochen vergangen. Es war Ende Oktober und abends konnte es schon empfindlich kühl werden. Doch heute hatte der Wind, der seit Tagen unablässig von den Höhen auf die Stadt niederging, eine Pause eingelegt.

Ich musste an die Nacht im Polizeirevier von Valls zurückdenken. Bis zum Morgen hatten sie uns dort festgehalten, vor allem, nachdem sie festgestellt hatten, dass der Geländewagen, mit dem wir Serra ins Krankenhaus gefahren hatten, Antonio nicht gehörte.

Unsere Version war, dass wir das Auto in unserer Not genommen hatten, weil der Schlüssel steckte. Die Polizei fand schnell heraus, dass der Wagen Eigentum eines gewissen Arnulfo Robles war, ein Buchhändler in Barcelona. Leider war Robles spurlos verschwunden. Die Kollegen in Barcelona fanden sowohl seine Wohnung als auch seinen Laden verlassen vor. Auch eine ausgedehnte Suche in den Höhlen brachte kein Ergebnis. Man fand keinerlei Hinweise auf ihn. Da von uns niemand etwas von Arnulfos Anwesenheit in der Höhle erzählt hatte, war der Polizei auch seine Rolle unbekannt. Schließlich kamen die Behörden zu dem Schluss, dass er vielleicht in einem noch nicht erforschten Teil der Höhle in eine Felsspalte gestürzt war.

Wir bauten darauf, dass die Xinos der Polizei nichts von ihren wahren Absichten erzählen würden. Das traf auch zu. Morales und seine Leute schwiegen beharrlich. Bei einigen von ihnen entdeckte man falsche Papiere, und auch an den Schusswaffen fanden sich ihre Fingerabdrücke. Die meisten von ihnen waren für die Polizisten keine Unbekannten. Insbesondere Morales wurde wegen zahlreicher Delikte gesucht. Er würde wohl für einige Zeit ins Gefängnis wandern.

Etwas anders sah die Sache bei Gato und seinen Freunden aus. Auch von ihnen fanden sich zwar Fingerabdrücke auf den Waffen, aber keiner von ihnen war irgendwo wegen krimineller Vergangenheit registriert. Verdächtig war allerdings, dass sie, wie Lola und Antonio auch, Gitanos waren. Einiges Kopfzerbrechen bereitete den Beamten, warum zwei Nicht-Zigeuner wie Jakob und ich sich nachts mit ihnen herumtrieben.

Wir erzählten eine Geschichte von gemeinsamen historischen Interessen und verwiesen dabei auf Serra. So richtig abnehmen wollte man uns das nicht, aber da sie nichts in der Hand hatten und wir uns für die beiden verwendeten, kamen sie am nächsten Morgen mit uns frei.

Leider hatten die Beamten natürlich auch bei unseren Eltern angerufen, die uns am Eingang bereits erwarteten. Ma und Dad waren, wie ich es befürchtet hatte, außer sich. Das galt auch für Jakobs Eltern. Unsere Mütter stürzten sich zwar sofort auf uns, um uns zu drücken, aber dann war erst einmal die Stunde der strafenden Blicke angebrochen. Allerdings muss ich ihnen zugute halten, dass sie nicht sofort mit einem Donnerwetter loslegten, sondern bereit waren, sich unsere Geschichte anzuhören.

»Aber diesmal bitte die ganze Wahrheit«, wie Dad es ausdrückte.

Während Gato und seine Jungs nach Barcelona zurückfuhren, begleiteten uns Lola und Antonio in ein nahe gelegenes Café, wo wir alles von Anfang an erzählten. Zuerst waren Ma und Dad skeptisch. Die Wahrheit war für sie schwerer zu glauben als die Ausreden, die ich ihnen immer aufgetischt hatte. Aber da Lola und Antonio alles bestätigten, akzeptierten sie es schließlich. Allerdings nicht, ohne noch einmal ins Polizeirevier zurückzukehren und sich davon zu überzeugen, dass Morales und seine Kumpane wirklich verhaftet worden waren.

Anschließend fuhren wir ins Krankenhaus und besuchten Serra. Er war schon wieder bei Bewusstsein. Die Polizei war bereits bei ihm gewesen, aber er hatte nichts gesagt und seine Schwäche nach der Operation als Vorwand genutzt. Schwach war er in der Tat, doch seine Augen verrieten, dass sein Verstand nach wie vor arbeitete. Wir informierten ihn kurz über unsere Ausrede gegenüber der Polizei und versprachen, ihn am nächsten Tag wieder zu besuchen.

Auf der Rückfahrt musste ich dann doch noch jede Menge Vorhaltungen über mich ergehen lassen. Dad redete sich total in Rage, und Ma musste ihn mehrmals beruhigen. Er kramte alles wieder raus, angefangen von den gefährlichen Gitanos bis hin zu meiner Unreife, weil ich mich so verantwortungslos verhalten hätte.

Ich war zu erschöpft, um zu widersprechen, und irgendwann hatte er dann auch Ruhe gegeben.

Für Ma war offenbar die Hauptsache, dass die ganze Angelegenheit nun erledigt war. Deshalb durfte ich am Montag auch mit meinen Freunden nach Valls fahren. Dem ging zwar eine längere hitzige Diskussion mit meinem Vater voraus, aber schließlich setzte sie sich durch.

Serra war schon wieder fast der Alte. Wir hatten natürlich jede Menge Fragen, die er uns geduldig beantwortete.

Er hatte selbst Kalé unter seinen Vorfahren. Diese Verbindung hatte er stets gepflegt und eine Reihe von Freunden unter den Gitanos. Daher kannte er auch Lolas Großonkel, der ihn, zumindest teilweise, in sein Geheimnis eingeweiht hatte.

Bereits bei unserer ersten Begegnung, die übrigens wirklich nicht von ihm geplant worden war, wusste er, worum es uns ging. Von dem Moment an hatte er uns durch einen Privatdetektiv überwachen lassen. Als ihm berichtet wurde, dass wir Arnulfo gefunden hatten, war ihm klar, dass er handeln musste. Er verstärkte seine Überwachung, konnte aber Lolas Entführung nicht verhindern.

»Arnulfo wusste, dass ihr zu Pilar geht, und

konnte die Xinos dahin schicken«, erklärte er uns. »Und genauso war es, als ihr nach Poblet gefahren seid. Morales und seine Männer waren die ganze Zeit in eurer Nähe.«

»Aber wieso haben sie Arnulfo dann ebenso festgehalten wie uns?«, fragte Lola.

»Weil sie nicht wussten, dass Arnulfo der Präsident der Xinos war. Sie bekamen ihre Anweisungen immer nur übers Telefon oder per Mail.«

»Dann hat Morales Arnulfo tatsächlich bei unserem Besuch im Buchladen das erste Mal gesehen«, sagte ich.

Serra nickte. »Er hatte ihn natürlich selbst herbestellt, um euch beschützen zu können und so euer Vertrauen zu gewinnen.«

»Was ihm auch gelungen ist«, kommentierte Jakob.

»Wie ich in Erfahrung bringen konnte, hat Arnulfo den eigentlichen Präsidenten der Xinos vor einigen Wochen umgebracht oder umbringen lassen«, fuhr Serra fort. »Damit stand er selbst an der Spitze der Organisation und hätte den Blutring behalten können. Und man kann sagen, dass er am Ende wirklich mit dem Ring vereint war.«

»Wo er jetzt wohl sein mag?«, sinnierte Antonio.

»Ich glaube, er stellt keine Gefahr mehr dar. Ebenso wenig wie der Ring.«

Das hofften wir alle.

Durch seine Detektive, die uns überwachten,

wusste Serra auch, dass wir nach Poblet gefahren waren, ebenso wie die Xinos. Also bat er Gato und seine Bande darum, ihn zu begleiten. Weil sie sich uns nicht zeigen konnten, warteten sie in einiger Entfernung und konnten uns so am Kloster nicht rechtzeitig zu Hilfe kommen. Dafür kam Serra seine Kenntnis der Höhle zugute, denn dank einer Abkürzung konnten sie die Xinos einholen und uns helfen.

Serra war schon nach einer Woche wieder aus dem Hospital entlassen worden, und als wir jetzt um die letzte Ecke bogen, wartete er vor dem Lokal bereits auf uns. Er begrüßte unsere Eltern und uns.

»Sie begeben sich also in die Höhle des Löwen«, sagte er mit einem Augenzwinkern zu Dad. Er wusste von mir, dass mein Vater gewisse Vorbehalte gegen die Gitanos hatte.

»Na ja, Höhle des Löwen ist vielleicht nicht ganz der richtige Ausdruck«, erwiderte Dad mit einem gequälten Lächeln. »Aber ich lese und sehe die Nachrichten und da können sich einem schon gewisse Fragen stellen, wenn es um die Roma geht.«

»Haben Sie schon einmal darüber nachgedacht, warum diese *Fragen* seit vielen Hundert Jahren immer dieselben sind?« Serra lächelte, als er Dads ratlose Miene bemerkte. »Seitdem die Roma nach Europa gekommen sind, hat man sie fast immer als Bedrohung wahrgenommen. Sie wurden als Kriminelle abgestempelt, ihre Lebensweise als unzivilisiert dargestellt. Sie wurden versklavt, vertrieben und getötet. Kaum jemand hat sich die Mühe gemacht, sich näher mit ihnen auseinanderzusetzen. Ich bin überzeugt, dass die Roma und ihre Kultur eine Bereicherung für unsere Gesellschaft sind. Viele Menschen, zu denen ich Sie gewiss nicht zähle, sind zu dumm, um das zu verstehen. Sie sehen in ihnen nur das Fremde, und das empfinden sie als Bedrohung.«

Dad räusperte sich. »Wenn Sie das *so* sehen … Aber wenn zwei Kulturen so unterschiedlich sind, führt das nicht zwangsläufig zu Problemen?«

Serra lächelte. »Probleme gibt es nur dann, wenn die Menschen nicht aufeinander zugehen, weil sie Angst voreinander haben. Und wenn die Mehrheit glaubt, die Minderheit müsse unbedingt ihre Sitten und Gebräuche übernehmen. Dabei ist es doch gerade die Vielfalt, die unser Leben so lebenswert macht. Und alles, was es dafür braucht, ist Respekt voreinander.« Er klatschte in die Hände. »So, genug philosophiert! Jetzt wird gefeiert.«

Gemeinsam betraten wir das Café. Es war bereits gut mit den Gitanos des Viertels gefüllt. Irgendwo entdeckte ich Gato und seine Kumpels, und auch andere Gesichter kamen mir bekannt vor. Die lärmende, fröhliche Menge machte bereitwillig Platz, als wir durchgingen, Serra an der Spitze unserer kleinen Gruppe.

Immer wieder wurde uns auf die Schulter geklopft, und ich fühlte mich bei so viel Aufmerksamkeit unwohl. Jakob hingegen schien es, seinem Strahlen nach zu urteilen, zu genießen.

Hinter dem Lokal lag ein kleiner Konzertsaal mit Bühne. Auch hier warteten schon jede Menge Gäste. Auf der Bühne standen ein paar Stühle an einer Seite und davor Congas und zwei akustische Gitarren auf Ständern.

Unser Eintritt schien das Zeichen für alle zu sein. Jedenfalls füllte sich der Raum schnell. Auf einmal packte mich jemand von hinten am Arm.

Ich fuhr herum. Es war Gato.

»Komm mit.« Er grinste mir verschwörerisch zu und zog mich, ohne auf eine Antwort zu warten, zur Bühne. An der Seite führten zwei Stufen nach oben. Ehe ich mich versah, befand ich mich neben Gato mitten auf der Bühne.

Er pochte auf das Mikrofon, das dort stand, und nickte zufrieden, als er feststellte, dass es funktionierte.

»Ruhe bitte!«, rief er.

Er musste seine Aufforderung noch mehrfach wiederholen, aber schließlich erstarb der Lärm im Raum und alle Blicke richteten sich auf uns. Ich wäre am liebsten unsichtbar gewesen und trat unruhig von einem Fuß auf den anderen, zumal ich nicht wusste, was Gato vorhatte.

Als er sicher war, die ungeteilte Aufmerksamkeit der Anwesenden zu besitzen, zeigte er auf mich.

»Seht euch diesen kleinen *Gadscho* an! Es ist noch gar nicht lange her, da habe ich ihn als Hosenscheißer bezeichnet.«

Der Saal antwortete mit Lachen und Buhrufen. Gato hob beschwichtigend die Hände.

»Inzwischen habe ich gemerkt, dass er alles andere als ein Hosenscheißer ist. Er steht keinem von uns an Mut nach, im Gegenteil. Und er hat unserer Lola, die ein sehr bezauberndes Mädchen sein kann, wenn sie sich nicht gerade wie eine Kratzbürste aufführt, mehr als einmal geholfen.«

Er musste schnell in Deckung gehen, denn Lola und ein paar andere Frauen, die vor der Bühne standen, bewarfen ihn mit Bierdeckeln. Als das Lachen und Gejohle wieder zum Erliegen kam, trat er erneut zum Mikrofon vor.

»Was aber das Wichtigste ist: Er hat ein altes Erbe unseres Volkes, den Blutring des Timur Tamerlan, vor den *Gadsche* gerettet und dafür gesorgt, dass der alte Juan nicht umsonst gestorben ist. Deshalb bleibt er zwar ein Gadscho, aber ab sofort ist er *unser* Gadscho: Gadscho Dan!«

Der Saal brach in lauten Beifall und Jubelstürme aus. Gato streckte mir die Hand entgegen, und als ich sie ergriff, zog er mich an sich heran und umarmte mich.

Ich befreite mich aus seinem Griff und stellte mich vor das Mikrofon. »Vielen Dank«, sagte ich. »Aber das, was ich getan habe, hätte ich ohne meine

Freunde niemals geschafft. Deshalb sollten sie jetzt auch hier oben stehen.«

Ich winkte Lola, Antonio und Jakob zu und sie kamen zu uns auf die Bühne. Erneut ertönte lauter Applaus.

Sogar Dad klatschte mit, wie ich zu meiner Freude bemerkte.

Ich zog Jakob zu mir ans Mikrofon. »Das ist mein Freund Jakob, ein Gadscho wie ich. Er hat uns bei unserem Abenteuer nicht nur begleitet, sondern viele Dinge herausgefunden, die uns erst auf die richtige Spur gebracht haben. Und deshalb verdient er dieselbe Anerkennung wie ich.«

Jakob strahlte wie ein Honigkuchenpferd. Als der Beifall verklang, legte Gato uns die Arme um die Schultern und begleitete uns von der Bühne hinunter zu seinen Freunden, die bereits mit Bierflaschen in den Händen auf uns warteten.

Ehe wir uns versahen, hatten sie auch uns zwei davon aufgedrängt, und wir mussten mit ihnen unter lautem Gejohle anstoßen.

Ich mochte kein Bier und trank auch keinen Alkohol. Aber hier konnte ich mich nicht davor drücken. Also setzte ich die Flasche an den Mund und trank jedes Mal einen winzigen Schluck. Jakob machte es genauso, bis es uns endlich gelang, unauffällig zu verschwinden. Wir stellten die Flaschen auf einem der Stehtische an der Wand ab und kämpften uns durch die Menge zu unseren Eltern und Freunden.

Auf der Bühne hatten inzwischen drei Männer auf den Stühlen Platz genommen, drei weitere standen dahinter. Ein paar erste Gitarrenakkorde erklangen. Das Publikum verstummte.

Eine Frau betrat die Bühne. Sie trug eine schwarze Hose, die ihr bis über die Taille ging, eine schwarze Weste und darunter eine weiße Bluse mit weiten Ärmeln, die von großen roten Punkten übersät war. Auch das Tuch um ihren Hals wies dasselbe Muster auf.

Das Publikum jubelte und klatschte.

Die Frau verneigte sich leicht und schloss die Augen.

Dann fingen die Musiker an zu spielen.

Und die Frau begann zu tanzen.

Der fremdartige Rhythmus der Gitarren und Congas wurde noch unterstützt durch das laute Händeklatschen der Männer, die hinter den Stühlen standen. Es fing langsam an und steigerte sich immer mehr.

Ebenso die Frau. Ihr Körper war wie ein zusätzliches Instrument. Ihre hohen Absätze trommelten auf dem Holzboden der Bühne einen eigenen Rhythmus, der mit dem der Musik verschmolz. Dabei drehte sie sich, warf die Hände über den Kopf oder vor den Körper, bewegte sich nach rechts, nach links, stemmte die Hände in die Hüften, warf den Kopf in den Nacken und tanzte sich in einen wahren Rausch hinein.

Ich spürte, wie die Magie dieser Musik von mir Besitz ergriff. Mein Körper begann leicht zu zucken, mein Kopf leerte sich, ich war nur noch im Rhythmus und der Rhythmus in mir.

Viel zu schnell war das Stück vorbei.

Einen Moment herrschte Stille, dann begann das Publikum zu toben. Ich klatschte ebenfalls aus vollem Herzen Beifall.

»Das ist Flamenco!«, rief mir jemand ins Ohr. Es war Lola. Ich hatte gar nicht bemerkt, wie sie herangekommen war, so sehr hatte mich die Darbietung in ihren Bann gezogen.

Und schon ging es weiter mit dem nächsten Stück.

Als die Tänzerin sich schließlich verneigte und unter rauschendem Beifall die Bühne verließ, war ich schweißgebadet.

Lola fasste meine Hand und zog mich nach draußen. Wir verließen das Café und gingen ein paar Meter die Straße hinunter.

»Gadscho Dan, soso«, sagte sie, als wir zwischen zwei Straßenlaternen anhielten. »Damit hat dich Gato ja praktisch offiziell in das Volk der Kalé aufgenommen.«

»Ich fand so viel Tamtam eher etwas peinlich«, gestand ich.

Sie lachte. »Das mag ich an dir, Daniel. Du bist kein Angeber wie so viele andere. Aber du solltest deine Qualitäten auch nicht immer kleinreden.«

Sie trat näher an mich heran, sodass sich unsere

Nasen fast berührten. »Und weil du ja jetzt fast einer von uns bist, dürfte auch niemand etwas dagegen haben, wenn ich dich küsse.«

Im nächsten Augenblick spürte ich ihre Lippen auf meinen.

Gibt es einen besseren Moment, meine Geschichte zu beenden?

Nachbemerkung

Es ist für einen Autor, der selbst kein Roma ist, immer ein Problem, antiziganistische Stereotype zu vermeiden. Das sind Vorurteile über die Roma, die sich in unseren Köpfen befinden und die wir oft, ohne uns dessen bewusst zu sein, wiedergeben. Ich habe mein Manuskript daraufhin durchgesehen und mich bemüht, solche Vorurteile möglichst nicht weiter zu verbreiten. Wenn eine Leserin oder ein Leser trotzdem der Meinung ist, dies sei der Fall, dann bitte ich um einen kurzen Hinweis per Mail, gern auch über Facebook.

Wer sich näher über die Kultur der Roma informieren möchte, findet auch dafür zahlreiche Quellen im Web. Eine sehr umfangreiche Sammlung von Informationen, auch Fotos, bietet die Rombase (http://rombase.uni-graz.at), die allerdings zum Teil sehr wissenschaftlich geschrieben ist.

Ich bin kein Experte für die Kultur der Roma; wenn ich daher etwas falsch beschrieben habe, so ist das ganz allein mein Fehler. Zur Vorbereitung habe ich eine Reihe von Büchern gelesen; besonders beeindruckt haben mich der Bildband »Bajarí« und der gleichnamige Film über die Musik der Gitanos in Barcelona und auch ihr Leben und ihre Geschichte dort. Beide gibt es leider nur in spanischer Sprache.

Die Geschichte der Roma in Europa ist, wie es meine Romanfigur Serra ausdrückt, seit vielen Jahrhunderten eine Geschichte der Versklavung, Verfolgung und Vertreibung. Ein trauriger Tiefpunkt war sicherlich die Ermordung von rund 500.000 Roma durch die Nazis. Deshalb tragen wir Deutschen meiner Meinung nach eine besondere Verantwortung. Umso mehr erschreckt mich die antiziganistische Haltung, die aus vielen, auch politischen, Reaktionen auf die Roma spricht, die aus anderen Ländern hierherkommen. Gerade uns würde eine besonnenere und gastfreundlichere Haltung guttun.

Nahezu alle Orte, die in diesem Buch beschrieben werden, gibt es wirklich. Wer sie näher kennenlernen möchte, kann das wunderbar mit Google Street View tun. Dort kann man auch einen virtuellen Rundgang durch das Kloster Poblet und die Höhlen von L'Esplugat de Francoli machen – und natürlich das doppelte Kreuz betrachten.

Ruebenstrunk, Gerd:
Blutring
ISBN 978 3 522 50489 8

Gesamtausstattung: Lena Kleiner, Favoritbüro, München
Innentypografie: Kadja Gericke
Reproduktion: Medienfabrik, Stuttgart
Druck und Bindung: CPI Books GmbH, Ulm

MIX
Papier aus verantwortungsvollen Quellen
FSC
www.fsc.org
FSC® C083411